ŒUVRES

DE

M. DE VOLTAIRE.

ŒUVRES

DE

M. DE VOLTAIRE,

SECONDE ÉDITION

Confidérablement augmentée,

Enrichie de Figures en taille - douce.

TOME XVI.

Contenant l'Effai fur l'Hiftoire Générale.

M. DCC. LVII.

TABLE
DES CHAPITRES

Contenus dans le quatriéme Tome.

Fin de la Table.

ESSAI
SUR
L'HISTOIRE
GÉNÉRALE,

ET SUR LES MŒURS ET L'ESPRIT DES NATIONS, DEPUIS CHARLE-MAGNE JUSQU'A NOS JOURS.

CHAPITRE XCXVI.

SUITE DES TROUBLES D'ANGLETERRE SOUS *EDOUARD IV.* SOUS LE TYRAN *RICHARD III.* ET JUSQU'A LA FIN DU RÉGNE DE *HENRI VII.*

*E*DOUARD IV. régna tranquille. Le triomphe de la *Rose blanche* était complet, & sa domination était cimentée du sang de presque tous les Princes de la *Rose rouge.* Il n'y a per-

fonne qui, en confidérant la conduite
d'*Edouard IV.* ne fe figure un barbare
uniquement occupé de fes vengean-
ces. C'était cependant un homme livré au plaifir, plongé dans les intrigues des femmes autant que dans celles de l'Etat. Il n'avoit pas befoin
d'être Roi pour plaire. La nature l'a-
voit fait le plus bel homme de fon
temps, & le plus amoureux; & par
un contrafte étonnant, elle mit dans
un cœur fi fenfible une barbarie qui
fait horreur. Il fit condamner fon frére
1477. *Clarence* fur les fujets les plus légers,
& ne lui fit d'autre grace que de lui
laiffer le choix de fa mort. *Clarence*
demanda qu'on l'étouffât dans un ton-
neau de vin; choix bizarre dont on
ne voit pas la raifon.

Le fecret de plaire à fa nation,
était de faire la guerre à la France.
On a déja vu, dans l'article de *Louis
XI.* comment cet *Edouard* paffa la mer
en 1475. & par quelle politique mê-
lée de honte *Louis XI.* acheta la retraite de ce Roi, moins puiffant que
lui & mal affermi. Acheter la paix d'un
ennemi, c'eft lui donner de quoi faire
la guerre. *Edouard* propofa donc à fon

Parlement en 1483. une nouvelle invasion en France. Jamais offre ne fut acceptée avec une joie plus universelle. Mais lorsqu'il se préparait à cette grande entreprise, il mourut à l'âge 1483. de quarante-deux ans.

Comme il était d'une constitution très-robuste, on soupçonna son frère *Richard*, Duc de Glocester, d'avoir avancé ses jours par le poison. Ce n'était pas juger témérairement du Duc de Glocester. Ce Prince était un monstre né pour commettre de sang-froid tous les crimes.

Edouard IV. laissa deux enfans mâles, dont l'aîné âgé de treize ans porta le nom d'*Edouard V. Glocester* forma le dessein d'arracher les deux enfans à la Reine leur mère, & de les faire mourir pour régner. Il n'y eut ni dissimulation, ni artifice, ni sermens qu'il ne prodiguât pour s'assurer de leurs personnes. Dès qu'il en fut le maître, il les fit garder dans la tour. C'était, disait-il, pour leur sûreté. Mais quand il fallut en venir à ce double assassinat, il trouva un obstacle. Le Lord *Hastings*, homme d'un caractère farouche, mais attaché au

A ij

jeune Roi, fut fondé par les émiffai-
res de *Glocefter*, & laiffa entrevoir
qu'il ne prêterait jamais fon miniftére
à ce crime. *Glocefter* voïant un tel fecret en des mains fi dangereufes,
n'héfita pas un moment fur ce qu'il
devait faire. Le Confeil d'Etat était
affemblé dans la tour. *Haftings* y af-
fiftait. *Glocefter* entre avec des fatellites. *Je t'arrête pour tes crimes*, dit-il
au Lord *Haftings*. *Qui ? moi, Milord ?*
répondit l'accufé. *Oui, toi, traitre,*
dit le Duc de *Glocefter ;* & dans l'inf-
1483. tant il lui fit trancher la tête en préfence du Confeil.

　　Délivré ainfi de celui qui favait fon
fecret, & méprifant les formes des
loix avec lefquelles on colorait en
Angleterre tous les attentats, il raf-
femble des malheureux de la lie du
peuple, qui crient dans l'hôtel de
ville, qu'ils veulent avoir *Richard de
Glocefter* pour Monarque. Un Maire
de Londres va le lendemain fuivi de
cette populace lui offrir la Couronne.
Il l'accepte, il fe fit couronner fans
affembler de Parlement, fans prétex-
ter la moindre raifon. Il fe contente
de femer le bruit que le Roi *Edouard*

IV. son frére étoit né d'adultére, &
ne fit point de fcrupule de déshonorer fa mére. En effet il était difficile
que le même pére eût fait naître
Edouard IV. & *Glocefter.* Le premier
avait été d'une beauté finguliére. Le
fecond était contrefait dans toutes
les parties du corps, & fon afpect était
auffi hideux que fon ame était mé-
chante.

Ce fut uniquement fur la honte de
fa mére qu'il fonda fon droit. Il fe difait feul légitime, & fes neveux fils
d'un bâtard. A peine fut-il couronné,
qu'un nommé *Tirrel* étrangla dans la
tour le jeune Roi & fon frére. La Na- 1483.
tion le fut, & ne fit que murmurer en
fecret, tant les hommes changent
avec le tems. *Glocefter,* fous le nom de
Richard III. jouit deux ans & demi du
fruit du plus grand des crimes que
l'Angleterre eût encore vus, toute
accoutumée qu'elle y était.

Dans cette courte jouiffance du Trône, il affembla un Parlement, dans
lequel il ofa faire examiner fon droit.
Il y a des temps où les hommes font
lâches à proportion que leurs maîtres
font cruels. Ce Parlement déclara que

la mére de *Richard III.* avait été adultére : que ni le feu Roi *Edouard IV.*
ni fes autres fréres n'étaient légiti-
mes : que le feul qui le fût était *Ri-*
chard, & qu'ainfi la Couronne lui
apartenait, à l'exclufion des deux jeunes Princes étranglés dans la tour,
mais fur la mort defquels on ne s'ex-
pliquait pas. Les Parlemens ont fait
quelquefois des actions plus cruelles,
mais jamais de fi infames. Il faut des
fiécles entiers de vertu, pour réparer
une telle lâcheté.

Enfin au bout de deux ans & demi, il parut un vengeur. Il reftait,
après tous les Princes maffacrés, un
feul rejetton de la *Rofe rouge* caché
dans la Bretagne. On l'appelloit *Hen-*
ri Comte de *Richemont.* Il ne defcen-
dait point de *Henri VI.* Il raportait
comme lui fon origine à *Jean de Gand*
Duc de Lancaftre, fils du grand
Edouard III. mais par les femmes, &
même par un mariage très-équivoque
de ce *Jean de Gand.* Son droit au Trône était plus que douteux. Mais l'horreur des crimes de *Richard III.* le for-
tifiait. Il était encore fort jeune quand
il conçut le deffein de venger le fang

de tant de Princes de la Maifon de
Lancaftre , de punir *Ricard III.* & de
conquérir l'Angleterre. Sa premiére
tentative fut malheureufe ; & après
avoir vu fon parti défait , il fut obligé
de retourner en Bretagne mendier un
afyle. *Richard* négocia fecretement
avec le Miniftre de *François II.* Duc
de Bretagne , pére d'*Anne de Bretagne,*
qui époufa *Charles VIII.* & *Louis XII.*
Ce Duc n'était pas capable d'une action lâche , mais fon Miniftre *Landois*
l'était. Il promit de livrer le Comte
de Richemont au Tyran. Le jeune Prince s'enfuit de Bretagne déguifé fur les
terres d'Anjou , & n'y arriva qu'une
heure avant les fatellites qui le cherchaient.

Il était de l'intérêt de *Charles VIII.*
alors Roi de France , de protéger *Ri-*
chemont. Le petit-fils de *Charles VII.*
qui pouvait nuire aux Anglais , &
qui les eût laiffé en repos , eût manqué au premier devoir de la politique. Mais *Charles VIII.* ne donna
que deux mille hommes. C'en était
affez , fuppofé que le parti de *Ri-*
chemont eût été confidérable. Il le

A iv

devint bientôt ; & *R chard* même ,
quand il fut que fon rival ne débar-
quait qu'avec cette efcorte, jugea
que *Richemont* trouverait bientôt une
armée. Tout le païs de Galles, dont
ce jeune Prince était originaire,
s'arma en fa faveur. *Richard III.*
& *Richemont* combattirent à Bof-
worth près de Liechfields. *Richard*
avait la Couronne en tête, croïant
avertir par-là fes foldats qu'ils combattaient pour leur Roi contre un
rebelle. Mais le Lord *Stanley*, un
de fes Généraux, qui voïait depuis
long-tems avec horreur cette Couronne ufurpée par tant d'affaffinats,
trahit fon indigne Maître, & paffa
avec un corps de troupes du côté de

1485. *Richemont. Richard* avait de la valeur, c'était fa feule vertu. Quand
il vit la bataille défefpérée, il fe
jetta en fureur au milieu de fes ennemis, & y reçut une mort plus
glorieufe qu'il ne méritait. Son corps
nud & fanglant, trouvé dans la foule
des morts, fut porté dans la ville de
Lyceftre fur un cheval, la tête pen-
dante d'un côté & les pieds de l'au-

tre. Il y resta deux jours exposé à la vue du peuple , qui se rapelant tous ses crimes , n'eut pour lui aucune pitié. *Stanley* qui lui avait arraché la Couronne de la tête lorsqu'il avait été tué , la porta à *Henri de Richemont.*

Les victorieux chantèrent le TE DEUM sur le champ de bataille , & après cette prière tous les soldats inspirés d'un même mouvement s'écrièrent , *Vive notre Roi Henri.* Cette journée mit fin aux désolations dont la *Rose rouge* & la *Rose blanche* avaient rempli l'Angleterre. Le Trône toujours ensanglanté & renversé fut enfin ferme & tranquile. Les malheurs qui avaient persécuté la famille d'*Edouard III.* cessèrent. *Henri VII.* en épousant une fille d'*Edouard IV.* réunit les droits des *Lancastre* & des *Yorck* en sa personne. Aïant su vaincre , il sut gouverner. Son régne , qui fut de vingt-quatre ans & presque toujours paisible , humanisa un peu les mœurs de la Nation. Les Parlemens qu'il assembla & qu'il ménagea , firent de sages loix ; la Justice distributive rentra dans tous ses droits:

le commerce qui avait commencé à fleurir fous le grand *Edouard III.* ruiné pendant les guerres civiles, commença à fe rétablir. L'Angleterre en avait befoin. On voit qu'elle était pauvre par la difficulté extrème que *Henri VII.* eut à tirer de la ville de Londres un prêt de deux mille livres fterling, qui ne revenait pas à cinquante mille livres de notre monnoie d'aujourd'hui. Son goût & la néceffité le rendirent avare. Il eût été fage, s'il n'eût été qu'économe. Mais une léfine honteufe & des rapines fifcales ternirent fa gloire. Il tenait un régiftre fecret de tout ce que lui valaient les confifcations. Jamais les grands Rois n'ont defcendu à ces baffeffes. Ses coffres fe trouvèrent remplis à fa mort de deux millions de livres fterling, fomme immenfe, qui eût été plus utile en circulant dans le public, qu'en reftant enfevelie dans le tréfor du Prince. Mais dans un païs où les peuples étaient plus enclins à faire des révolutions qu'à donner de l'argent à leurs Rois, il était néceffaire que le Roi eût un tréfor.

Son régne fut plutôt inquiété que troublé par deux avantures étonnantes. Un garçon boulanger lui difputa la Couronne. Il fe dit neveu d'*Edouard IV.* Inftruit à jouer ce rôle par un Prêtre, il fut couronné Roi à Dublin en Irlande, & ofa donner 1487. bataille au Roi près de Notingam. *Henri* qui le prit prifonnier crut humilier affez les factieux en mettant ce Roi dans fa cuifine, où il fervit longtems.

Les entreprifes hardies, quoique malheureufes, font fouvent des imitateurs. On eft excité par un exemple brillant, & on efpère de meilleurs fuccès. Témoins fix faux *Demetrius* qu'on a vus de fuite en Mofcovie, & témoins tant d'autres impofteurs. Le garçon boulanger fut fuivi par le fils d'un Juif courtier d'Anvers, qui joua un plus grand perfonnage.

Ce jeune Juif, qu'on apellait *Perkins*, fe dit fils du Roi *Edouard IV.* Le Roi de France attentif à nourrir toutes les femences de divifion en Angleterre le reçut à fa Cour, le reconnut, l'encouragea ; mais bientôt

A vj

ménageant *Henri VII.* il abandonna cet imposteur à sa destinée.

La vieille Douairière de Bourgogne, sœur d'*Edouard IV.* & veuve 1493. de *Charles le témeraire*, laquelle faisait jouer ce ressort, reconnut le jeune Juif pour son neveu. Il jouit plus longtems de sa fourberie que le jeune garçon boulanger. Sa taille majestueuse, sa politesse, sa valeur, semblaient le rendre digne du rang qu'il usurpait. Il épousa une Princesse de la Maison d'*Yorck*, dont il fut encore aimé, même quand son imposture fut découverte. Il eut les armes à la main 1498. pendant cinq ans entiers. Il arma même l'Ecosse, & eut des ressources dans ses défaites. Mais enfin abandonné & livré au Roi, condamné seulement à la prison, & aïant voulu s'évader, il païa sa hardiesse de sa tête. Ce fut alors que l'esprit de faction fut anéanti, & que les Anglais, n'étant plus redoutables à leur Monarque, commencèrent à le devenir à leurs voisins, surtout lorsque *Henri VIII.* en montant au Trône, fut, par l'économie extrême de

fon pére, poffeffeur d'un ample tréfor, & par la fageffe de ce Gouvernement, maître d'un peuple bel-
liqueux, & pourtant foumis autant
que les Anglais peuvent l'être.

CHAPITRE XCVII.

IDÉE GÉNÉRALE

DU SEIZIÈME SIÉCLE.

LE commencement du seizième siécle que nous avons déja entamé, nous présente à la fois les plus grands spectacles que le monde ait jamais fournis. Si on jette la vue sur ceux qui régnaient pour lors en Europe, leur gloire, ou leur conduite, ou les grands changemens dont ils ont été cause, rendent leurs noms immortels. C'est à Constantinople un *Sélim* qui met sous la domination Otomane la Syrie & l'Egypte, dont les Mahométans Mammelucs avaient été en possession depuis le treizième siécle. C'est après lui son fils, le grand *Soliman*, qui le premier des Empereurs Turcs marche jusqu'à Vienne, & se fait couronner Roi de Perse dans Bagdat, prise par ses armes, faisant trembler à la fois l'Europe & l'Asie.

On voit en même tems vers le Nord, *Gustave Vasa*, brisant dans la

Suéde le joug étranger, élu Roi du
païs dont il eſt le libérateur.

En Moſcovie *Jean Baſilowitz* ſouf-
trait ſa patrie aux Tartares dont elle
était tributaire ; Prince à la vérité barbare, & Chef d'une Nation plus barbare encore : mais le vengeur de ſon
païs mérite d'être compté parmi les
grands Princes.

En Eſpagne, en Allemagne, en
Italie, on voit *Charlequint* maître de
tous ces Etats ſous des titres différens, ſoûtenant le fardeau de l'Europe, toujours en action & en négociation, heureux longtems en politique & en guerre, le ſeul Empereur
puiſſant depuis *Charlemagne,* & le premier Rói de toute l'Eſpagne depuis la
conquête des Maures ; opoſant des
barriéres à l'Empire Otoman, faiſant
des Rois, & ſe dépouillant enfin de
toutes les Couronnes dont il eſt chargé, pour aller mourir en ſolitaire après
avoir troublé l'Europe.

Son rival de gloire & de politique *François I.* Roi de France,
moins puiſſant, moins heureux,
mais plus brave & plus aimable,
partage entre *Charlequint* & lui les

vœux & l'eſtime des Nations. Vaincu & plein de gloire, il rend ſon
Roïaume floriſſant malgré ſes malheurs ; il tranſplante en France les
beaux Arts, qui étaient en Italie au
plus haut point de perfection.

Le Roi d'Angleterre *Henri VIII.*
trop cruel, trop capricieux, pour être
mis au rang des Héros, a pourtant ſa
place entre ces Rois, & par la révolution qu'il fit dans les eſprits de ſes
peuples, & par la balance que l'Angleterre aprit ſous lui à tenir entre
les Souverains. Il prit pour deviſe un
guerrier tendant ſon arc, avec ces
mots, *qui je défends, eſt maître ;* deviſe que ſa Nation a rendu quelquefois véritable.

Le nom du Pape *Léon X.* eſt célèbre, par ſon eſprit, par ſes mœurs
aimables, par les grands hommes
dans les Arts qui éterniſent ſon ſiécle, & par le grand changement, qui
ſous lui diviſa l'Egliſe.

Au commencement du même ſiécle la Religion, & le prétexte d'é-
purer la loi reçue, ces deux grands
inſtrumens de l'ambition, font le même effet ſur le bord de l'Afrique qu'en

Allemagne, & chez les Mahométans que chez les Chrêtiens. Un nouveau Gouvernement, une race nouvelle de Rois, s'établissent dans le vaste Empire de Maroc & de Fez, qui s'étend jusqu'aux déserts de la Nigritie. Ainsi l'Asie, l'Afrique & l'Europe éprouvent à la fois une révolution dans les Religions. Car les Persans se séparent pour jamais des Turcs; & reconnaissant le même DIEU, & le même Prophête, ils consomment le Schisme d'*Omar* & d'*Ali*. Immédiatement après, les Chrêtiens se divisent aussi entre eux, & arrachent au Pontife de Rome la moitié de l'Europe.

L'ancien monde est ébranlé, le nouveau monde est découvert & conquis pour *Charlequint*; le commerce s'établit entre les Indes Orientales & l'Europe par les vaisseaux & les armes du Portugal.

D'un côté *Cortez* soumet le puissant Empire du Mexique, & les *Pisaro* font la conquête du Pérou avec moins de soldats qu'il n'en faut en Europe pour assiéger une petite ville. De l'autre, *Albuquerque* dans les Indes éta-

blit la domination & le commerce du
Portugal avec presque aussi peu de
forces, malgré les Rois des Indes,
& malgré les efforts des Musulmans
en possession de ce commerce.

La nature produit alors des hommes extraordinaires presqu'en tous les
genres, surtout en Italie.

Ce qui frape encore dans ce siécle
illustre, c'est que, malgré les guerres
que l'ambition excita, & malgré les
querelles de Religion qui commençaient à troubler les Etats, ce même
génie qui faisait fleurir les beaux Arts
à Rome, à Naples, à Florence, à Venise, à Ferrare, & qui de-là portait
sa lumiére dans l'Europe, adoucit d'a-
bord les mœurs des hommes dans
presque toutes les provinces de l'Europe Chrêtienne. La galanterie de la
Cour de *François I.* opéra en partie
ce grand changement. Il y eut entre *Charlequint* & lui une émulation
de gloire, d'esprit de Chevalerie, de
courtoisie, au milieu même de leurs
plus furieuses dissentions; & cette
émulation qui se communiqua à tous
les courtisans, donna à ce siécle un
air de grandeur & de politesse inconnu
jusqu'alors.

L'opulence y contribua ; & cette opulence devenue plus générale était en partie (par une étrange révolution) la fuite de la perte funeste de Constantinople : car bientôt après, tout le commerce des Otomans fut fait par les Chrétiens, qui leur vendaient jusqu'aux épiceries des Indes, en les allant charger fur leurs vaisseaux dans Alexandrie, & les portant enfuite dans les mers du Levant.

L'industrie fut partout excitée. Marseille fit un grand commerce. Lyon eut de belles manufactures. Les villes des Païs-bas furent plus florissantes encore que fous la Maison de Bourgogne. Les Dames appellées à la Cour de *François I.* en firent le centre de la magnificence, comme de la politesse. Les mœurs étaient plus dures à Londres, où régnait un Roi capricieux & féroce : mais Londres commençait déja à s'enrichir par le commerce.

En Allemagne, les villes d'Ausbourg & de Nuremberg, qui répandaient les richesses de l'Asie qu'elles tiraient de Venise, se ressentaient déja de leur correspondance avec les Italiens. On voïait dans Ausbourg de belles maisons dont les murs étaient ornés de peintures *à fresque*, à la manière Vénitienne. En un mot l'Europe voïait naître de beaux jours ; mais ils furent troublés par les tempêtes que la rivalité entre *Charlequint* & *François I.* excitèrent ; & les querelles de Religion, qui déja commençaient à naître, souillèrent la fin de ce siécle. Elles la rendirent affreuse, & y portèrent une espèce de barbarie que les Hérules & les Huns n'avaient jamais connue.

CHAPITRE XCVIII.

ÉTAT DE L'EUROPE

DU TEMS DE CHARLEQUINT.

De la Moscovie ou Russie. Digression sur la Laponie.

AVANT de voir ce que fut l'Europe sous *Charlequint*, je dois me former un tableau des differents Gouvernements qui la partageaient. J'ai déja vû ce qu'étaient l'Espagne, la France, l'Allemagne, l'Italie, l'Angleterre. Je ne parlerai de la Turquie, & de ses conquêtes en Syrie & en Afrique, qu'après avoir vû tout ce qui se passa d'admirable & de funeste chez les Chrêtiens, & lorsqu'aïant suivi les Portugais dans leurs voïages & dans leur commerce militaires en Asie, j'aurai vû en quel état était le monde Oriental.

Je commence à présent par les Roïaumes Chrêtiens du Septentrion. L'état de la Moscovie ou Russie prenait quelque forme. Cet Empire si puissant, & qui le devient tous les jours davantage, n'était depuis longtemps qu'un assemblage de demi-Chrêtiens sauvages, esclaves des Tartares de *Cazan*, descendans de *Tamerlan*. Le Duc de *Russie* païait tous les ans un tribut à ces Tartares en argent, en pelleteries & en bétail. Il conduisait le tribut à pied devant l'Ambassadeur Tartare, se prosternait à ses pieds, lui présentait du lait à boire, & s'il en tombait sur le col du cheval de l'Ambassadeur, le Prince était obligé de le lécher. Les Russes étaient d'un côté esclaves des Tartares, de l'autre pressés par les Lituaniens; & vers l'Ukraine, ils étaient encore exposés aux déprédations des Tartares de la Crimée, successeurs des Scytes de la Chersonnèse Taurique, auxquels ils païaient un tribut. Enfin il se trouva un Chef nommé *Jean Basilides*, ou fils de *Basile*, homme de courage, qui anima les Russes, s'affranchit de tant de servitude, & joignit à ses Etats Novogorod & la ville de Moscow qu'il conquit sur les Lituaniens à la fin du quinzième siécle. Il étendit ses conquêtes dans la Finlande, qui a été souvent un sujet de rupture entre la Ruffie & la Suéde.

La Ruffie fut donc alors une grande Monarchie, mais non encore redoutable à l'Europe. On dit que *Jean Bafilides* ramena de Mofcow trois cent chariots chargés d'or, d'argent & de pierreries. Les fables font l'hiftoire des tems groffiers. Les peuples de Mofcow, non plus que les Tartares, n'avaient alors d'argent que celui qu'ils avaient pillé ; mais volés euxmêmes dès longtems par ces Tartares, quelles richeffes pouvaient ils avoir ? Ils ne connaiffaient guères que le néceffaire.

Le païs de Mofcow produit de bon bled, qu'on féme en May, & qu'on recüeille en Septembre. La terre porte quelques fruits ; le miel y eft commun ainfi qu'en Pologne : le gros & le menu bétail y a toujours été en abondance ; mais la laine n'étant point propre aux manufactures, & les peuples groffiers n'aïant aucune induftrie, les peaux étaient leurs feuls vêtements. Il n'y avait pas à Mofcow une feule maifon de pierre. Leurs huttes

de bois étaient faites de troncs d'arbres enduits de mouffe. Quant à leurs
mœurs, ils vivaient en brutes, aïant
une idée confufe de l'Eglife Grecque,
de laquelle ils croïaient être. Leurs
Pafteurs les enterraient avec un billet
pour *St. Pierre* & pour *St. Nicolas*,
qu'on mettait dans la main du mort.
C'était-là leur plus grand afte de Religion. Mais au-delà de Mofcow vers
le Nord-Eft, prefque tous les villages étaient idolâtres.

Les Czars depuis *Jean Bafilides* eurent des richeffes, furtout lorfqu'en
1551. un autre *Jean Bafilowits* eut
pris Cazan & Aftracan fur les Tartares: mais les Ruffes furent toujours
pauvres; car ces Souverains abfolus
faifant prefque tout le commerce de
leur Empire, & rançonnant ceux qui
avaient gagné de quoi vivre, eurent
bientôt des tréforts, & ils étalè-
rent même une magnificence Afiatique dans les jours de folemnité. Ils
commerçaient avec Conftantinople
par la Mer noire, avec la Pologne
par Novogorod. Ils pouvaient donc
policer leurs Etats, mais le tems n'en
était pas venu. Tout le Nord de leur
Empire

Empire par-delà Moscow consistait dans de vastes déserts, & dans quelques habitations de Sauvages. Ils ignoraient même que la vaste Sibérie existât. Un Cosaque découvrit la Sibérie sous ce *Jean Basilowits*, & la conquit, comme *Cortes* conquit le Méxique, avec quelques armes à feu.

Les Czars prenaient peu de part aux affaires de l'Europe, excepté dans quelques guerres contre la Suéde au sujet de la Finlande. Nul Moscovite ne sortait de son païs : ils ne trafiquaient sur aucune mer. Le port même d'Archangel était alors aussi inconnu que ceux de l'Amérique. Il ne fut découvert que dans l'année 1553. par les Anglais, lorsqu'ils cherchèrent de nouvelles terres vers le Nord; à l'exemple des Portugais & des Espagnols, qui avaient fait tant de nouveaux établissements au Midi, à l'Orient, & à l'Occident. Il falloit passer le Cap-Nord à l'extrémité de la Laponie. On sut par expérience, qu'il y a des païs où pendant près de cinq mois le Soleil n'éclaire pas l'horison. L'équipage entier de deux vaisseaux périt de froid & de maladie dans ces terres. Un troisième sous la conduite de *Chancelor* aborda le port d'Archangel sur la Duina , dont les bords n'é- taient habités que par des Sauvages. *Chancelor* alla par la Duina jusques vers Moscow. Les Anglais depuis ce tems furent presque les seuls maî- tres du commerce de la Moscovie , dont les pelleteries précieuses con- tribuèrent à les enrichir. Ce fut en- cor une branche de commerce en- levée à Venise. Cette République avait eu des comptoirs autrefois , & même une ville sur les bords du Ta- naïs ; & depuis elle avait fait ce commerce de pelleteries par Cons- tantinople. Quiconque lit l'Histoi- re avec fruit , voit qu'il y a eu au- tant de révolutions dans le commer- ce que dans les Etats.

On était alors bien loin d'imagi- ner qu'un jour un Prince Russe fon- derait dans des marais , au fond du Golfe de Finlande , une nouvelle capitale , où il aborde tous les ans environ deux cent cinquante vais- seaux étrangers ; & que de-là il partirait des armées qui viendraient faire des Rois en Pologne, ſervir l'Empire Allemand contre la France, prendre la Crimée, & démembrer la Suéde.

On commença dans ces tems-là à connaître plus particuliérement la Laponie, dont les Suédois mêmes, les Danois & les Ruſſes n'avaient encore que de faibles notions. Ce vaſte païs, voiſin du Pole, avait été déſigné par *Strabon* ſous le nom de la contrée des *Troglodites* & des *Pigmées* Septentrionaux. Nous aprimes que la race des *Pigmées* n'eſt point une fable. Il eſt probable que les *Pigmées* méridionaux ont péri, & que leurs voinſins les ont détruits. Pluſieurs eſpèces d'hommes ont pû ainſi diſparaître de la face de la terre, comme pluſieurs eſpèces d'animaux. Les Lapons ne paraiſſent point tenir de leurs voiſins. Les hommes, par exemple, ſont grands & bien faits en Norwège, & la Laponie ne produit que des hommes de trois coudées de haut. Leurs yeux, leurs oreilles, leur nez les différencient encore de tous les peuples qui entourent leurs déserts. Ils paraissent une espèce particuliére faite pour le climat qu'ils habitent, qu'ils aiment, & qu'eux seuls peuvent aimer. La Nature, qui n'a mis les rennes que dans ces contrées, semble y avoir produit des Lapons; & comme leurs rennes ne sont point venus d'ailleurs, ce n'est pas non plus d'un autre païs que les Lapons y paraissent venus. Il n'est pas vraisemblable que les Habitans d'une terre moins sauvage aient franchi les glaces & les déserts pour se transplanter dans des terres si stériles. Une famille peut être jettée par la tempête dans une Isle déserte & la peupler ; mais on ne quitte point dans le Continent des habitations qui produisent quelque nourriture, pour aller s'établir au loin sur des rochers couverts de mousse, où l'on ne peut se nourrir que de lait de rennes, & de poissons. De plus, si des Norwégiens, des Suédois, s'étaient transplantés en Laponie, y auraient-ils changé absolument de figure ? Pourquoi les Islandais, qui sont aussi Septentrionaux que les Lapons, sont-ils d'une haute ſtature , & les Lapons non ſeulement petits, mais d'une figure toute différente? C'était donc une nouvelle eſpèce d'hommes qui ſe préſentait à nous , tandis que l'Amérique & l'Aſie nous en faiſait voir tant d'autres. La ſphère de la nature s'élargiſſait pour nous de tous côtés ; & c'eſt par là ſeulement que la Laponie mérite notre attention.

Je ne parlerai point de l'Iſlande , qui était la Thulé des anciens , ni du Groenland , ni de toutes ces contrées voiſines du Pole , où l'eſpérance de découvrir un paſſage en Amérique a porté nos vaiſſeaux. La connaiſſance de ces païs eſt auſſi ſtérile qu'eux , & n'entre point dans le plan politique du Monde.

DE LA POLOGNE.

LA Pologne aïant longtems confervé les mœurs des Sarmates,
commençait à être confidérée de
l'Allemagne, depuis que la race des
Jagellons était fur le Trône. Ce n'é-
tait plus le tems où ce païs recevait
un Roi de la main des Empereurs, &
leur païait tribut.

Le premier des *Jagellons* avait été
élu Roi de cette République en
1382. Il était Duc de Lituanie. Son
païs & lui étaient idolâtres, auffi-
bien que plus d'un Palatinat. Il promit de fe faire Chrêtien, & d'incor-
porer la Lituanie à la Pologne. Il
fut Roi à ces conditions.

Ce *Jagellon*, qui prit le nom de
Ladiflas, fut pére de ce malheureux
Ladiflas Roi de Hongrie & de Pologne, né pour être un des plus puiffants Rois du monde; mais qui fut
défait & tué en 1445. à cette bataille de Varnes que le Cardinal *Julien* lui fit donner contre les Turcs
malgré la foi jurée, ainfi que nous
l'avons vû.

Les deux grands ennemis de la Pologne furent longtems les Turcs & les Religieux Chevaliers Teutoniques. Ceux-ci, qui s'étaient formés dans les Croisades, n'aïant pû réuffir contre les Musulmans, s'étaient jettés sur les idolâtres & sur les Chrêtiens de la Pruffe, province que les Polonais poffédaient.

Sous *Casimir*, au quinzième siécle, les Chevaliers Religieux Teutoniques firent longtems la guerre à la Pologne, & enfin partagèrent la Pruffe avec elle, à condition que le grand Maître serait Vaffal du Roïaume, & en même tems Palatin aïant féance aux Diétes.

Il n'y avait alors que ces Palatins qui euffent voix dans les Etats du Roïaume ; mais *Casimir* y apella les Députés de la Nobleffe vers l'an 1460. & ils ont toujours confervé ce droit.

Les Nobles en eurent alors un autre, commun avec les Palatins ; ce fut de n'être arrêtés pour aucun crime, avant d'avoir été convaincus juridiquement. Ce droit était celui de l'impunité. Ils avaient en-

B iv.

core droit de vie & de mort sur
leurs païsans : ils pouvaient tuer
impunément un de ces serfs, pourvu qu'ils missent environ dix écus
sur la fosse ; & quand un Noble Polonais avait tué un païsan apparte-
nant à un autre Noble, la loi d'honneur l'obligeait d'en rendre un autre. Ce qu'il y a d'humiliant pour
la nature humaine, c'est qu'un tel
privilège subsiste encor.

Sigismond, de la race des *Jagellons*, qui mourut en 1548. était con-
temporain de *Charlequint*, & passait pour un grand Prince. Les Polonais eurent de son tems beaucoup
de guerres contre les Moscovites,
& encore contre ces Chevaliers
Teutoniques dont *Albert* de Bran-
debourg était grand Maître. Mais
la guerre était tout ce que connais-
saient les Polonais, sans en connaître l'art, qui se perfectionnait
dans l'Europe méridionale. Ils combattaient sans ordre, n'avaient
point de place fortifiée ; leur cavalerie faisait, comme aujourd'hui, toute leur force.

Ils négligeaient le commerce. On

n'avait découvert qu'au treizième
siécle les salines de Cracovie, qui
font une des richesses du païs. Le
négoce du bled & du sel était abandonné aux Juifs & aux étrangers,
qui s'enrichissaient de l'orgueilleuse
oisiveté des Nobles & de l'esclavage
du peuple. Il y avait déja en Pologne plus de deux cent sinago-
gues.

D'un côté, cette administration
était à quelques égards une image de l'ancien gouvernement des
Francs, des Moscovites & des
Huns. De l'autre, il ressemblait à
celui des anciens Romains, en ce
que chaque Noble a le droit des
Tribuns du peuple, de pouvoir s'o-
poser aux loix du Sénat par le seul
mot *veto*. Ce pouvoir étendu à tous
les Gentilshommes, & porté jusqu'au droit d'annuller par une seule
voix toutes les voix de la République, est devenu la prérogative de
l'anarchie. Le Tribun était le Ma-
gistrat du peuple Romain : & le
Gentilhomme n'est qu'un membre,
un sujet de l'Etat. Le droit de ce
membre est de troubler tout le

corps. Mais ce droit eſt ſi cher à l'amour propre, qu'un ſûr moyen d'être mis en piéces ſerait de propoſer dans une Diéte l'abolition de cette coûtume.

Il n'y avoit d'autre titre en Pologne que celui de Noble, de même qu'en Suéde, en Dannemark & dans tout le Nord : les qualités de Duc & de Comte ſont récentes. C'eſt une imitation des uſages d'Allemagne : mais ces titres ne donnent aucun pouvoir. Toute la Nobleſſe eſt égale. Ces Palatins, qui ôtaient la liberté au peuple, n'étaient occupés qu'à défendre la leur contre leur Roi. Quoique le ſang des *Jagellons* eût régné longtems, les Princes ne furent jamais ni abſolus par leur Roïauté, ni Rois par droit de naiſſance. Ils furent toujours élus comme les Chefs de l'Etat, & non comme les Maîtres. Le ſerment prêté par les Rois à leur Couronnement portait en termes exprès, qu'ils priaient la Nation de les détrôner s'ils n'obſervaient pas les loix qu'ils avaient jurées.

Ce n'était pas une choſe aiſée de

conserver toujours le droit d'élection, en laissant toujours la même famille sur le Trône. Mais les Rois n'aïant ni forteresse, ni la disposition du Trésor public, ni celle des armées, la liberté n'a jamais reçu d'atteinte. L'Etat n'accordait au Roi qu'environ douze cent mille de nos livres annuelles pour soûtenir sa Dignité. Le Roi de Suéde aujourd'hui n'en a pas tant. L Empereur n'a rien. Il est à ses frais *le Chef de l'Univers Chrétien ; caput orbis Chriftiani ;* tandis que l'Isle de la Grande-Bretagne donne à son Roi environ vingt-trois millions pour sa liste civile. La vente de la Roïauté est devenue en Pologne la plus grande source de l'argent qui roule dans l'Etat. La capitation des Juifs, qui fait un de ses gros revenus, ne monte pas à plus de cent vingt mille florins du païs.

A l'égard de leurs loix, ils n'en eurent d'écrites en leur langue qu'en 1552. Les Nobles, toujours égaux entre eux, se gouvernaient suivant leurs résolutions prises dans leurs assemblées, qui font la loi véritable encore aujourd'hui ; & le reste de la Nation ne s'informe seulement pas de ce qu'on y a résolu. Comme ces possesseurs des terres sont les maî-tres de tout , & que les cultiva-teurs sont esclaves , c'est aussi à ces seuls possesseurs qu'apartien-nent les biens de l'Eglise. Il en est de même en Allemagne ; mais c'est en Pologne une loi expresse & gé-nérale ; au lieu qu'en Allemagne ce n'est qu'un usage établi, usage trop contraire au Christianisme , mais conforme à l'esprit de la Constitu-tion Germanique. Rome différem-ment gouvernée a eu toujours cet avantage , depuis ses Rois & ses Consuls jusqu'à la Monarchie Pon-tificale , de ne fermer jamais la porte des honneurs au simple mé-rite.

DE LA SUEDE

ET DU DANNEMARCK.

LEs Roïaumes de Suéde , de Dannemarck & de Norvège étaient électifs comme la Pologne. Les païfans & les artifans étaient efclaves en Dannemarck & en Norvège : mais en Suéde ils avaient féance aux Diétes de l'Etat , & donnaient leur voix pour régler les impôts. Jamais peuples voifins n'eurent une antipathie plus violente que les Suédois & les Danois. Cependant ces Nations rivales n'avaient compofé qu'un feul Etat par la fameufe union de Calmar à la fin du quatorzième fiécle.

Un Roi de Suéde , nommé *Albert,* aïant voulu prendre pour lui le tiers des métairies du Roïaume , fes fujets fe foulevèrent. *Marguerite de Valdemar* , Reine de Dannemarck , qu'on apellait la *Sémiramis du Nord,* profita de ces troubles , & fe fit reconnaître en 1395. Reine de Sué-

de, de Dannemarck & de Norvège. Elle unit deux ans après ces
Roïaumes, qui devaient être à per-
pétuité gouvernés par un même Souverain.

Quand on se souvient qu'autrefois de simples pirates Danois avaient
porté leurs armes victorieuses presque dans toute l'Europe, & conquis l'Angleterre & la Normandie ;
& qu'on voit ensuite la Suéde, la
Norvège & le Dannemarck réunis,
n'être pas une puissance formidable
à leurs voisins ; on voit évidem-
ment qu'on ne fait des conquêtes
que chez des peuples mal gouvernés. Les seules villes Anséatiques,
Hambourg, Lubec, Dantzig, Ros-
toc, Lunebourg, Vismar, pouvaient
résister à ces trois Roïaumes, parce
qu'elles étaient plus riches. La seule
ville de Lubec fit même la guerre
aux successeurs de *Marguerite de Val-*
demar. Cette union de trois Roïaumes, qui semble si belle au premier
coup d'œil, fut la source de leurs
malheurs.

Il y avait en Suéde un Primat Archevêque d'Upsal, & six Evêques,

qui avaient à-peu-près cette autorité que la plûpart des Eccléfiaftiques
avaient acquife en Allemagne &
ailleurs. L'Archevêque d'Upfal furtout était, ainfi que 'le Primat de
Pologne, la feconde perfonne du
Roïaume. Quiconque eft la feconde veut toujours être la premiére.

Il arriva qu'en 1452. les Etats de
Suéde laffés du joug Danois, élurent pour leur Roi d'un commun
confentement le grand Maréchal
Charles Canutfon.

Non moins laffés du joug des Evêques, ils ordonnèrent qu'on ferait
une recherche des biens que l'E-
glife avait envahis à la faveur des
troubles. L'Archevêque d'Upfal,
nommé *Jean de Salftad*, affifté des
fix Evêques de Suéde & du Clergé, excommunia le Roi & le Sénat dans une Meffe folemnelle, dé-
pofa les ornemens fur l'autel, &
prenant une cuiraffe & une épée,
fortit de l'Eglife en commençant la
guerre civile. Les Evêques la con-
tinuèrent pendant fept ans. Ce ne
fut depuis qu'une anarchie fanglante
& une guerre perpétuelle entre les

Suédois qui voulaient avoir un Roi
indépendant , & les Danois qui
étaient presque toujours les Maîtres.
Le Clergé , tantôt armé pour la patrie , tantôt contre elle , excommu-
niait , se battait & pillait.

Enfin les Danois l'aïant emporté
sous leur Roi *Jean* fils de *Christiern I.*
les Suédois s'étant soumis , & s'é-
tant depuis soulevés , ce Roi *Jean*
fit rendre par son Sénat en Dannemarck un arrêt contre le Sénat de
Suéde , par lequel tous les Sénateurs
Suédois étaient condamnés à perdre leur noblesse & leurs biens. Ce
qui est fort singulier , c'est qu'il fit
confirmer cet arrêt par l'Empereur
Maximilien , & que cet Empereur
1505. écrivit aux Etats de Suéde , *qu'ils
eussent à obeïr , qu'autrement il procé-
derait contre eux selon les loix de l'Empire.* Je ne sai comment l'Abbé *de Ver-
tot* a oublié dans ses *Révolutions de
Suéde* un fait aussi important , soi-
gneusement recueilli par *Puffen-
dorff.*

Ce fait prouve que les Empereurs
Allemands , ainsi que les Papes , ont
toujours prétendu une Jurisdiction

univerfelle. Il prouve encore que le Roi Danois voulait flater *Maximilien*, dont en effet il obtint la fille pour fon fils *Chriftiern II.* Voilà comme les droits s'établiſſent. La Chancellerie de *Maximilien* écrivait aux Suédois comme celle de *Charlemagne* eût écrit aux peuples de Benevent ou de la Guienne. Mais il fallait avoir les armées & la puiſſance de *Charlemagne.*

Ce *Chriftiern II.* après la mort de fon pére, prit des meſures différentes. Au lieu de demander un arrêt à la Chambre Impériale, il obtint de *François I.* Roi de France, quatre mille hommes. Jamais les Français juſqu'alors n'étaient entrés dans les querelles du Nord. Il eſt vraiſemblable que *François I.* qui aſpirait à l'Empire vouloit, ſe faire un apui du Dannemarck. Les troupes Françaiſes combattirent en Suéde ſous *Chriftiern*, mais elles en furent bien mal récompenſées : congédiées ſans païe, pourſuivies dans leur retour par les païſans, il n'en revint pas trois cent hommes en France ; ſuite ordinaire de toute expédition qui fe fait trop loin de fa patrie.

Nous verrons , dans l'article du Luthéranifme quel Tyran était *Chrif-tiern.* Un de fes crimes fut la fource de fon châtiment qui lui fit perdre trois Roïaumes. Il venait de faire un accord avec un Adminiftrateur créé par les Etats de Suéde , nom-mé *Stenon Sture.* *Chriftiern* femblait moins craindre cet Adminiftrateur , que le jeune *Guflave Vafa* , neveu du Roi *Canutfon* , Prince d'un cou-rage entreprenant , le Héros & l'i-dole de la Suéde. Il feignit de vou-loir conférer avec l'Adminiftrateur dans Stockolm , & demanda qu'on lui amenât fur fa flotte à la rade de la ville le jeune *Guflave* & fix autres ôtages.

A peine furent-ils fur fon vaifleau qu'il les fit mettre aux fers , & fit voile en Dannemarck avec fa proie. 1518. Alors il prépara tout pour une guer-re ouverte. Rome fe mêlait de cet-te guerre. Voici comme elle y en-tra , & comme elle fut trompée.

Troll Archevêque d'Upfal , dont je raporterai les cruautés en parlant du Luthéranifme , élu par le Clergé ,

confirmé par *Léon X.* & lié d'intérêt avec *Chriftiern* , avait été dépofé
par les Etats de Suéde en 1517. &
condamné à faire pénitence dans un
Monaftère. Les Etats furent excommuniés par le Pape, felon le ftile ordinaire. Cette excommunication ,
qui n'était rien par elle-même , était
beaucoup par les armes de *Chriftiern.*

Il y avait alors en Dannemarck
un Légat du Pape nommé *Arcemboldi,*
qui avait vendu les indulgences dans
les trois Roïaumes. Telle avait été
fon adreffe & telle l'imbécillité des
peuples, qu'il avait tiré près de deux
millions de florins de ces païs les
plus pauvres de l'Europe. Il allait
les faire paffer à Rome. *Chriftiern*
les prit , pour faire , difait il , la
guerre à des excommuniés. Sa guerre fut heureufe. Il fut reconnu Roi,
& l'Archevêque *Troll* fut rétabli.
C'eft après ce rétabliffement que le 1520.
Roi & fon Primat donnèrent dans
Stockolm cette fête funefte , dans
laquelle ils firent égorger le Sénat
entier & tant de citoïens. Cependant *Guftave* s'était échapé de fa pri-

fon, & avait repaffé en Suéde. Il
fut obligé de fe cacher quelque tems
dans les montagnes de la Dalécar-
lie, déguifé en païfan. Il travailla
même aux mines, foit pour fubfif-
ter, foit pour fe mieux déguifer. Mais
enfin il fe fit connaître à ces hommes fauvages, qui déteftaient d'autant plus la Tyrannie, que toute
politique était inconnue à leur fimplicité ruftique. Ils le fuivirent, &
Guftava Vafa fe vit bientôt à la tête
d'une armée. L'ufage des armes à
feu n'était point encor connu de
ces hommes groffiers, & peu fa-
millier au refte des Suédois. C'eft
ce qui avait donné toujours aux Danois la fupériorité. Mais *Guftave*
aïant fait acheter fur fon crédit des
moufquets à Lubeck., combattit
bientôt avec des armes égales.

Lubeck ne fournit pas feulement
des armes; elle envoïa des troupes, fans quoi *Guftave* eût eu bien
de la peine à réuffir. C'était une
fimple ville de Marchands de qui
dépendait la deftinée de la Suéde.
Chriftiern était alors en Dannemarck. L'Archevêque d'Upfal fou-

tint alors tout le poids de la guerre contre le libérateur. Enfin, ce qui n'eft pas ordinaire, le parti le plus jufte l'emporta. *Guftave*, après des avantures malheureufes, battit les Lieutenans du Tyran, & fut Maître d'une partie du païs.

Chriftiern furieux, qui dès long-temps avait en fon pouvoir à Copenhague la mére & la fœur de *Guftave*, fit une action, qui même après ce qu'on a vu de lui, parait d'une atrocité prefque incroïable. Il fit jetter ces deux Princefles dans la mer, enfermées dans un fac l'une & l'autre. **1521.**

Ce Tyran favait ainfi fe venger, mais il ne favait pas combattre. Il affaffinait des femmes, & il n'ofoit aller en Suéde faire tête à *Guftave*. Non moins cruel envers fes Danois qu'envers fes ennemis, il fut bientôt auffi exécrable au peuple de Copenhague qu'aux Suédois.

Ces Danois, en poffeffion alors d'élire leurs Rois, avaient celui de punir un Tyran. Les premiers qui renoncèrent à fa domination furent ceux de Jutland, c'eft-à-dire, du

Duché de Schlefwich. Son oncle *Fréderic*, Duc de Holftein, profita du jufte foulevement des peuples. La force appuia le droit. Tous les habitans de ce qui compofait autrefois la Cherfonnefe Cimbrique, firent fignifier au Tyran l'acte de fa démiffion autentique par le premier Magiftrat de Jutland.

Ce Chef de Juftice intrépide, ofa porter à *Chriftiern* fa fentence dans Copenhague même. Le tyran voïant tout le refte de l'Etat ébranlé, haï de fes propres Officiers, n'ofant fe fier à perfonne, reçut dans fon Palais, comme un criminel, fon arrêt qu'un feul homme défarmé lui fignifiait. Il faut conferver à la poftérité le nom de ce Magiftrat. Il s'appellait *Mons. Mon nom*, difait-il, *devrait être écrit fur la porte de tous les méchans Princes.* Le Dannemarck obéït à l'arrêt. Il n'y a point d'exemple d'une révolution fi jufte, fi fubite & fi tranquille. Le roi fe dégrada lui-même en fuiant, & fe retira en Flandres dans les Etats de *Charlequint* fon beaufrére, dont il implora longtemps le fecours.

1523.

Son oncle *Fréderic* fut élu dans
Copenhague Roi de Dannemarck .
de Norvège & de Suéde ; mais il
n'eut de la Couronne de Suéde que
le titre. *Gustave Vasa* aïant pris dans
le même temps Stockolm, fut élu
Roi par les Suédois, & fut défendre le Roïaume qu'il avoit délivré.
Christiern , avec son Archevêque
Troll, errant comme lui, fit au bout
de quelques années une tentative
pour rentrer dans quelques-uns de
ses Etats. Il avoit la ressource que
donnent toujours les mécontents
d'un nouveau régne. Il y en eut en
Dannemarck, il en eut en Suéde.
Il passa avec eux en Norvège. Le
roi *Gustave* avoit changé la religion des Suédois. Le Roi *Fréderic*
permettait que les Danois en chan-
geassent. *Christiern* se déclarait bon
catholique : mais n'en étant ni meilleur Prince, ni meilleur Général ,
ni plus aimé, il ne fit qu'un effort
inutile.

Abandonné bientôt de tout le
monde , il se laissa mener en Dannemarck en 1532, & finit ses jours
en prison. L'Archevêque *Troll*, d'u-

ne ambition inquiéte , aïant armé
la ville de Lubeck contre le Dannemarck , mourut de ses blessures
plus glorieusement que *Christiern* ,
dignes l'un & l'autre d'une fin plus
tragique.

Gustave libérateur de son païs ,
jouit assez paisiblement de sa gloire.
Il fit le premier connaitre aux Nations étrangères de quel poids la
Suéde pouvait être dans les affaires
de l'Europe , dans un tems où la
politique Européane prenait une
nouvelle face , & où l'on commençait à vouloir établir la balance du
pouvoir.

François I. fit une alliance avec
lui ; & même, tout Luthérien qu'é-
tait *Gustave* , il lui envoïa le col-
lier de son Ordre malgré les sta-
tuts. *Gustave* le reste de sa vie se
fit une étude de régler l'Etat. Il
fallut user de sa prudence pour que
la religion qu'il avait détruite , ne
troublât pas son gouvernement. Les
Dalécarliens qui l'avaient aidé les
premiers à monter sur le Trône ,
furent les premiers à l'inquieter.
Leur rusticité farouche les attachait
aux

aux anciens ufages de leur Eglife ;
ils n'étaient Catholiques que comme ils étaient barbares, par la naiffance, & par l'éducation. On en
peut juger par une requête qu'ils
lui préfentèrent ; ils demandèrent
que le Roi ne portât point d'habits
découpés à la mode de France, &
qu'on fît brûler tous les citoïens
qui feraient gras le vendredi. C'é-
toit prefque la feule chofe à quoi
ils diftinguaient les Catholiques d'a-
vec les Luthériens.

Le Roi étouffa tous ces mouve-
ments, établit avec adreffe fa Religion en confervant des Evêques,
& en diminuant leurs revenus &
leur pouvoir. Les anciennes loix de
l'Etat furent refpeétées ; il fit déclarer fon fils *Fréderic* fon fucceffeur par les Etats en 1554: & même
il obtint que la Couronne refteroit
dans fa maifon, à condition que, fi
fa race s'éteignait, les Etats ren-
treraient dans le droit d'éleétion ;
que, s'il reftoit une princeffe, elle
auroit une dot, fans prétendre à la
Couronne.

Voilà dans quelle situation étaient les affaires du Nord du tems de *Charlequint*. Les mœurs de tous ces peuples étaient simples, mais dures; on n'en était que moins vertueux pour être plus ignorant. Les titres de Comte, de Marquis, de Baron, de Chevalier, & la plupart des symboles de la vanité, n'avaient point pénétré chez les Suédois, & peu chez les Danois; mais aussi les inventions utiles y étaient ignorées. Ils n'avaient ni commerce réglé, ni manufactures. Ce fut *Gustave Vasa*, qui, en tirant les Suédois de l'obscurité, anima aussi les Danois par son exemple.

DE LA HONGRIE.

LA Hongrie fe gouvernoit entiérement comme la Pologne : elle
élifait fesRois dans fes Diétes. Le Palatin de Hongrie avait la même autorité que le Primat Polonais ; & de
plus il étoit Juge entre le Roi & la
nation. Telle avait été autrefois la
puiffance ou le droit du Palatin de
l'Empire , du Maire du Palais de
France , du Jufticier d'Arragon. On
voit que dans toutes les Monarchies
l'autorité des Rois commença toujours par être balancée.

Les Nobles avaient les mêmes
privilèges qu'en Pologne , je veux
dire d'être impunis , & de difpofer
de leurs ferfs : la populace était ef-
clave. La force de l'Etat étant dans
la Cavalerie , compofée de Nobles
& de leurs fuivants ; l'Infanterie
était un ramas de païfans fans ordre,
qui combattaient dans le tems qui
fuit les femailles , jufqu'à celui de la
moiffon.

On fe fouvient , que vers l'an
C ij

1000. la Hongrie reçut le Chriftianifme. Le Chef des Hongrois, *Etien-*
ne, qui voulait être Roi, fe fervit
de la force & de la Religion. Le
Pape *Silveftre II.* lui donna le titre
de Roi, & même de Roi Apoftolique. Des Auteurs prétendent que
ce fut *Jean XVIII.* ou *XIX.* qui
conféra ces deux honneurs à *Etienne*
en 1003. ou 1004. De telles difcuf-
fions ne font pas le but de mes recherches. Il me fuffit de confidérer
que c'eft pour avoir donné ce titre
dans une bulle, que les Papes prétendaient exiger des tributs de la
Hongrie, & c'eft en vertu de ce
mot *Apoftolique* que les Rois de
Hongrie prétendaient donner tous
les Bénéfices du Roïaume.

On voit qu'il y a des préjugés par
lefquels les Rois & les Nations entiéres fe gouvernent. Le Chef d'u-
ne nation guerriére n'avait ofé prendre le titre de Roi fans la permiffion
du Pape. Ce Roïaume & celui de
Pologne étaient gouvernés fur le
modèle de l'Empire Allemand. Cependant les Rois de Pologne & de
Hongrie, qui faifaient des Comtes,

n'osèrent jamais faire des Ducs ; loin de prendre le titre de Majesté, on les apelait alors Votre Excellence.

Les Empereurs regardaient même la Hongrie comme un Fief de l'Empire. En effet *Conrad le Salique* avait reçu un hommage & un tribut du Roi *Pierre* ; & les Papes de leur côté soutenaient qu'ils devaient donner cette Couronne, parce qu'ils avaient les premiers apellé du nom de *Roi* le Chef de la nation Hongroise.

Il faut un moment remonter ici au tems où la Maison de France, qui a fourni des Rois au Portugal, à l'Angleterre, à Naples, vit aussi ses rejettons sur le Trône de Hongrie.

Vers l'an 1290. le Trône étant vacant, l'Empereur *Rodolphe de Habsbourg* en donna l'investiture à son fils *Albert d'Autriche*, comme s'il eût donné un Fief ordinaire. Le Pape *Nicolas IV.* de son côté conféra le Roïaume comme un Bénéfice au petit-fils de ce fameux *Charles d'Anjou*, frére de *St. Louis*, Roi de

C iij

Naples & de Sicile. Ce neveu de
St. Louis était apellé *Charles Martel*, & il prétendait le Roïaume,
parce que sa mére *Marie* de Hongrie
était sœur du Roi Hongrois dernier
mort. Ce n'est pas chez les peuples
libres un titre pour régner que d'ê-
tre parent de leurs Rois. La Hongrie ne prit pour Maître ni celui que
nommait l'Empereur, ni celui que
lui donnait le Pape. Elle choisit *André*, surnommé *le Vénitien* parce
qu'il s'était marié à Venise, Prince
qui d'ailleurs était du sang Roïal. Il
y eut des excommunications & des
guerres; mais après sa mort, &
après celle de son concurrent *Charles Martel*, les arrêts du Tribunal
de Rome furent exécutés.

Boniface VIII. en 1303. quatre
mois avant que l'affront qu'il reçut
du Roi de France, le fît, dit-on,
mourir de douleur, jouit de l'honneur de voir plaider devant lui,
comme on l'a déjà dit, la cause de
la Maison d'Anjou. La Reine de Naples *Marie* parla elle-même devant
le Consistoire; & *Boniface* donna la
Hongrie au Prince *Carobert*, fils de

Charles Martel ; & petit-fils de cette *Marie.*

Ce *Carobert* fut donc en effèt Roi 1308. par la grace du Pape, foûtenu de fon parti & de fon épée. La Hongrie fous lui devint plus puiffante que les empereurs, qui la regardaient comme un fief. *Carobert* réunit la Dalmatie, la Croatie, la Servie, la Tranfilvanie, la Valachie, la Moldavie, Provinces démembrées du Roïaume dans la fuite des temps.

Le fils de *Carobert*, nommé *Louis*, frére de cet *André* de Hongrie que la Reine de Naples *Jeanne* fa femme fit étrangler, accrut encore la puiffance des Hongrois. Il paffa au Roïaume de Naples pour vengcr le meurtre de fon frére. Il aida *Charles de Durazzo* à détrôner *Jeanne*, fans l'aider dans la cruelle mort dont *Durazzo* fit périr cette Reine. De retour dans la Hongrie, il y acquit une vraie gloire ; car il fut jufte ; il fit de fages loix ; il abolit les épreuves du fer ardent & de l'eau bouillante, d'autant plus accréditées que les peuples étaient plus grossiers.

On remarque toujours qu'il n'y a guère de grand homme qui n'ait aimé les lettres. Ce Prince cultivait la Géométrie & l'Astronomie. Il protégeait les autres Arts. C'est à cet esprit philosophique, si rare alors, qu'il faut attribuer l'abolition des épreuves superstitieuses. Un Roi qui connoissait la saine raison, était un prodige dans ces climats. Sa valeur fut égale à ses autres qualités. Ses peuples le chérirent : les étrangers l'admirèrent : les Polonais sur la fin de sa vie l'élurent pour leur Roi en 1370. Il régna heureusement, quarante ans en Hongrie, & douze ans en Pologne. Les peuples lui donnèrent le nom de *Grand* dont il était digne. Cependant il est presque ignoré en Europe. Il n'avoit pas régné sur des hommes qui fussent transmettre sa gloire aux Nations. Qui sait qu'au quatorziéme siécle, il y eut un *Louis le Grand* vers les monts Krapak ?

Il était si aimé, que les Etats élurent en 1382 fa fille *Marie*, qui n'était pas encore nubile, & l'appellèrent *Marie Roi*, titre qu'ils ont encore renouvellé de nos jours pour la fille du dernier Empereur de la Maifon d'Autriche.

Tout fert à faire voir que, fi dans les Roïaumes héréditaires, on peut fe plaindre des abus du Defpotifme, les Etats électifs font expofés à de plus grands orages ; & que la liberté même, cet avantage fi naturel & fi cher, a quelquefois produit de grands malheurs. La jeune *Marie Roi* était gouvernée, auffi-bien que l'état, par fa mére *Elifabeth* de Bofnie. Les Seigneurs furent mécontents d'*Elifabeth* ; ils fe fervirent de leur droit de mettre la couronne fur une autre tête. Ils la donnèrent à *Charles de Durazzo*, furnommé *le petit*, defcendant en droite ligne du frére de *S. Louis* qui régna dans les deux Siciles. Il arrive de Naples à Bude : il eft couronné folemnellement en 1386. & reconnu Roi par *Elifabeth* elle-même.

Voici un de ces événemens étranges fur lefquels les loix font muettes ; & qui laissent en doute, si ce n'est pas un crime de punir le crime même.

Elisabeth & sa fille *Marie*, après avoir vécu en intelligence autant qu'il était possible avec celui qui possédait leur couronne, l'invitent chez elles, & le font assassiner en leur présence. Elles soulèvent le peuple en leur faveur ; & la jeune *Marie*, toujours conduite par sa mére, reprend la couronne.

1386.

Quelque tems après *Elisabeth* & *Marie* voïagent dans la basse Hongrie. Elles passent imprudemment sur les terres d'un Comte de *Hornac* Ban de Croatie. Ce Ban étoit ce qu'on appelle en Hongrie *Comte suprême*, commandant les armées & rendant la justice. Il était attaché au Roi assassiné. Lui était-il permis ou non de venger la mort de son Roi ? Il ne délibéra pas, & parut consulter la justice dans la cruauté de sa vengeance. Il fait le procès aux deux Reines ; fait noïer *Elisabeth*, & garde *Marie* en prison comme la moins criminelle.

Dans le même tems *Sigismond*,

qui depuis fut Empereur, entrait en Hongrie, & venait époufer la Reine *Marie*. Le Ban de Croatie fe crut affez puiffant, & fut affez hardi, pour lui amener lui-même cette Reine dont il avoit fait noïer la mére. Il femble qu'il crut n'avoir fait qu'un acte de juftice févère. Mais *Sigif-mond* le fit tenailler & mourir dans les tourmens. Sa mort fouleva la Nobleffe Hongroife, & ce régne ne fût qu'une fuite de troubles & de factions.

On peut régner fur beaucoup d'E-tats, & n'être pas un puiffant Prin-ce. Ce *Sigifmond* fut à la fois Em-pereur, Roi de Bohéme & de Hon-grie. Mais en Hongrie il fut battu par les Turcs, & mis une fois en prifon par fes fujets révoltés. En Bohéme il fut prefque toujours en guerre contre les Huffites ; & dans l'Empire fon autorité fut prefque toujours contrebalancée par les pri-vilèges des Princes & des villes.

En 1438. *Albert* d'Autriche gen-dre de *Sigifmond*, fut le premier de la Maifon d'Autriche qui régna fur la Hongrie.

Il fut , comme *Sigismond* , Empereur & Roi de Bohéme. Mais il ne régna que trois ans. Ce régne si court fut la source des divisions intestines , qui jointes aux irruptions des Turcs , ont dépeuplé la Hongrie , & en ont fait une des malheureuses contrées de la terre.

Les Hongrois toujours libres , ne voulurent point pour leur *Roi* d'un enfant que laissait *Albert* d'Autriche , & ils choisirent cet *Uladislas* , ou *Ladislas* , Roi de Pologne , que nous avons vû perdre en 1444. la bataille de Varnes avec la vie.

Fréderic III. d'Autriche Empereur d'Allemagne en 1440. se dit Roi de Hongrie , & ne le fut jamais. Il garda dans Vienne le fils d'*Albert d'Autriche* , que j'appellerai *Ladislas Albert* , pour le distinguer de tant d'autres , tandis que le fameux *Jean Huniade* tenait tête en Hongrie à *Mahomet II.* vainqueur de tant d'Etats. Ce *Jean Huniade* n'était pas Roi , mais il était Général chéri d'une Nation libre & guer-

riére , & nul Roi ne fut auffi abfolu
que lui.

Après fa mort la Maifon d'Autriche eut la Courronne de Hongrie. Ce *Ladiflas Albert* fut élu. Il
fit périr par la main du bourreau
un des fils de ce *Jean Huniade*, vengeur de la patrie. Mais chez les
peuples libres , la tyrannie n'eft pas
impunie. *Ladiflas Albert d' Autriche* fut
chaffé de ce Trône fouillé d'un fi beau
fang , & païa par l'exil fa cruauté.

Il reftait un fils de ce grand *Huniade* : ce fut *Mathias Corvin* , que
les Hongrois ne tirèrent qu'à force
d'argent des mains de la Maifon
d'Autriche. Il combattit & l'Empereur *Frédéric III.* auquel il enleva
l'Autriche , & les Turcs qu'il chaf-
fa de la haute Hongrie.

Après fa mort arrivée en 1490.
la Maifon d'Autriche voulut toujours ajouter la Hongrie à fes autres
Etats. L'Empereur *Maximilien* ren-
tré dans Vienne ne put obtenir ce
Roïaume. Il fut déféré à un Roi de
Bohéme nommé encor *Ladiflas* ,
que j'apellerai *Ladiflas de Bohéme.*

Les Hongrois, en se choisissant ainsi leurs Rois, restraignaient toujours leur autorité, à l'exemple des Nobles en Pologne , & des Electeurs de l'Empire. Mais il faut avouer que les Nobles de Hongrie étaient de petits Tyrans , qui ne voulaient point être tyrannisés. Leur liberté était une indépendance funeste , & ils réduisaient le reste de la Nation à un esclavage si misérable , que tous les habitans de la campagne se soulevèrent contre des Maîtres trop durs. Cette guerre civile , qui dura quatre années , affaiblit encor ce malheureux Roïaume. La Noblesse mieux armée que le peuple , & possédant tout l'argent , eut enfin le dessus ; & la guerre finit par le redoublement des chaînes du peuple , qui est encor réellement esclave de ses Seigneurs.

Un païs si longtems dévasté , & dans lequel il ne restait qu'un peuple esclave & mécontent , sous des Maîtres presque toujours divisés , ne pouvait plus résister par lui-même aux armes des Sultans Turcs. Aussi quand le jeune *Louis II.* fils de cet

Uladiſlas de Bohéme, & beau-frére de l'Empereur *Charlequint*, voulut ſoûtenir les efforts de *Soliman*, toute la Hongrie ne put dans cette extrême néceſſité lui fournir une armée de trente mille combattants. Un Cordelier nommé *Tomoré*, Général de cette armée dans laquelle il y avait cinq Evêques, promit la victoire au Roi *Louis*. L'armée fut détruite à la célèbre journée de Mohats en 1526. Le Roi fut tué, & *Soliman* vainqueur parcourut tout ce Roïaume malheureux, dont il emmena plus de deux cent mille captifs.

En vain la nature a placé dans ce païs des mines d'or, & les vrais tréſors, des bleds & des vins ; en vain elle y forme des hommes robuſtes, bien-faits, ſpirituels ; on ne voïait preſque plus qu'un vaſte déſert, des villes ruinées, des campagnes dont on labourait une partie les armes à la main, des villages creuſés ſous terre où les habitans s'enſeveliſſaient avec leurs grains & leurs beſtiaux, une cen-

taine de châteaux fortifiés dont les
poffeffeurs difputaient la fouverai-
neté aux Turcs & aux Allemands.

Il y avait encor plufieurs beaux
païs de l'Europe dévaftés , incultes , inhabités , tels que la moitié
de la Dalmatie , le Nord de la Pologne , les bords du Tanaïs , la fertile contrée de l'Ukraine ; tandis
qu'on allait chercher des terres dans
un nouvel Univers & aux bornes
de l'ancien.

DE L'ÉCOSSE.

DANS ce tableau du Gouvernement politique du Nord, je ne dois pas oublier l'Ecoſſe, dont je parlerai encor en traitant de la Religion.

L'Ecoſſe entrait un peu plus que le reſte dans le ſyſtème de l'Europe, parce que cette Nation ennemie des Anglais qui voulaient la dominer, était alliée à la France depuis longtemps. Il n'en coûtait pas beaucoup aux Rois de France pour faire armer les Ecoſſais. On voit que *François I.* n'envoïa que trente mille écus (qui font aujourd'hui cent trente mille de nos livres) au parti qui devait en 1543. faire déclarer la guerre aux Anglais. En effet, l'Ecoſſe eſt ſi pauvre, qu'aujourd'hui qu'elle eſt réunie à l'Angleterre, elle ne païe que la quarantième partie des ſubſides des deux Roïaumes.

Un Etat pauvre, voiſin d'un Etat riche, eſt à la longue vénal. Mais tandis que cette province ne se vendit point, elle fut redoutable. Les Anglais qui subjuguèrent si aisément l'Irlande sous *Henri II.* ne purent dominer en Ecosse. *Edouard III.* grand guerrier & adroit politique, la dompta, mais ne put la garder. Il y eut toujours entre les Ecossais & les Anglais une inimitié & une jalousie pareille à celle qu'on voit aujourd'hui entre les Portugais & les Espagnols. La Maison des *Stuards* régnait sur l'Ecosse depuis 1370. Jamais Maison n'a été plus infortunée. *Jacques I.* après avoir été prisonnier en Angleterre dix-huit années, fut assassiné par ses sujets en 1444. *Jacques II.* fut tué dans une expédition malheureuse à Roxboroug à l'âge de vingt-neuf ans. *Jacques III.* n'en aïant pas encor trente-cinq fut tué par ses sujets en bataille rangée. *Jacques IV.* gendre du Roi d'Angleterre *Henri VII.* périt âgé de trente-neuf ans en 1513. dans une bataille contre les Anglais, après un règne très-malheureux. *Jacques V.* mourut dans la fleur de son âge à trente ans en 1542.

Nous verrons la fille de *Jacques V.*
plus malheureuſe que tous ſes pré-
déceſſeurs , augmenter le nombre
des Reines mortes par la main des
bourreaux. *Jacques VI.* ſon fils ne
fut Roi d'Ecoſſe , d'Angleterre &
d'Irlande , que pour jetter par ſa
faibleſſe les fondements des révolutions qui ont porté la tête de
Charles I. ſur un échafaut , qui ont
fait languir *Jacques VII.* dans l'éxil,
& qui tiennent encor cette famille
infortunée errante loin de ſa patrie.
Le tems le moins funeſte de cette
Maiſon était celui de *Charlequint,*
& de *François i.* C'était alors que
régnait *Jacques V.* pére de *Marie
Stuard*, & qu'après ſa mort ſa veuve
Marie de Lorraine , mére de *Marie
Stuard*, eut la Régence du Roïaume.
Les troubles ne commençèrent à
naître que ſous la Régence de cette
Marie de Lorraine : & la Religion ,
comme on le verra, en fut le premier prétexte.

Je n'étendrai pas davantage ce
récenſement des Roïaumes du Nord
au ſeiziéme ſiécle. J'ai déja expoſé
en quels termes étaient enſemble

l'Allemagne, l'Angleterre, la France, l'Italie, l'Espagne. Ainsi je me suis donné une connaissance préliminaire des intérêts du Nord & du Midi. Il faut voir plus particuliérement ce que c'était que l'Empire.

CHAPITRE XCXIX.

DE L'ALLEMAGNE

ET

DE L'EMPIRE.

LE nom d'Empire d'Occident subsistait toujours. Ce n'était guères depuis très-long-tems qu'un titre onéreux ; & il y parut bien, puisque l'ambitieux *Edouard III.* à qui les Electeurs l'offrirent en 1348. n'en voulut point. *Charles IV.* regardé comme Législateur de l'Empire, ne put obtenir du Pape *Innocent VI.* & des Barons Romains, la permission dè se faire couronner Empereur à Rome, qu'à condition qu'il ne coucherait pas dans la ville. Sa fameuse *Bulle d'Or* mit quelque ordre dans l'Anarchie de l'Allemagne. Le nombre des Electeurs fut fixé par cette loi, qu'on regarda comme fondamentale, & à laquelle

on a dérogé depuis. De fon tems
les villes Impériales eurent voix
délibérative dans les Diètes. Toutes
les villes de la Lombardié étaient
réellement libres ; & l'Empire ne
confervait fur elles que des droits.
Chaque Seigneur continua d'être
Souverain dans fes terres en Allemagne & en Lombardie pendant
tous les régnes fuivants.

Les tems de *Wenceslas*, de *Robert*,
de *Joffe*, de *Sigifmond*, furent des
tems obfcurs, où l'on ne voit aucune
trace de la Majefté de l'Empire,
excepté dans le Concile de Conf-
tance que *Sigifmond* convoqua, &
où il parut dans toute fa gloire,

Les Empereurs n'avaient plus de
Domaines ; ils les avaient cédés
aux Evêques & aux villes, tantôt
pour fe faire un apui contre les
Seigneurs des grands Fiefs , tantôt
pour avoir de l'argent. Il ne leur
reftait que la fubvention des mois
Romains ; taxe qu'on ne païait qu'en
tems de guerre , & pour la vaine
cérémonie de la Couronne qui fubfiftait encor à Rome. Il était donc

absolument nécessaire d'élire un
Chef puissant par lui-même ; & ce fut
ce qui mit le sceptre dans la Maison
d'Autriche. Il fallait un Prince dont
les Etats pussent d'un côté communiquer à l'Italie , & de l'autre résister aux inondations des Turcs.
L'Allemagne trouvait cet avantage
avec *Albert Ii.* Duc d'Autriche ,
Roi de Bohème & de Hongrie ; &
c'est ce qui fixa la Dignité Impériale
dans sa Maison : le Trône y fut héréditaire sans cesser d'être électif.
Albert & ses successeurs furent choi-
sis , parce qu'ils avaient de grands
Domaines; & *Rodolphe de Habsbourg,*
tige de cette maison , avait été élu
parce qu'il n'en avait point. La
raison en est palpable. *Rodolphe* fut
élu dans un tems où les Maisons de
Saxe & de Suabe avaient fait
craindre le Despotisme , & *Albert II.*
dans un tems ou l'on croïait la
Maison d'Autriche assez puissante
pour défendre l'Empire , & non
assez pour l'asservir.

Fréderic III. eut l'Empire à ce
titre. L'Allemagne de son tems fut

dans la langueur & dans la tran-
quilité. Il ne fut pas aussi puissan
qu'il aurait pû l'être ; & nous avon
vû qu'il était bien loin d'être *Sou-*
verain de la Chrétienté , comme le
porte son épitaphe.

Maximilien I. n'étant encor que
Roi des Romains , commença la
carriére la plus glorieuse par la victoire de Guinegaste qu'il remporta
contre les Français en 1479. & pa
le traité de 1492. qui lui assura la
Franche-Comté , l'Artois , & le
Charolois. Mais ne tirant rien de
Païs-Bas qui apartenaient à son fils
Philippe le Beau , rien des peuples
de l'Allemagne , & peu de chose de
ses Etats tenus en échec par la
France , il n'aurait jamais eu de crédit en Italie sans la ligue de Cambrai
& sans *Louis XII.* qui travailla pour
lui.

D'abord le Pape & les Vénitiens
l'empêchérent en 1508. de venir
se faire couronner Empereur à Rome,
& il prit le titre d'*Empereur élu* , ne
pouvant être Empereur couronné
par le Pape. On le vit depuis la
ligue

ligue de Cambrai recevoir en 1513.
une solde de cent écus par jour du
Roi d'Angleterre *Henri VIII.* Il avait
dans ses Etats d'Allemagne des hommes avec lesquels on pouvoit combattre des Turcs; mais il n'avait pas
les tréfors avec lesquels la France,
l'Angleterre & l'Italie combattaient
alors.

L'Allemagne était devenue véritablement une République de Princes & de villes, quoique le Chef
s'expliquât dans ses édits en Maître
absolu de l'Univers. Elle était dès
l'an 1500. divisée en dix Cercles :
& les Directeurs de ces Cercles
étant des Princes souverains, les
Généraux & les Colonels des Cercles étant païés par les Provinces,
& non par l'Empereur, cet établis-
fement, qui liait toutes les parties
de l'Allemagne ensemble, en assu-
rait la liberté. La Chambre Impériale, qui jugeait en dernier ressort,
païée par les Princes & par les villes, & ne résidant point dans les Domaines particuliers du Monarque,

Tome IV. D

était encor un apui de la liberté pu
blique. Il eſt vrai qu'elle ne pou
vait jamais mettre ſes arrêts à exé
cution contre de grands Princes, à
moins que l'Allemagne ne la fecon
dât ; mais cet abus même de la liber
té en prouvait l'exiſtence. Cela eſt
ſi vrai, que la Cour Aulique, qui
prit ſa forme en 1512. & qui ne dépendait que des Empereurs, fut bien
tôt le plus ferme apui de leur autorité.

L'Allemagne ſous cette forme de
Gouvernement était alors auſſi heureuſe qu'aucun autre Etat du monde. Peuplée d'une nation guerriére
& capable des plus grands travaux
militaires, il n'y avait pas d'aparen-
ce que les Turcs puſſent jamais la
ſubjuguer. Son terrain eſt aſſez bon
& aſſez bien cultivé pour que ſes habitans n'en cherchaſſent pas d'autres, comme autrefois ; & ils n'é-
taient ni aſſez riches, ni aſſez pauvres, ni aſſez unis, pour conquérir
toute l'Italie.

Mais quel était alors le droit ſur

l'Italie, & fur l'Empire Romain ? Le
même que celui des *Othons*, & de
la Maifon Impériale de Suabe ; le
même qui avoit coûté tant de fang,
& qui avait fouffert tant d'altéra-
tions, depuis que *Jean XII.* Patrice
de Rome auffi-bien que Pape , au
lieu de réveiller le courage des anciens Romains, avait eu l'impruden-
ce d'apeller les étrangers. Rome
ne pouvait que s'en repentir ; &
depuis ce tems il y eut toujours
une guerre fourde entre l'Empire
& le Sacerdoce , auffi-bien qu'entre les droits des Empereurs , &
les libertés des Provinces d'Italie.
Le titre de *Céfar* n'était qu'une
fource de droits conteftés , de difputes indécifes, de grandeur apa-
rente & de faibleffe réelle. Ce
n'était plus le tems où les *Othons*
faifaient des Rois & leur impo-
faient des tributs. Si *Louis XII.*
s'était entendu avec les Vénitiens
au lieu de les battre , jamais probablement les Empereurs ne feraient revenus en Italie. Mais il

fallait néceffairement, par les divifions des Princes Italiens, & par
la nature du Gouvernement Ponti-
fical, qu'une grande partie de ce
païs fût toujours la proïe des étrangers.

CHAPITRE C.

USAGES

DES QUINZIÈME ET SEIZIÈME SIÉCLES , ET DE L'ÉTAT DES BEAUX ARTS.

ON voit qu'en Europe il n'y avait guères de Souverains abfolus. Les Empereurs avant *Charlequint* n'avaient ofé prétendre au Defpotifme. Les Papes étaient beaucoup plus Maîtres à Rome qu'auparavant , mais moins dans l'Eglife. Les Couronnes de Hongrie & de Bohéme étaient encor électives , ainfi que toutes celles du Nord ; & l'élection fupofe néceffairement un contrat entre le Roi & la Nation. Les Rois d'Angleterre ne pouvaient ni faire des loix , ni en abufer fans le concours du Parlement. *Ifabelle* en Caftille avait refpecté les privilèges de *las Cortes* , qui font les Etats du Roïaume. *Ferdinand le Catholique* n'a-

D iij.

vait pu en Arragon détruire l'autorité du Justicier, qui se croïait en
droit de juger les Rois. La France
seule depuis *Louis XI.* s'était tournée en Etát purement Monarchique,
Gouvernement heureux lorsqu'un
Roi tel que *Louis XII.* répara, par
son amour pour son peuple, toutes
les fautes qu'il commit avec les
étrangers.

La police générale de l'Europe
s'était perfectionnée, en ce que les
guerres particuliéres des Seigneurs
féodaux n'étaient plus permises nulle part ; mais il restait l'usage des
duels.

Les décrets des Papes, toujours
sages, & de plus toujours utiles à la
Chrétienté dans ce qui ne concer-
nait pas leurs intérêts personnels,
anathématisaient ces combats : mais
plusieurs Evêques les permettaient.
Les Parlements de France les ordon-
naient quelquefois ; témoin celui de
Legris & de *Carrouges* sous *Charles
VI.* Il se fit beaucoup de duels depuis assez juridiquement. Le même
abus était aussi apuïé en Allema-

gne, en Italie & en Espagne, par des
formes regardées comme essentiel-
les. On ne manquait pas surtout de
se confesser & de communier avant
de se préparer au meurtre. Le bon
Chevalier *Bayard* faisait toujours
dire une Messe lorsqu'il allait se battre en duel. Les combattans choisis-
saient un parain, qui prenait soin
de leur donner des armes égales,
& surtout de voir s'ils n'avaient
point sur eux quelques enchante-
ments ; car rien n'était plus crédule
qu'un Chevalier.

On vit quelquefois de ces Chevaliers partir de leurs païs pour aller
chercher un duel dans un autre, sans
autre raison que l'envie de se signaler. Le Duc *Jean de Bourbonnois* fit
déclarer en 1414. *qu'il irait en Angleterre avec seize Chevaliers combattre à outrance pour éviter l'oisiveté, &
pour mériter la grace de la Très-belle
dont il est serviteur.*

Les Tournois quoiqu'encor condamnés par les Papes, étaient partout en usage. On les appellait toujours *Ludi Gallici*, parce que *Geo-*

froy de Preuilly en avait érigé les loix au onzième fiécle. Il y avait eu plus de cent Chevaliers tués dans ces jeux, & ils n'en étaient que plus en vogue.

La mort de *Henri II.* tué dans un Tournoi en 1559. femblait devoir les abolir pour jamais. La vie défoccupée des Grands, l'habitude & la paffion renouvellèrent pourtant ces jeux funeftes à Orléans un an après la mort tragique de *Henri fecond. Henri de Bourbon Montpenfier*, Prince du Sang, en fut encor la victime ; une chute de cheval le fit périr. Les Tournois cefsèrent alors abfolument. Il en refta une image dans le *pas d'armes* dont *Charles IX.* & *Henri III.* furent les tenants un an après la *St. Barthelemi* ; car les fêtes furent toujours mêlées dans ces tems horribles aux profcriptions. Ce *pas d'armes* n'était pas dangereux ; on n'y combattait pas à fer émoulu. Il n'y eut point de Tournoi au mariage du Duc de *Joyeufe* en 1581. Le terme de *Tournoi* eft emploïé mal-à-pro-

pos à ce sujet dans le Journal de
l'Etoile. Les Seigneurs ne combattirent point , & ce que *l'Etoile*
apelle *Tournoi* ne fut qu'une espèce de ballet guerrier représenté
dans le jardin du Louvre par des
mercénaires ; & c'était un des
spectacles qu'on donnait à la Cour ,
mais non pas un spectacle que la
Cour donnait elle-même. Les jeux
qu'on continua depuis d'apeller
Tournois, ne furent que des *Carou-
zels.*

L'abolition des Tournois est donc
de l'année 1560. Avec eux périt
l'ancien esprit de la Chevalerie ,
qui ne reparut plus guéres que dans
les Romans. et esprit régnait beaucoup du tems de *François I.* & de
Charlequint. François était un vrai
Chevalier, & *Charles* voulait l'être.
Ils se donnérent des démentis publics ; ils s'appellèrent solemnellement en duel ; ils se virent ensuite
familièrement ; & l'Empereur se mit
entre les mains du Roi de France ,
sans autre sureté qu'une parole
d'honneur que ce Roi était inca-

pable de violer. Il y a beaucoup de
traits dans le régne de l'un & de
l'autre qui tiennent des tems héroï-
ques & fabuleux ; mais, *Charles* par
une politique plus rafinée, se ra-
prochait davantage de nos tems.

L'art de la guerre, l'ordonnance
des armées, les armes offensives &
défensives, étaient tout autres encor
qu'aujourd'hui.

L'Empereur *Maximilien* avait mis
en usage les armes de la Phalange
Macédonienne, qui étaient des piques de dix-huit pieds : les Suisses
s'en servirent dans les guerres du
Milanais, mais ils les quittèrent
pour l'espadon à deux mains.

Les arquebuses étaient devenues
une arme offensive indispensable
contre ces remparts d'acier dont
chaque gendarme était couvert. Il
n'y avait guères de casque & de
cuirasse à l'épreuve de ces arquebuses. La Gendarmerie, qu'on appellait *la bataille*, combattait à pied
comme à cheval : celle de France
au quinziéme siécle était la plus
estimée.

L'infanterie Allemande & Espagnole étaient repuzées les meilleures. Le cri d'armes était aboli presque partout.

Quant au gouvernement des Etats, je vois des Cardinaux presque à la tête de tous les Roïaumes. C'eft en Efpagne un *Ximénès* fous *Ifabelle*, qui après la mort de fa Reine eft Régent du Roïaume ; qui toujours vêtu en Cordelier, met fon fafte à fouler fous fes fandales le fafte Efpagnol; qui léve une armée à fes propres dépens, la conduit en Afrique, & prend Oran ; qui enfin eft abfolu, jufqu'à ce que le jeune *Charlequint* le renvoïe à fon Archevêché de Toléde, & le fafie mourir de douleur.

On voit *Louis XII*. gouverné par le Cardinal *d'Amboife*. *François I*. a pour Miniftre le Cardinal *Duprat*. *Henri VIII*. eft pendant vingt ans foumis au Cardinal *Volfey* fils d'un boucher, homme auffi faftueux que *d'Amboife*, qui comme lui voulut être Pape, & qui n'y réuffit pas mieux. *Charlequint* prit pour fon Mi-

nifire en Espagne , son Précepteur
le Cardinal *Adrien* , que depuis il fit
Pape : & le Cardinal *Granvelle* gou-
verna ensuite la Flandre . Le Cardinal
Martinufius fut Maître en Hongrie
fous *Ferdinand* frére de *Charlequint*.

Si tant d'Ecclésiastiques ont régi
des états tous militaires , ce n'est
pas feulement parce que les Rois
fe faient plus aisément à un Prêtre
qu'ils ne craignoient point , qu'à un
Général d'armée qu'ils redoutaient:
c'est encor parce que ces hommes
d'Eglise étaient souvent plus inf-
truits , plus propres aux affaires ,
que les Généraux & les Courtisans.

Ce ne fut que dans ce siécle que
les Cardinaux sujets des Rois commencèrent à prendre le pas fur les
Chanceliers. Ils le disputaient aux
Electeurs , & le cédaient en France
& en Angleterre aux Chanceliers
de ces Roïaumes ; & c'est encor une
des contradictions que les usages de
l'orgueil avaient introduites dans la
République Chrétienne. Les régif-
tres du Parlement d'Angleterre font
foi que le Chancelier *Varham* pré-

céda le Cardinal *Volsey* jusqu’à l’année 1516.

Le terme de *Majesté* commençait à
être affecté par les Rois. Leurs rangs
étaient réglés à Rome. L’Empereur
avait sans contredit les premiers honneurs. Après lui venait le Roi de
France sans aucune concurrence : la
Castille, l’Arragon, le Portugal, la
Sicile alternaient avec l’Angleterre :
puis venaient l’Ecosse, la Hongrie, la
Navarre, Chypre, la Bohême, & la
Pologne Le Dannemarck & la Suéde
étaient les derniers. Ces préféances
causèrent depuis de violents démêlés. Presque tous les Rois ont voulu être égaux ; mais aucun n’a jamais
contesté le premier rang aux Empereurs ; ils l’ont conservé en perdant
leur puissance.

Tous les usages de la vie civile
différaient des nôtres ; le pourpoint
& le petit manteau étaient devenus
l’habit de toutes les Cours. Les hommes de Robe portaient partout la
Robe longue & étroite ; les Marchands une petite Robe qui descen-
dait à la moitié des jambes.

Il n'y avait fous _François I._ que deux coches dans Paris , l'un pour la Reine , l'autre pour _Diane de Poitiers_. Hommes & femmes allaient à cheval.

Les richeffes étaient tellement augmentées , que _Henri VIII._ Roi d'Angleterre promit en 1519. une dot de trois cent trente-trois mille écus d'or à fa fille _Marie_ , qui devait époufer le fils aîné de _François I._ On n'en avait jamais donné une fi forte.

L'entrevue de _François I._ & de _Henri_ fut longtems célèbre par fa magnificence. Leur camp fut appellé _le Camp du drap d'or_ : mais cet apareil paffager, & cet effort de luxe, ne fuppofoit pas cette magnificence générale , & ces commodités d'ufage fi fupérieures à la pompe d'un jour , & qui font aujourd'hui fi communes. L'induftrie n'avait point changé en palais fomptueux les cabanes de bois & de plâtre qui formaient les rues de Paris. Londres était encor plus mal bâtie , & la vie y était plus dure. Les plus grands Seigneurs menaient à cheval leurs

femmes en croupe à la campagne.
C'était ainsi que voïageaient toutes
les Princesses , couvertes d'une ca-
pe de toile cirée dans les saisons plu-
vieuses. On n'allait point autrement aux palais des Rois. Cet usage se conserva jusqu'au milieu du
dix-septième siécle. La magnificence
de *Charlequint* , de *François I.* , de
Henri VIII. de *Leon X.* n'étaient
que pour les jours d'éclat & de so-
lemnité. Aujourd'hui les spectacles
journaliers , la foule des chars do-
rés , les milliers de fanaux qui éclai-
rent pendant la nuit les grandes
villes , forment un plus beau spectacle , & annoncent plus d'abondance , que les plus brillantes cérémonies des Monarques du seizième siécle.

On commençait dès le tems de
Louis XII. à substituer aux fouru-
res prétieuses les étoffes d'or &
d'argent qui se fabriquaient en Ita-
lie. Il n'y en avait point encore à
Lion. L'orfévrerie était grossiére.
Louis XII. l'aïant défendüe dans son
Roïaume par une Loi somptuaire in-

difcréte , les François firent venir
leur argenterie de Venife. Les or-
févres de France furent réduits à la
pauvreté , & *Louis XII.* révoqua
fagement la loi.

François I. devenu économe fur
la fin de fa vie , défendit les étoffes
d'or & de foie. *Henri II.* renouve-
la cette défenfe. Mais fi ces loix
avaient été obfervées , les manufactures de Lion étaient perdues. Ce
qui détermina à faire ces loix , c'eft
qu'on tirait la foie de l'étranger. On
ne permit fous *Henri II* des habits
de foie qu'aux Evêques. Les Princes
& les Princeffes eurent la prérogative exclufive d'avoir des habits
rouges , foit en foie , foit en laine.
Enfin en 1563. il n'y eut que les
Princes & les Evêques qui eurent
le droit de porter des fouliers de foie.

Toutes ces loix fomptuaires ne
prouvent autre chofe finon que le
Gouvernement n'avoit pas toujours
de grandes vues , & qu'il parut plus
aifé aux Miniftres de profcrire l'induftrie que de l'encourager.

Les meuriers n'étaient encor culticés qu'en Italie & en Espagne. L'or trait ne se fabriquait qu'à Venise & à Milan. Cependant les modes des Français se communiquaient déja aux Cours d'Allemagne, à l'Angleterre, & à la Lombardie. Les Historiens Italiens se plaignent que depuis le passage de *Charles VIII.* on affectait chez eux de s'habiller à la Française, & de faire venir de France tout ce qui servait à la parure.

Le Pape *Jules II.* fut le premier qui laissa croître sa barbe, pour inspirer par cette singularité un nouveau respect aux Peuples. *François I.*, *Charlequint*, & tous les autres Rois suivirent cet exemple, adopté à l'instant par leurs Courtisans. Mais les gens de Robe, toujours attachés à l'ancien usage, quel qu'il soit, continuaient de se faire raser, tandis que les jeunes guerriers affectaient la marque de la gravité & de la vieillesse. C'est une petite observation, mais elle entre dans l'histoire des usages.

Ce qui est bien plus digne de l'at-

tention de la postérité, ce qui doit
l'emporter sur toutes les coûtumes
introduites par le caprice, sur toutes ces Loix abolies par le tems,
sur les querelles des Rois qui passent avec eux, c'est la gloire des
Arts qui ne passera jamais. Cette
gloire a été, pendant tout le seizième siécle, le partage de la seule Italie. Rien ne rapelle davantage l'idée
de l'ancienne Gréce; car si les Arts
fleurirent en Gréce au milieu des
guerres étrangères & civiles, ils
eurent en Italie le même sort; &
presque tout y fut porté à sa perfection, tandis que les armées de *Char-*
lequint saccagèrent Rome, que *Bar-*
berousse ravagea les côtes, & que
les diffentions des Princes & des
Républiques troublèrent l'intérieur
du païs.

L'Italie eut dans *Guichardin* son
Thucidide, qui écrivit les guerres
de son tems, comme *Thucidide* celle
du Péloponnèse. Il n'y eut en aucune Province d'Italie d'Orateurs
comme les *Démosthènes*, les *Péri-*
clès, les *Eschines*. Le Gouvernement

ne comportoit presque nulle part cette espèce de mérite. Celui du Théatre, quoique très-inférieur à ce que fut depuis la Scène Françai-se, pouvait être comparé à la Scène Grecque qu'elle faisait revivre ; & la seule *Mandragore* de *Machiavel* vaut peut-être mieux que toutes les Comédies d'*Aristophane*. *Machiavel* d'ailleurs était un excellent Histo-rien, & un bel esprit, avec le-quel *Aristophane* ne peut entrer en aucune sorte de comparaison. Si on veut mettre sans préjugé dans la ba-lance l'*Odissée* d'*Homére* avec le *Ro-land* de l'*Arioste*, l'Italien l'emporte à tous égards. Tous deux aïant le même défaut, l'intempérance de l'imagination, & le romanesque in-croïable ; l'*Arioste* a racheté ce dé-faut par des allégories si vraies, par des satyres si fines, par une con-naissance si aprofondie du cœur hu-main, par les graces du comique qui succèdent sans cesse à des traits terribles, enfin par des beautés si innombrables en tout genre, qu'il a trouvé le secret de faire un mons-tre admirable.

A l'égard de l'*Iliade*, que chaque lecteur se demande à lui-même ce qu'il penserait s'il lisait pour la premiére fois ce Poëme, & celui du *Tasse*, en ignorant les noms des Auteurs, & les tems où ces ouvrages furent composés, en ne prenant enfin pour juge que son plaisir ; pourrait-il ne pas donner en tout la préférence au *Tasse* ? Ne trouverait-il pas dans l'Italien plus de conduite, d'intérêt, de variété, de justesse, de graces, & de cette mollesse qui reléve le sublime ? Encor quelques siécles, & on n'en fera peut-être pas de comparaison.

Il parait indubitable que la peinture fut portée dans ce seizième siécle à une perfection que les Grecs ne connurent jamais, puisque non-seulement ils n'avaient pas cette variété de couleurs que les Italiens emploïèrent, mais qu'ils ignoraient l'art de la perspective & du clair-obscur.

La Sculture, Art plus facile & plus borné, fut celui où les Grecs excellèrent ; & la gloire des Italiens

est d'avoir aproché de leurs modè-
les. Ils les ont surpassé dans l'Architecture ; & de l'aveu de toutes les
Nations , rien n'a jamais été com-
parable au Temple principal de Rome moderne , le plus beau , le plus
vaste , le plus hardi qui jamais ait été
dans l'Univers.

La Musique ne fut bien cultivée
qu'après ce seizième siécle ; mais les
plus fortes présomptions font penser
qu'elle est très-supérieure à celle des
Grecs , qui n'ont laissé aucun monument par lequel on pût soupçon-
ner qu'ils chantassent en parties.

La Gravure en estampes, inventée
à Florence au milieu du quinziéme
siécle , était un Art tout nouveau
qui était alors dans sa perfection.
Les Allemands jouissaient de la
gloire d'avoir inventé l'Imprimerie
à peu près dans le tems que la Gravure fut connue ; & par ce seul service
ils multiplièrent les connaissances
humaines. Il n'est pas vrai , comme
le disent les Auteurs Anglais de
l'Histore Universelle , que *Fauste*
fut condamné au feu par le Parle-

ment de Paris , comme forcier. Mais
ils vrai que fes facteurs , qui vinrent
vendre à Paris les premiers livres
imprimés , furent accufés de Magie.
Cette accufation n'eut aucune fuite.
C'eft feulement une trifte preuve
de la groffiére ignorance dans laquelle on était plongé , & que l'art
même de l'Imprimerie ne put .dif-
fiper de longtems. Le Parlement fit
faifir en 1474. tous les livres qu'un
des facteurs de Mayence avait
aportés. Il fallut que *Louis XI.* interdit au Parlement la connaiffance
de cette affaire , & qu'il fit païer
aux propriétaires le prix de leurs
livres.

La vraïe Philofophie ne commença
à luire. aux hommes que fur la fin
de ce beau fiécle. *Galilée* fut le
premier qui fit parler à la Phyfique le langage de la vérité & de
la raifon. C'était un peu avant que
Copernic , fur les frontiéres de la
Pologne , découvrit le véritable fif-
tème du Monde. *Galilée* fut non feulement le premier bon Phyficien ,
mais il écrivit auffi élégamment que

Platon ; & il eut sur le Philosophe Grec l'avantage incomparable de ne dire que des choses certaines & intelligibles. La manière dont ce Grand-Homme fut traité par l'Inquisition sur la fin de ses jours, imprimerait une honte à l'Italie, si cette honte n'était pas effacée par la gloire même de *Galilée*. Sept Inquisiteurs par leur décret de 1616. déclarerent l'opinion de *Copernic*, mise par le Philosophe Florentin dans un si beau jour, *non seulement hérétique dans la foi, mais absurde dans la Philosophie.* Ce jugement contre une vérité prouvée depuis en tant de manières, est un grand témoignage de la force des préjugés. Il dut aprendre à ceux qui n'ont que le pouvoir, à se taire quand la Philosophie parle, & à ne se pas mêler de décider sur ce qui n'est pas de leur ressort. *Galilée* fut condamné depuis par le même Tribunal à la prison & à la pénitence, & fut obligé de se rétracter à genoux. Sa sentence est à la vérité plus douce que celle de *Socrate* ; mais elle n'est pas moins

honteuse à la raison des Juges de Rome, que la condamnation de *Socrate*
ne le fut aux lumiéres des Juges d'A-
thénes. C'est le sort du genre humain, que la vérité soit persécutée
dès qu'elle commence à paraître.
La Philosophie toujours gênée ne
put dans le seiziéme siécle faire autant de progrès que les Beaux-
Arts.

Les disputes de Religion, qui agi-
tèrent les esprits en Allemagne, dans
le Nord, en France, & en Angleterre, retardèrent les progrès de la
raison, au lieu de les hâter. Des
aveugles qui combattaient avec fureur, ne pouvaient trouver le chemin de la vérité. Ces querelles ne
furent qu'une maladie de plus dans
l'esprit humain. Les Beaux-Arts con-
tinuèrent à fleurir en Italie, parce
que la contagion des controverses
ne pénétra guères dans ce païs ; &
il arriva que lorsqu'on s'égorgeait
en Allemagne, en France, en Angleterre, pour des choses qu'on n'en-
tendait point ; l'Italie tranquile depuis le saccagement étonnant de
Rome

Rome par l'armée de *Charlequint*, cultiva les Arts plus que jamais. Les guerres de Religion étalaient ailleurs des ruines ; mais à Rome & dans plufieurs autres villes Italiennes , l'Architecture était fignalée par des prodiges. Dix Papes de fuite contribuérent prefque fans aucune interruption à l'achevement de la Bafilique de *St. Pierre* , & encouragèrent les autres Arts. On ne voïait rien de femblable dans le refte de l'Europe. Enfin la gloire du génie apartint alors à la feule Italie , ainfi qu'elle avait été le partage de la feule Gréce.

CHAPITRE CI.

DE CHARLEQUINT

ET

DE FRANÇOIS PREMIER,

JUSQU'A L'ÉLECTION DE *CHARLES* A L'EMPIRE EN 1519.

Du projet de l'Empereur Maximilien *de se faire Pape. De la bataille de Marignan.*

VErs ce siécle où *Charlequint* eut l'Empire, les Papes ne pouvaient plus en disposer comme autrefois; & les Empereurs avaient oublié leurs droits sur Rome. Ces prétentions réciproques ressemblaient à ces tîtres vains de *Roi de France* que le Roi d'Angleterre prend encor, & au nom de *Roi de Navarre* que le Roi de France conserve.

Les partis des Guelphes & des Gibelins étaient presqu'entiérement

oubliés. *Maximilien* n'avait acquis
en Italie que quelques villes , qu'il
devait au succès de la Ligue de
Cambrai , & qu'il avait prises sur
les Venitiens : mais *Maximilien*
imagina un nouveau moïen de soumettre Rome & l'Italie aux Empereurs ; ce fut d'être Pape lui-
même après la mort de *Jules II.*
étant veuf de sa femme fille de *Galeas
Marie* Duc de Milan. On a encor 1512.
deux lettres écrites de sa main ,
l'une à sa fille *Marguerite* Gouvernante des Païs-Bas, l'autre au Seigneur *de Chievres* , par lesquelles ce
dessein est manifesté.

Qui peut savoir ce qui serait
arrivé, si la même tête eût porté
la Couronne Impériale & la Tiare ?
Le sistême de l'Europe eût bien
changé ; mais il changea autrement
sous *Charlequint.*

A la mort de *Maximilien* préci- 1518.
sément , comme les Indulgences &
Luther commençaient à diviser l'Allemagne, *François I.* Roi de France,
Charles d'Autriche Roi d'Espagne ,
des deux Siciles , de Navarre ,
& Souverain des dix-sept Provinces

des Païs-Bas , briguèrent ouvertement l'Empire , dans le tems que l'Allemagne menacée par les Turcs avait befoin d'un Chef tel que *François I.* ou *Charles d'Autriche.* On n'avait point vû encor de fi grands Rois fe difputer la Couronne d'Allemagne. *François I.* plus âgé de cinq ans que fon rival , en paraiffait plus digne par les grandes actions qu'il venait de faire.

Dès fon avénement à la Couronne de France en 1515. la République de Gènes s'était remife fous la domination de la France , par les intrigues de fes propres citoïens. *François I.* paffe auffi-tôt en Italie auffi rapidement que fes prédéceffeurs.

Il s'agiffait d'abord de conquérir le Milanais perdu par *Louis XII.* & de l'arracher encor à cette malheureufe Maifon de *Sforze.* Il avait pour lui les Vénitiens , qui voulaient reprendre au moins le Veronois enlevé par *Maximilien.* Il avait contre lui alors le Pape *Léon X.* vif & intriguant , & l'Empereur *Maximilien* affaibli par l'âge & incapable d'agir : mais les Suisses toujours irrités contre la France depuis leur querelle avec *Louis XII.*, toujours animés par les harangues de *Matthieu Schâner*, Cardinal de Sion, étaient les plus dangereux ennemis du Roi. Ils prenaient alors le titre de défenseurs des Papes, & de protecteurs des Princes, & ces titres depuis près de dix ans n'étaient point imaginaires.

Le Roi qui marchait à Milan négociat toujours avec eux. Le Cardinal de Sion, qui leur aprit à tromper, fit amuser le Roi de vaines promesses, jusqu'à ce que les Suisses, aïant sçu que la caisse militaire de France était arrivée, crurent pouvoir enlever cet argent, & le Roi même, & délivrer l'Italie.

Vingt-cinq mille Suisses, portant 1515. sur l'épaule & sur la poitrine la clef de *St. Pierre*, les uns armés de ces longues piques de dix-huit pieds que plusieurs soldats poussaient ensemble en bataillon serré, les autres tenant leurs grands espadons à deux mains, vinrent fondre à grands cris dans le camp du Roi près de *Ma-*

rignan. Ce fut de toutes les batailles données en Italie, la plus fanglante & la plus longue. Les Français & les Suiffes mêlés enfemble
dans l'obfcurité de la nuit, atten-
dirent le jour pour recommencer.
On fait que le Roi dormit fur l'affut
d'un canon à cinquante pas d'un bataillon Suiffe. Ces peuples dans cette bataille attaquèrent toujours, &
les Français furent toujours fur la
défenfive. C'eft, me femble, une
preuve affez forte que les Français
peuvent avoir ce courage patient
qui eft quelquefois auffi néceffaire
que l'ardeur impétueufe qu'on leur
accorde. Il était beau furtout à un
jeune Prince de vingt & un ans, de ne
perdre point le fang froid dans une
action fi vive & fi longue. Il était
difficile, puifqu'elle durait, que les
Suiffes fuffent vainqueurs, parce
que les bandes noires d'Allemagne
qui étaient avec le Roi, faifaient
une Infanterie auffi ferme que la
leur, & qu'ils n'avaient point de
Gendarmerie. Tout ce qui furprend,
c'eft qu'ils purent réfifter près de
deux jours aux efforts de ces grands

chevaux de bataille , qui tombaient
à tout moment fur leurs bataillons
rompus. Le vieux Maréchal de *Tri-*
vulce apellait cette journée une
bataille de Géans. Tout le monde
convenait que la gloire de cette
victoire était due principalement au
fameux Connétable *Charles de Bour-*
bon, depuis trop mal récompenfé ,
& qui fe vengea trop bien. Les
Suiffes fuirent enfin, mais fans déroute totale , laiffant fur le champ
de bataille plus de dix mille de leurs
compagnons , & abandonnant le
Milanais aux vaiqueurs. *Maximilien*
Sforze fut emmené en France comme *Louis le Maure*, mais avec des
conditions plus douces. Il devint 1515.
fujet, au lieu que l'autre avait été
captif. On laiffa vivre en France
avec une penfion modique ce Souverain du plus beau païs de l'Italie.

François après cette victoire de
Marignan, & cette conquête du Milanais, était devenu l'Allié du Pape
Léon X. & même celui des Suiffes,
qui enfin aimèrent mieux fournir
des troupes aux Français , que fe
battre contre eux. Ses armes for-

cèrent l'Empereur *Maximilien* à céder aux Venitiens le Véronois, qui
leur eſt toujours demeuré depuis.
Il fit donner à *Léon X.* le Duché
d'Urbin , qui eſt encor à l'Egliſe.
On le regardait donc comme l'arbitre de l'Italie , & le plus grand Prince de l'Europe , & le plus digne de
l'Empire qu'il briguait après la mort
de *Maximilien.* La renommée ne parlait point encor en faveur du jeune
Charles d'Autriche : ce fut ce qui détermina en partie les Electeurs de
l'Empire à le préférer. Ils craignaient
d'être trop ſoumis à un Roi de France ; ils redoutaient moins un Maître
dont les Etats , quoique plus vaſtes,
étaient éloignés & ſéparés les uns

1519. des autres. *Charles* fut donc Empereur , malgré les quatre cent mille
écus dont *François I.* crut avoir
acheté des ſuffrages.

CHAPITR CII.

DE CHARLEQUINT,

ET

DE FRANÇOIS PREMIER,

JUSQU'A LA BATAILLE DE PAVIE.

ON connait quelle rivalité s'éleva dès-lors entre ces deux
Princes ; comment pouvaient-ils
n'être pas éternellement en guerre ?
Charles, Seigneur des Païs-Bas, avait
l'Artois, & beaucoup de villes à re-
vendiquer : Roi de Naples & de Sicile, il voïait *François I.* prêt à ré-
clamer ces Etats au même titre que
Louis XII. : Roi d'Espagne, il avait
l'usurpation de la Navarre à soutenir : Empereur, il devait défendre
le grand Fief du Milanais contre les
prétentions de la France. Que de
raisons pour défoler l'Europe !

Entre ces deux grands rivaux *Léon*
X. veut d'abord tenir la balance.

E v

Mais comment le peut-il ? Qui choi-
fira-t-il pour vaſſal, pour Roi des
deux Siciles, *Charles* ou *François ?*
Que deviendra l'ancienne Loi des
Papes portée dès le treizième ſiécle, *que jamais Roi de Naples ne pour-
ra être Empereur ? Léon X.* n'était pas
aſſez puiſſant pour faire exécuter
cette Loi : elle pouvoit être reſpec-
tée à Rome ; elle ne l'était pas dans
l'Empire. Bientôt le Pape eſt obligé
de donner une diſpenſe à *Charlequint*
qui veut bien la ſolliciter, & d'a-
voir malgré lui un vaſſal qui le fait
trembler. Il donne cette diſpenſe,
& s'en repent le moment d'après.

Cette balance que *Léon X.* voulait tenir, *Henri VIII.* l'avait entre
les mains. Auſſi le Roi de France &
l'Empereur le courtiſent ; auſſi tous
deux tâchent de gagner ſon premier
Miniſtre le Cardinal *Volſey.*

D'abord *François I.* ménage cette
1520. célèbre entrevue près de Calais avec
le Roi d'Angleterre. *Charles* arrivant
d'Eſpagne, va voir enſuite *Henri* à
Cantorberi, & *Henri* le reconduit à
Calais & à Gravelines.

Il était naturel que le Roi d'An-

gleterre prît le parti de l'Empereur,
puisqu'en se liguant avec lui il pouvait espérer de reprendre en France
les Provinces dont avaient joüi ses
ancêtres ; au lieu qu'en se liguant
avec *François I.* il ne pouvait rien
gagner en Allemagne, où il n'avait
rien à prétendre.

Pendant qu'il temporise encore,
François I. commença cette querelle
interminable en s'emparant de la
Navarre. Je suis très-éloigné de perdre de vue le tableau de l'Europe,
pour chercher à réfuter les détails
raportés par quelques Historiens ;
mais je ne peux m'empêcher de remarquer combien *Pufendorff* se trompe quelquefois : il dit que cette entreprise sur la Navarre fut faite en
1516. immédiatement après la mort
de *Ferdinand le Catholique,* par le Roi
dépossedé. Il ajoute que *Charles* avait
toujours devant les yeux son *plus ultra*, & formait de jour en jour de
vastes desseins. Il y a là bien des méprises. *Charles* en 1516. avait quinze ans ; ce n'est pas l'âge des vastes
desseins ; il n'avait point pris encor
sa devise de *plus ultra.* Enfin après

la mort de *Ferdinand* ce ne fut point *Jean d'Albret* qui rentra dans la Navarre en 1516. Ce *Jean d'Albret* mourut cette année-là même ; ce fut *François I.* qui en fit la conquête paſſagère au nom de *Henri d'Albret*, non pas en 1516. mais en 1521.

Ni *Charles VIII.* ni *Louis XII.* ni *François I.* ne gardèrent leurs conquêtes. La Navarre à peine ſoumiſe fut priſe par les Eſpagnols. Dès-lors les Français furent obligés de ſe battre toujours contre les forces Eſpagnoles à toutes les extrêmités du Roïaume, vers Fontarabie, vers la Flandre, vers l'Italie ; & cette ſituation des affaires a duré juſqu'au dix-huitième ſiécle.

1521. Dans le même tems que les troupes Eſpagnoles de *Charlequint* reprenaient la Navarre, ſes troupes Allemandes pénétraient juſqu'en Picardie, & ſes partiſans ſoulevaient l'Italie.

Le Pape *Léon X.* toujours flotant entre *François I.* & *Charlequint*, était alors pour l'Empereur. Il avait raiſon de ſe plaindre des Français ; ils avaient voulu lui enlever Régio.

comme une dépendance du Mila‑
nais ; ils se faisaient des ennemis
de leurs nouveaux voisins par des
violences hors de saison. *Lautrec*
Gouverneur du Milanais avait fait
écarteler le Seigneur *Palavicini* soup‑
çonné de vouloir soulever le Mi‑
lanais , & il avait donné à son propre
frére *de Foix* la confiscation de l'ac‑
cusé. Tous les esprits étaient révol‑
tés. Le Gouvernement de France
ne supléait à ces désordres ni par
sa sagesse , ni en envoïant l'argent
nécessaire.

En vain avait‑on les Suisses à sa
solde, il y en eut aussi dans l'Armée
Impériale ; & ce Cardinal de Sion ,
toujours si funeste aux Rois de Fran‑
ce , aïant sçû renvoïer en leur païs
ceux qui étaient dans l'armée Fran‑
çaise, *l autrec* Gouverneur du Mi‑
lanais fut chassé de la capitale, &
bientôt de tout le païs. *Leon X.* 1521.
mourut alors dans le tems que sa
Monarchie temporelle s'affermissait,
& que la spirituelle commençait à
tomber en décadence.

Il parut bien à quel point *Charle‑
quint* était puissant , & quelle était

la fageffe de fon confeil. Il eut le
crédit de faire élire Pape fon précepteur *Adrien* , quoique né à
Utrecht & prefque inconnu à Rome.
Ce confeil toujours fupérieur à
celui de *François I.* eut encor l'habileté de fufciter contre la France
le Roi *Henri VIII.* qui efpéra pouvoir démembrer au moins ce païs
qu'avaient poffédé les Rois d'Angleterre. *Charles* va lui-même en
Angleterre précipiter l'armement &
le départ. Il fut même bientôt après
détacher les Vénitiens de l'alliance
de la France , & les mettre dans
fon parti. Pour comble , une faction
qu'il avait dans Génes , aidée de
fes troupes , chaffe les Français , &
fait un nouveau Doge fous la protection Impériale. Ainfi fa puiffance
& fon adreffe preffaient & entou-
raient de tous côtés la Monarchie
Françoife.

François I. qui dans de telles cir-
conftances dépenfait trop à fes plaifirs , & gardait peu d'argent pour
fes affaires , fut obligé de prendre
dans Tours une grande grille d'argent maffif dont *Louis XI.* avait en-

touré le tombeau de *St. Martin* ;
elle pefoit près de fept mille marcs;
cet argent à la vérité était plus néceffaire à l'Etat qu'à *S. Martin*,
mais cette reffource montrait un befoin preffant. Il y avait déja quelques années que le Roi avait vendu
vingt charges nouvelles de Confeillers du Parlement de Paris. La Juftice ainfi à l'encan, & l'enlevement
des ornements des tombeaux, ne
marquaient que trop le dérange-
ment des finances. Il fe voïait feul
contre l'Europe, & cependant loin
de fe décourager il réfifta de tous
côtés. On mit fi bon ordre aux frontiéres de Picardie, que l'Anglais,
quoiqu'il eût dans Calais la clef de
la France, ne put entrer dans le
Roïaume : on tint en Flandre la fortune égale ; on ne fut point entamé
du côté de l'Efpagne ; enfin le Roi
auquel il ne reftait en Italie que le
château de Crémone, voulut aller
lui-même reconquerir le Milanais,
ce fatal objet de l'ambition des Rois
de France.

Pour avoir tant de reffources, &
pour ofer rentrer dans le Milanais

lorfqu'on était attaqué partout ; vingt charges de Confeillers & la grille de *St. Martin* ne fuffifaient pas. On aliéna pour la premiere fois le Domaine du Roi ; on hauffa les tailles & les autres impôts. C'était un grand avantage qu'avaient les Rois de France fur leurs voifins ; *Charlequint* n'était Defpotique à ce point dans aucun de fes Etats : mais cette facilité funefte de fe ruiner produifit plus d'un malheur en France.

On peut compter parmi les caufes des difgraces de *François I.* l'injuftice qu'il fit au Connétable de *Bourbon*, auquel il devait le fuccès de la journée de Marignan. C'était peu qu'on l'eût mortifié dans toutes les occafions. *Louife* de Savoïe Ducheffe d'Angoulême, mére du Roi, qui avait voulu fe marier au Connétable devenu veuf, & qui en avait effuïé un refus, voulut le ruiner ne pouvant l'époufer ; elle lui fufcita un procès reconnu pour très-injufte par tous les Jurifconfultes ; il n'y avait qu'une Reine Mére toutepuiffante qui pût le gagner.

Il s'agiffait de tous les biens de
la branche de *Bourbon*. Les Juges
trop follicités donnèrent un arrêt,
qui mettant fes biens en féqueftre,
dépouillait le Connétable. Ce Prince envoïe l'Evêque d'Autun fon
ami, demander au Roi au moins
une furféance. Le Roi ne veut pas
feulement voir l'Evêque. Le Connétable au défefpoir était déja follicité fecretement par *Charlequint*. Il
eût été héroïque de bien fervir &
de bien fouffrir. Il y a une autre
forte de grandeur, celle de fe venger. *Charles de Bourbon* prit ce funefte parti : Il quitta la France, &
fe donna à l'Empereur. Peu d'hommes ont goûté plus pleinement ce
trifte plaifir de la vengeance.

Le Connétable créé d'abord Gé-
néraliffime des armées de l'Empereur, va dans le Milanais, où les
Français étaient rentrés fous l'Amiral *Bonnivet* fon plus grand ennemi.
Un Connétable qui connaiffait le
fort & le faible de toutes les troupes de France, devait avoir un grand
avantage : *Charles* en avait de plus
grands ; prefque tous les Princes

d'Italie étaient dans ses intérêts : les peuples haïssaient la domination Française, & enfin il avait les meilleurs Généraux de l'Europe ; c'était un Marquis de *Pescaire*, un *Lannoy*, un *Jean de Médicis*, noms fameux encor de nos jours.

L'Amiral *Bonnivet*, opposé à ces Généraux, ne leur fut pas comparé ; & quand même il leur eût été supérieur par le génie, il était trop inférieur par le nombre & par la qualité des troupes, qui encor n'étaient point payées. Il est obligé de fuir. Il est attaqué dans sa retraite à Biagrasse. Le fameux *Bayard*, qui ne commanda jamais en chef, mais à qui ce surnom de *Chevalier sans peur & sans reproche* était si bien dû, fut blessé à mort dans cette déroute de Biagrasse. Peu de lecteurs ignorent que *Charles de Bourbon* le voiant dans cet état lui marqua combien il le plaignait, & que le Chevalier lui répondit en mourant ; » Ce n'est pas » moi qu'il faut plaindre, mais vous » qui combattez contre votre Roi & » contre votre patrie.

Il s'en fallut bien peu que la défection de ce Prince ne fût la ruine du Roïaume. Il avait des droits litigieux fur la Provence, qu'il pouvait faire valoir par les armes, au lieu des droits réels qu'un procès lui avait perdre. *Charlequint* lui avait promis cet acien Roïaume d'Arles dont la Provence devait faire la principale partie. Le Roi *Henri V III.* lui donnait cent mille écus par mois cette année pour les frais de la guer- 1524, re. Il venait de prendre Toulon, il affiégea Marfeille. *François I.* avait fans doute à fe repentir ; cependant rien n'était défefpéré ; le Roi avait une armée floriffante. Il courut au fecours de Marfeille ; & ayant délivré la Provence, il s'enfonça encor dans le Milanais. *Bourbon* alors retournait par l'Italie en Allemagne chercher de nouveaux foldats. *François I.* dans cet intervalle fe crut quelque tems Maître de l'Italie.

CHAPITRE CIII.

PRISE

DE FRANÇOIS PREMIER.

ROME SACCAGÉE. *SOLIMAN* RE-
POUSSÉ. PRINCIPAUTÉS DON-
NÉES. CONQUÊTE DE TUNIS.
QUESTION SI *CHARLEQUINT*
VOULAIT LA MONARCHIE UNI-
VERSELLE ? *SOLIMAN* RECON-
NU ROI DE PERSE DANS BABI-
LONE.

Voici un des plus grands exemples des coups de la fortune ,
qui n'eſt autre choſe après tout que
l'enchaînement néceſſaire de tous
les événements de l'univers. D'un
côté *Charlequint* eſt occupé dans l'Eſpagne à régler les rangs & à former
l'étiquette : de l'autre *François I.*
déjà célèbre dans l'Europe par la
victoire de Marignan , auſſi va-
leureux que le Chevalier *Bayard* ,
accompagné de l'intrépide Nobleſſe

de fon Roïaume , fuivi d'une armée
floriffante, eft au milieu du Milanais.
Le Pape *Clément VII.* qui redoutait
avec raifon l'Empereur , eft hautement dans le parti du Roi de
France. Le meilleur Capitaine de
ce tems-là , *Jean de Médicis ,* combat
alors pour lui à la tête d'une troupe
choifie. Cependant il eft vaincu devant Pavie ; & malgré des actions
de bravoure qui fuffiraient pour l'im-
mortalifer , il eft fait prifonnier avec
les principaux Seigneurs de France.
Son malheur voulut encor qu'il fût
-pris par le feul Officier Français
qui avait fuivi le Duc de Bourbon ;
& que le même homme qui était condamné à Paris., devînt le maître de
fa vie. Ce Gentilhomme nommé
Pomperan eut à la fois la gloire de
le garantir de la mort , & de le
prendre prifonnier. Il eft certain
que le jour même le Duc de Bourbon
l'un de fes vainqueurs vint le voir,
& jouit de fon triomphe. Cette entrevue ne fut pas pour *François I.*
le moment le moins fatal de la journée. Jamais lettre ne fut plus vraïe
que celle qu'écrivit ce Monarque à

24o
Févr,
1525.

sa mére : *Madame, tout est perdu, hors l'honneur.* Des frontiéres dégarnies, le Trésor Roïal sans argent, la consternation dans tous les ordres du Roïaume, la désunion dans le Conseil de la mére du Roi Régente, le Roi d'Angleterre *Henri VIII.* menaçant d'entrer en France, & d'y renouveller les tems d'*Edouard III.* & de *Henri V.* Tout semblait annoncer une ruine inévitable.

Charlequint, qui n'avait pas encor tiré l'épée, tient en prison à Madrid, non seulement un Roi, mais un Héros. Il semble qu'alors *Charles* manqua à sa fortune ; car au lieu d'entrer en France, & de venir profiter de la victoire de ses Généraux en Italie, il reste oisif en Espagne ; au lieu de prendre au moins le Milanais pour lui, il se croit obligé d'en vendre l'investiture à *François Sforce*, pour ne pas donner trop d'ombrage à l'Italie. *Henri VIII.* au lieu de se réunir à lui pour démembrer la France, devient jaloux de sa grandeur, & traite avec la Régente. Enfin la prise de *François I.*

qui devait faire naître de si grandes
révolutions , ne produisit guères
qu'une rançon avec des reproches,
des démentis, des défis solemnels
& inutiles, qui mêlèrent du ridicule
à ces événements terribles , & qui
semblèrent dégrader les deux premiers personnages de la Chrétienté.

Il est vrai que par le triste Traité de
Madrid , le Roi captif donna la Bourgogne ; mais il se trouva bientôt
assez puissant pour ne pas remplir
cet article du Traité. Il perdit la suzeraineté de la Flandre & de l'Ar- 1526.
tois ; mais en cela il ne perdit
qu'un vain hommage. Ses deux fils
furent prisonniers à sa place en qualité d'ôtages , mais il les racheta
pour de l'argent : cette rançon à la
vérité se monta à deux millions d'é-
cus d'or, & ce fut un grand fardeau
pour la France. Si on considére ce
qu'il en coûta pour la captivité de
François I. pour celle du Roi *Jean,*
pour celle de *St. Louis* , combien
la dissipation des trésors de *Charles
V.* par le Duc d'Anjou son frére ,
combien les guerres contre les

Anglais avaient épuisé la France , on est étonné des ressources que *Francois I.* trouva dans la suite.

Ces ressources étaient dues aux acquisitions successives du Dauphiné, de la Provence, & de la Bretagne, à la réunion de la Bourgogne, & au Commerce qui florissait. Voilà ce qui répara tant de malheurs, & ce qui soutint la France contre la fortune de *Charlequint.*

Cette même fortune , qui avait mis un Roi entre ses mains fit encor l'année d'après le Pape *Clément VII.* son prisonnier , sans qu'il le prévît , sans qu'il y eût la moindre part. La crainte de sa puissance avait uni contre lui le Pape , le Roi d'Angleterre , & la moitié de l'Italie. Ce même Duc *de Bourbon* si fatal à *Francois I.* le fut de même à *Clément VII.* Il commandait sur les frontiéres du Milanais une armée d'Espagnols, d'Italiens, & d'Allemands , victorieuse, mais mal païée , & qui manquait de tout. Il propose à ses Capitaines & à ses Soldats d'aller piller Rome pour leur solde ; précisément comme autrefois les Hérules & les

Gots

Gots avaient fait ce voïage. Ils y volèrent, malgré une trève fignée entre le Pape & le Viceroi de Naples. On efcalade les murs de Rome ; *Bourbon* eft tué en montant à la muraille ; mais Rome eft prife, livrée au pillage, faccagée, & le Pape réfugié au château St. Ange y eft prifonnier. **1527.**

La prife de Rome, & la captivité du Pape, ne fervirent pas plus à rendre *Charlequint* Maître abfolu de l'Italie, que la prife de *François I.* ne lui avait donné une entrée en France. L'idée de la Monarchie univerfelle qu'on attribue à *Charlequint*, eft donc auffi fauffe & auffi chimérique que celle qu'on imputa depuis à *Louis XIV.* Loin de garder Rome, loin de fubjuguer toute l'Italie, il rend la liberté au Pape pour quatre cent mille écus d'or, dont même il n'eut jamais que cent mille, comme il rend la liberté aux enfans de France pour deux millions d'écus. **1528.**

On s'étonne qu'un Empereur, Maître de l'Efpagne, des dix-fept Provinces des Païs Bas, de Naples & de Sicile, Suzerain de la Lombardie, déja poffeffeur du Méxique, & pour qui dans ce tems-là même on faifait la conquête du Pérou, ait fi peu profité de fon bonheur. Mais les premiers tréfors qu'on lui avait envoïés du Méxique furent engloutis dans la mer ; il ne recevait point de tribut réglé d'Amerique, comme en reçut depuis *Philippe II*. Les troubles excités en Allemagne par le Luthéranifme, l'inquiétaient : les Turcs en Hongrie l'allarmaient davantage : il avait à repouffer à la fois *Soliman* & *François I.*, à contenir les Princes d'Allemagne, à ménager ceux d'Italie, & furtout les Vénitiens, à fixer l'inconftance de *Henri VIII*. Il joua toujours le premier rôle fur le théatre de l'Europe ; mais il fut toujours bien loin de la Monarchie univerfelle.

Ses Généraux ont encor de la peine à chaffer d'Italie les Français qui étaient jufques dans le Roïaume de Naples en 1528. Le fyftême de la balance & de l'équilibre était dèslors établi en Europe : car immédiatement après la prife de *François I.* l'Angleterre & les puiffances

Italiennes ſe liguèrent avec la France pour balancer le pouvoir de l'Empereur. Elles ſe liguèrent de même après la priſe du Pape.

La paix ſe fit à Cambray ſur le 1529. plan du Traité de Madrid, par lequel *François I.* avait été delivré de priſon. C'eſt à cette paix que *Charles* rendit les deux enfans de France, & ſe déſiſta de ſes prétentions ſur la Bourgogne pour deux millions d'écus.

Alors *Charles* quitte l'Eſpagne pour aller recevoir la Couronne des mains du Pape, & pour baiſer les pieds de celui qu'il avait retenu captif. Il diſpoſe à la vérité de toute la Lombardie en Maître. Il inveſtit *François Sforce* du Milanais, & *Alexandre de Médicis* de la Toſcane; il donne 1529. un Duc à Mantouë; il fait rendre par le Pape Modéne & Regio au 1530. Duc de Ferrare; mais tout cela pour de l'argent, & ſans ſe réſerver d'autre droit que celui de la Suzeraineté.

Tant de Princes à ſes pieds lui donnent une grandeur qui impoſe. La grandeur véritable fut d'aller re-

pousser *Soliman* de la Hongrie à la
tête de cent mille hommes , assisté
de son frére *Ferdinand*, & surtout
des Princes Protestans d'Allemagne,
qui se signalèrent pour la défense
commune. Ce fut-là le commencement de sa vie active & de sa gloire
personnelle. On le voit à la fois
combattre les Turcs , retenir les
Français au-delà des Alpes, indi-
1535. quer un Concile , & revoler en Espagne pour aller faire la guerre en
Afrique. Il aborde devant Tunis ,
remporte une victoire sur l'usurpa-
teur de ce Roïaume , donne à Tunis un Roi tributaire de l'Espagne ,
délivre dix-huit mille captifs Chrétiens, qu'il raméne en triomphe en
Europe , & qui aidés de ses bienfaits
& de ses dons , vont chacun dans
leur patrie élever le nom de *Charlequint* jusqu'au Ciel. Tous les Rois
Chrêtiens alors semblaient petits devant lui ; & l'éclat de sa renommée
obscurcissait toute autre gloire.

Son bonheur voulut encor que
Soliman, ennemi plus redoutable que
François I. fût alors occupé contre
1534. les Persans. Il avait pris Tauris , &

de là tournant vers l'ancienne Affi-
rie, il était entré en conquérant dans
Bagdat, la nouvelle Babilone, s'é-
tant rendu Maître de la Mefopota-
mie, qu'on nomme à préfent le Diar-
bek, & du Curdiftan qui eft l'ancienne Suziane. Enfin il s'était fait
reconnaître & inaugurer Roi de
Perfe par le Calife de Bagdat. Les
Califes en Perfe n'avaient plus depuis longtems d'autre honneur que
celui de donner en cérémonie le
Turban des Sultans, & de ceindre
le fabre au plus puiffant. *Mahmoud,*
Gengis, Tamerlan, Ifmael Sophi,
avaient accoutumé les Perfans à
changer de Maîtres. *Soliman,* après
avoir pris la moitié de la Perfe fur
Tamas fils d'*Ifmael,* retourna triom- 1535.
phant à Conftantinople. Ses Géné-
raux perdirent alors en Perfe une
partie des conquêtes de leur Maître.
C'eft ainfi que tout fe balançait, &
que tous les Etats tombaient les uns
fur les autres; la Perfe fur la Turquie; la Turquie fur l'Allemagne &
fur l'Italie; l'Allemagne & l'Efpagne fur la France; & s'il y avait eu
des peuples plus Occidentaux, l'Ef-

pagne & la France auraient eu de
nouveaux ennemis.

L'Europe ne fentit point de plus
violentes fecouffes depuis la chute de
l'Empire Romain, & nul Empereur
depuis *Charlemagne* n'eut tant d'é-
clat que *Charlequint.* L'un a le premier rang dans la mémoire des hommes comme conquérant & fondateur ; l'autre , avec autant de puiffance, a un perfonnage bien plus
difficile à foutenir. *Charlemagne* avec
les nombreufes armées aguerries
par *Pepin* & *Charles Martel* , fubju-
gua aifément des Lombards amollis
& des Saxons fauvages. *Charlequint*
a toujours à craindre la France ,
l'Empire des Turcs , & la moitié de
l'Allemagne.

L'Angleterre qui était féparée du
refte du monde au huitiéme fiécle,
eft dans le feiziéme un puiffant
Roïaume qu'il faut toujours ménager. Mais ce qui rend la fituation de
Charlequint très-fupérieure à celle de
Charlemagne, c'eft qu'ayant à peu près
en Europe la même étendue de païs
fous fes loix, ce pays eft plus peuplé,
beaucoup plus floriffant, plein de

Grands-Hommes en tout genre. On ne comptait pas une grande ville commerçante dans les premiers tems du renouvellement de l'Empire. Aucun nom, excepté celui du Maître, ne fut consacré à la postérité. La seule province de Flandres au seiziéme siécle vaut mieux que tout l'Empire au neuviéme. L'Italie au tems de *Paul III.* est à l'Italie du tems d'*Adrien I.* & de *Léon III.* ce qu'est la nouvelle Architecture à la Gotique. Je ne parle pas ici des beaux Arts, qui égalaient ce siécle à celui d'*Auguste*, & du bonheur qu'avait *Charlequint* de compter tant de grands génies parmi ses sujets. Il ne s'agit que des affaires publiques & du tableau général du Monde.

CHAPITRE CIV.

CONDUITE DE FRANÇOIS I.

SON ENTREVUE AVEC

CHARLEQUINT.

LEURS QUERELLES, LEUR GUERRE. ALLIANCE DU ROI DE FRANCE ET DU SULTAN *SOLIMAN*. MORT DE *FRANÇOIS I*.

QUe *François I.* voïant fon rival donner des Roïaumes, voulût rentrer dans le Milanais auquel il avait renoncé par deux Traités; qu'il ait appellé à fon fecours ce même *Soliman*, ces mêmes Turcs repouffés par *Charlequint* ; cette manœuvre peut être politique ; mais il fallait de grands fuccès pour la rendre glorieufe.

Ce Prince pouvait abandonner fes prétentions fur le Milanais, fource intariffable de guerre, & tombeau des Français, comme *Charles* avait abandonné ſes droits ſur la Bourgogne, droits fondés ſur le Traité de Madrid : il eût joui d'une heureuſe paix ; il eût embelli, policé, éclairé ſon Roïaume beaucoup plus qu'il ne fit dans les derniers tems de ſa vie ; il eût donné une libre carrière à toutes ſes vertus. Il fut Grand pour avoir encouragé les Arts : mais la paſſion malheureuſe de vouloir toûjours être Duc de Milan & vaſſal de l'Empire malgré l'Empereur, fit tort à ſa gloire. Réduit bientôt à chercher le ſecours de *Barberouſſe*, il en eſſuïa des reproches pour ne l'avoir pas ſecondé, & il fut traité de renegat & de parjure en pleine Diète de l'Empire.

Quel funeſte contraſte de faire bruler à petit feu dans Paris des Luthériens parmi leſquels il y avait des Allemands, & de s'unir en même tems aux Princes Luthériens d'Allemagne, auprès deſquels il eſt obligé de s'excuſer de cette rigueur, & d'affirmer même qu'il n'y avait point eu d'Allemands parmi ceux qu'on avait fait mourir ! Comment des Hiſtoriens peuvent-ils avoir la lâcheté

d'aprouver ce fuplice , & de l'attribuer *au zéle pieux* d'un Prince voluptueux qui n'avait pas la moindre ombre de cette piété qu'on lui attribue?
Si c'eft-là un acte religieux , il eft
cruellement démenti par le nombre
prodigieux de captifs Catholiques
que fon Traité avec *Soliman* livra
depuis aux fers de *Barberouffe* fur les
côtes d'Italie. Si c'eft une action de
politique , il faut donc aprouver les
perfécutions des Payens qui immolèrent tant de Chrêtiens. *Charlequint* ne faifait mourir aucun Luthérien : il avait délivré dix-huit mille
captifs des mains des Turcs , au lieu
de leur en livrer.

Il faut pour la funefte expédition
de Milan paffer par le Piémont, & le
Duc de Savoie refufe au Roi le paffage. Le Roi attaque donc le Duc de
Savoié , pendant que l'Empereur re-
venoit triomphant de Tunis. Une
autre caufe de ce que la Savoie fut
1534. mife à feu & à fang, c'eft que la
mére de *François I.* était de cette
Maifon. Des prétentions fur quelques parties de cet Etat étaient depuis longtems un fujet de difcorde.

Les guerres du Milanais avaient de
même leur origine dans le mariage
de l'aïeule de *Louis XII*. Il n'y a
aucun Etat héréditaire en Europe où
les mariages n'aient apporté la guerre. Le droit public eſt devenu par
là un des plus grands fleaux des Peuples ; preſque toutes les clauſes des
contraƈts & des traités n'ont été
expliquées que par les armes. Les
Etats du Duc furent ravagés : c'eſt
cette invaſion de *Fran*ç*ois I.* qui procura une liberté entiére à Genéve,
& qui en fit comme la capitale de la
nouvelle Religion Réformée. Il arriva que ce même Roi qui faiſait périr
à Paris les Novateurs par des ſupli-
ces affreux, qui faiſait des Procef-
ſions pour expier leurs erreurs,
qui diſait qu'il *n'épargnerait pas ſes en-*
fans s'ils en étaient coupables, était
partout ailleurs le plus grand ſoutien de ce qu'il voulait exterminer
dans ſes Etats.

C'eſt une grande injuſtice dans le
Pére *Daniel* de dire que la ville de
Genéve mit alors le comble à ſa ré-
volte contre le Duc de Savoie. Ce
Duc n'étoit point ſon Souverain.

Elle était ville libre Impériale : elle partageait, comme Cologne, & comme beaucoup d'autres villes, le Gouvernement avec son Evèque. L'Evèque avoit cédé ses droits au Duc de Savoie, & ces droits disputés étaient en compromis depuis douze années. Il fallait plutôt observer que Genéve était alors une ville petite & pauvre ; & que depuis qu'elle se rendit libre, elle fut plus peuplée du double, plus industrieuse, plus commerçante.

Cependant quel fruit *François I.* recueille-t-il de tant d'entreprises ? *Charlequint* arrive de Rome, fait repasser les Alpes aux Français, entre en Provence avec cinquante mille hommes, s'avance jusqu'à Marseille, met le siége devant Arles ; & une autre armée ravage la Champagne & la Picardie. Ainsi le fruit de cette nouvelle tentative sur l'Italie, fut de hazarder la France.

1536.

La Provence & le Dauphiné ne furent sauvées que par la sage conduite du Maréchal *de Montmorenci*, comme elles l'ont été de nos jours par un autre Maréchal de France.

On peut, ce me femble, tirer un grand fruit de l'Hiftoire, en comparant les tems & les événemens. C'eft un plaifir digne d'un bon citoïen, d'examiner par quelles reffources on a chaffé dans le même terrain & dans les mêmes occafions deux armées victorieufes. On ne fait guères, dans l'oifiveté des grandes villes, quels efforts il en coûte pour raffembler des vivres dans un païs qui en fournit à peine à fes habitans, pour avoir de quoi païer le foldat, pour lui fournir le néceffaire fur fon crédit, pour garder des riviéres, pour enlever aux ennemis des poftes avantageux dont ils fe font emparés. De tels détails n'entrent point dans notre plan. Il n'eft néceffaire de les examiner que dans le tems même de l'action. Ce font les matériaux de l'édifice ; on ne les compte plus quand la maifon eft conftruite.

Ce qui caractérife davantage les démêlés de *Charlequint* & de *François I.* & les fecouffes qu'ils donnèrent à l'Europe, c'eft ce mélange bizarre de franchife & de duplicité,

d'emportements de colère & de ré-
conciliation, des plus sanglants ou-
trages & d'un pront oubli, des arti-
fices les plus rafinés & de la plus noble confiance.

Peut-on s'attendre que *Charles* &
François se verront familiérement
comme deux Gentilshommes voisins, après la prison de Madrid,
après des *démentis par la gorge*, des
défis, des duëls proposés en présence du Pape en plein Consistoire,
après la ligue du Roi de France avec
Soliman ; enfin après que l'Empereur a été accusé, aussi publiquement qu'injustement, d'avoir fait
empoisonner le premier Dauphin,
& lorsque les frontiéres fumaient
encor de tant de sang répandu ?

Cependant ces deux grands rivaux se voïent à la rade d'Aigues-
mortes. Le Pape avait ménagé cette
entrevuë après une trêve ; *Charlequint* même descendit à terre fit la
premiére visite, & se mit entre les
mains de son ennemi : c'était la suite
de l'esprit du tems. *Charles* se défia
toûjours des promesses du Monar-

que, & se livra à la foi du Chevalier.

Le Duc de Savoie fut longtems la victime de cette entrevuë. Ces deux Monarques, qui en se voïant avec tant de familiarité prenaient toûjours des mesures l'un contre l'autre, gardèrent les places du Duc ; le Roi de France pour se fraïer un passage dans l'occasion vers le Milanais, & l'Empereur pour l'en empêcher.

Charlequint après cette entrevue à Aigues-mortes, fait un voïage à 1539. Paris, qui est bien plus étonnant que celui des Empereurs *Sigismond* & *Charles IV*.

Retourné en Espagne, il aprend que la ville de Gand s'est revoltée en Flandres. De savoir jusqu'où cette ville avait dû soutenir ses privilèges, & jusqu'où elle en avait abusé, c'est un problême qu'il n'apartient qu'à la force de résoudre. *Charlequint* voulait l'assujettir & la punir : il demande passage au Roi, qui lui envoie le Dauphin & le Duc d'Orléans jusqu'à Bayonne, & qui va lui-même au-devant de lui jufqu'à Chatelleraut.

L'Empereur aimait à voïager, à
fe montrer à tous les Peuples de
l'Europe, à jouir de fa gloire. Ce
voïage fut un enchaînement de fêtes,
& le but était d'aller faire pendre
vingt-quatre malheureux citoïens.
Il eût pû aifément s'épargner tant
de fatigues, en envoïant quelques
troupes à la Gouvernante des Païs-
Bas : on peut même s'étonner qu'il
n'en eût pas laiffé affez en Flandres
pour réprimer la révolte des Gantois : mais c'était alors la coûtume
de licentier fes troupes après une
trêve ou une paix.

Le deffein de *François I.* en rece-
vant l'Empereur dans fes Etats avec
tant d'apareil & de bonne foi, était
d'obtenir enfin de lui la promeffe
de l'inveftiture du Milanais. Ce fut
dans cette vaine idée qu'il refufa
l'hommage que lui offraient les
Gantois. Il n'eut ni Gand ni Milan.

On a prétendu que le Connêtable
de Montmorenci fut difgracié par le
Roi, pour lui avoir confeillé de fe
contenter de la promeffe verbale
de *Charlequint*. Je raporte ce petit

événement, parce que s'il eſt vrai, il fait connaître le cœur humain. Un homme qui n'a qu'à s'en prendre à lui-même d'avoir ſuivi un mauvais avis, eſt ſouvent aſſez injuſte pour en punir l'auteur. Mais on ne devait guères ſe repentir de n'avoir exigé de *Charlequint* que des paroles ; une promeſſe par écrit n'eût pas été plus ſure.

François I. avait promis par écrit de céder la Bourgogne, & il s'était bien donné de garde de tenir ſa parole. On ne céde guéres à ſon ennemi un grande province, ſans y être forcé par les armes. L'Empereur avoua depuis publiquement, qu'il avait promis le Milanais à un fils du Roi; mais il ſoutint que c'était à condition que *François I.* évacuerait Turin, que *François* garda toûjours.

La généroſité avec laquelle le Roi avait reçu l'Empereur en France, tant de fêtes ſomptueuſes, tant de témoignages de confiance & d'amitié réciproques, n'aboutirent donc qu'à de nouvelles guerres.

Pendant que *Soliman* ravage encor

la Hongrie , pendant que *Charlequint*
pour mettre le comble à sa gloire
veut conquerir Alger comme il a
subjugué Tunis , & qu'il échouë
dans cette entreprise , *François I.*
resserre les nœuds de son alliance
avec *Soliman.* Il envoïe deux Ministres secrets à la Porte par la voïe
de Venise ; ces deux Ministres sont
assassinés en chemin par l'ordre du
Marquis *del Vasto* Gouverneur du
Milanais , sous prétexte qu'ils sont
nés tous deux sujets de l'Empereur.
Le dernier Duc de Milan *François
Sforce* avait quelques années auparavant fait trancher la tête à un
1541. autre Ministre du Roi. Comment
accorder ces violations du Droit
des Gens , avec la générosité dont
se piquaient alors les Officiers de
l'Empereur , ainsi que ceux du Roi ?
La guerre recommence avec plus
d'animosité que jamais vers le Piémont , vers les Pirenées , en Picardie. C'est alors que les galères du
Roi se joignent à celles de *Cheredin*
surnommé *Barberousse* , Amiral du
Sultan & Vice-roi d'Alger. Les
1543. fleurs de Lis & le Croissant sont

devant Nice. Les Français & les Turcs fous le Comte d'*Anguien* de la branche de *Bourbon* , & fous l'Amiral Turc , ne peuvent prendre cette ville : & *Barberouſſe* ramène la flotte Turque à Toulon , dès que le célèbre *André Doria* s'avance au fecours de la ville avec fes galères.

C'eſt ce même *Doria* qu'on peut mettre à la tête de tous ceux qui fervirent la fortune de *Charlequint.* Il avait eu la gloire de battre fes galères devant Naples , quand il était Amiral de *Francois I.* & que Génes fa patrie était encor fous la domination de la France. Il fe crut enfuite obligé, comme le Connétable de *Bourbon* , par des intrigues de Cour , de paſſer au fervice de l'Empereur. Il défit pluſieurs fois les flottes de *soliman* ; mais ce qui lui fit le plus d'honneur, ce fut de rendre la liberté à fa patrie , dont *Charlequint* lui permettait d'être Souverain. Il préféra le titre de Reſtaurateur à celui de Maître. Il établit le Gouvernement tel qu'il fubſiſte aujourd'hui , & vécut juſqu'à quatre vingt-quatorze ans l'homme le plus confidéré de l'Europe. Génes lui éleva une ftatuë comme au libérateur de la patrie.

Cependant le Comte *d'Anguien* répare l'affront de Nice par la victoire qu'il remporte à Cérizoles dans le Piémont fur le Marqûis *del Vafto*. Jamais victoire ne fut plus complette. Quel fruit retira-t-on de cette glorieufe journée ? aucun. C'était le fort des François de vaincre inutilement en Italie. Les journées d'Agnadel , de Fornoue , de Ravennes , de Marignan , de Cérizoles , en font des témoignages immortels.

Le Roi d'Angleterre *Henri VIII.* par une fatalité inconcevable , s'alliait contre la France avec ce même Empereur dont il avait répudié la tante fi honteufement , & dont il avait déclaré la coufine bâtarde , avec ce même Empereur qui avait forcé le Pape *Clément VII.* à l'excommunier. Les Princes oublient les injures comme les bienfaits , quand l'intérêt parle. Mais il femble que c'était alors le caprice plus que l'intérêt qui liait *Henri VIII.* avec *Charlequint.*

Il comptait marcher à Paris avec trente mille hommes. Il affiégeait Bologne fur mer, tandis que *Charlequint* avançait en Picardie. Où était alors cette balance que *Henri VIII.* voulait tenir ? Il ne voulait qu'embaraffer *Francois I.* & l'empêcher de traverfer le mariage qu'il projettait entre fon fils *Edouard* & *Marie Stuard*, qui fut depuis Reine de France. Quelle raifon pour déclarer la guerre ?

Ces nouveaux périls rendent la bataille de Cérizoles infructueufe. Le Roi de France eft obligé de rapeller une grande partie de fon armée victorieufe, pour venir défendre les frontières Septentrionales du Roïaume.

La France était plus en danger que jamais. *Charles* était déja à Soiffons ; & le Roi d'Angleterre prenait Bologne ; on tremblait pour Paris. Le Luthéranifme fit alors le falut de la France, & le fervit mieux que les Turcs, fur qui le Roi avait tant compté. Les Princes Luthé-

riens d'Allemagne s'uniſſaient alors
contre *Charlequint* , dont ils craignaient le Deſpotiſme ; ils étaient
en armes ; *Charles* preſſant la France,
& preſſé dans l'Empire , fit la paix
1544. à Crépi en Valois , pour aller combattre ſes ſujets en Allemagne.

Par cette paix il promit encor
le Milanais au Duc d'Orléans fils
du Roi , qui devait être ſon gendre :
mais la deſtinée ne voulait pas
qu'un Prince de France eût cette
province , & la mort du Duc d'Orléans épargna à l'Empereur l'em-
baras d'un nouveau violement de
ſa parole.

1546. *François I.* acheta bientôt après la
paix avec l'Angleterre pour huit
cent mille écus. Voilà ſes derniers
exploits. Voilà le fruit des deſſeins
qu'il eut ſur Naples & Milan toute
ſa vie. Il fut en tout la victime du
bonheur de *Charlequint* ; car il mourut
quelques mois après *Henri VIII.* de
cette maladie alors preſqu'incurable
que la découverte du Nouveau
Monde avait tranſplantée en Europe. C'eſt ainſi que les événemens
ſont enchainés. Un pilote Génois

donne un Univers à l'Efpagne. La
nature a mis dans les Ifles de ces
climats lointains un poifon qui in-
fecte les fources de la vie ; & il
faut qu'un Roi de France en périffe.
Il laiffe en mourant une difcorde
trop durable , non pas entre la France & l'Allemagne , mais entre la
Maifon de France & celle d'Autriche.

CHAPITRE CV.

TROUBLES D'ALLEMAGNE.

BATAILLE DE MULBERG.

GRANDEUR ET DISGRACE DE CHARLEQINT; SON ABDICATION.

LA mort de *François I.* n'aplanit pas à *Charlequint* le chemin vers cette Monarchie univerſelle dont on lui imputait le deſſein : il en était alors bien éloigné. Non ſeulement il eut dans *Henri II.* ſucceſſeur de *François* un ennemi redoutable; mais dans ce tems-là même les Princes, les villes de la nouvelle religion en Allemagne, faiſaient la guerre civile, & aſſemblaient contre lui une grande armée. C'était le parti de la liberté beaucoup plus encor que celui du Luthéraniſme.

Cet Empereur ſi puiſſant, & ſon frére *Frederic* Roi de Hongrie & de Bohême, ne purent lever autant
d'Allemands

d'Allemands que les Confédérés leur
en oppofaient. *Charles* fut obligé,
pour avoir des forces égales, de re-
courir à fes Efpagnols, à l'argent
& aux troupes du Pape *Paul III.*

Rien ne fut plus éclatant que fa
victoire de Mulberg. Un Electeur
de Saxe, un Landgrave de Heffe,
prifonniers à fa fuite, le parti Luthérien confterné, les taxes immenfes impofées fur les vaincus,
tout femblait le rendre defpotique
en Allemagne ; mais il lui arriva
encor ce qui lui était arrivé après
la prife de *Francois I.* Tout le fruit
de fon bonheur fut perdu. Ce même
Pape *Paul III.* retira fes troupes
dès qu'ils le vit trop puiffant *Henri
VIII.* ranima les reftes languiffants
du parti Luthérien en Allemagne.
Le nouvel Electeur de Saxe *Mau-
rice*, à qui *Charles* avait donné le
Duché du vaincu, fe déclara bientôt contre lui, & fe mit à la tête
de la Ligue.

Enfin cet Empereur fi terrible eft 1552.
fur le point d'être fait prifonnier
avec fon frére par les confédérés. Il
fuit en défordre dans les détroits

d'Infpruck. Dans ce tems-là même le Roi de France *Henri II.* fe faifit de Mets, Toul & Verdun, qui font toujours reftés à la France pour prix de la liberté qu'elle avait affurée à l'Allemagne. On voit que dans tous les tems les Seigneurs de l'Empire, le Luthéranifme même, durent leur confervation aux Rois de France. C'eft ce qui eft encor arrivé depuis fous *Ferdinand II.* & fous *Ferdinand III.*

. Le poffeffeur du Mexique eft obligé d'emprunter deux cent mille écus d'or du Duc de Florence *Cofme*, pour tâcher de reprendre Metz; & s'étant racommodé avec les Luthériens pour fe venger du Roi de France, il affiége cette ville à la tête de cinquante mille combattans. Ce fiége eft un des plus mémorables dans l'hiftoire; il fait la gloire éternelle de *François de Guife* qui défendit la ville foixante & cinq jours contre *Charlequint*, & qui le contraignit enfin d'abandonner fon entreprife après avoir perdu le tiers de fon armée.

1552.

La puiffance de *Charlequint* n'é-

tait alors qu'un amas de grandeurs
& de dignités entouré de précipices. Les agitations de sa vie ne lui per-
mirent jamais de faire de ses vastes
Etats un corps régulier & robuste
dont toutes les parties s'aidassent
mutuellement, & lui fournissent de
grandes armées toujours entrete-
nues. C'est ce que sçut faire *Charlemagne;* mais ses Etats se touchaient;
& vainqueur des Saxons & des Lombards, il n'avait point un *Soliman* à
repousser, des Rois de France à combattre, de puissants Princes d'Allemagne & un Pape plus puissant à réprimer ou à craindre.

Charles sentait trop quel ciment
était nécessaire pour bâtir un édifice
aussi fort que celui de la grandeur
de *Charlemagne.* Il fallait que *Philippe* son fils eût l'Empire ; alors ce
Prince que les trésors du Mexique &
du Perou rendirent plus riche que
tous les Rois de l'Europe ensemble,
eût pu parvenir à cette Monarchie
universelle plus aisée à imaginer qu'à
saisir.

C'est dans cette vue que *Charlequint* fit tous ses efforts pour enga-
G ij

ger fon frére *Ferdinand* Roi des Romains à céder l'Empire à *Philippe.* Mais à quoi aboutit cette propofition révoltante ? à brouiller pour jamais *Philippe* & *Ferdinand.*

Enfin laffé de tant de fecouffes, vieilli avant le tems, détrompé de tout, parce qu'il avoit tout éprouvé, il renonce à fes Couronnes & aux hommes à l'âge de cinquante-fix ans, c'est-à-dire à l'âge où l'ambition des autres hommes eft dans toute fa force, & où tant de Rois fubalternes nommés Miniftres, ont commencé la carrière de leur grandeur.

1556.

Avant de voir quelle influence eut *Philippe II.* fur la moitié de l'Europe, combien l'Angleterre fut puiffante fous *Elifabeth*, ce que devint l'Italie, comment s'établit la République des Provinces-unies, & à quel état affreux la France fut reduite ; je dois parler des révolutions de la religion, parce qu'elle entra dans toutes les affaires, comme caufe ou comme prétexte dès le rems de *Charlequint.*

Enfuite je me ferai une idée des

conquêtes des Efpagnols dans l'A-
merique, & de celles que firent les
Portugais dans les Indes, prodiges
dont *Philippe II.* recueillit tout l'a-
vantage, & qui le rendirent le
Prince le plus puiffant le la Chrêtienté.

CHAPITRE CVI.

DE LÉON X.

ET DE L'ÉGLISE.

VOus avez parcouru tout ce vaſte cahos dans lequel l'Europe Chrêtienne a été confuſément plongée depuis la chute de l'Empire Romain. Le Gouvernement politique de l'Egliſe, qui ſemblait devoir réunir toutes ces parties diviſées, fut malheureuſement une nouvelle ſource de confuſion inouie juſqu'alors dans les Annales du monde. L'Egliſe Romaine & la Grecque ſans ceſſe aux priſes, avaient par leurs querelles ouvert les portes de Conſtantinople aux Ottomans.

L'Empire & le Sacerdoce toujours armés l'un contre l'autre avaient déſolé l'Italie, l'Allemagne, & preſque tous les autres Etats. Le mêlange de ces deux pouvoirs qui ſe combattaient par-tout ou ſourdement ou hautement, entrete-

naient des troubles éternels. Le
Gouvernement féodal avait fait des
Souverains de plusieurs Evêques,
& de plusieurs Moines. Les limites
des Diocèses n'étaient point celles
des Etats. La même ville était Italienne ou Allemande par sonEvêque,
& Française par son Roi. Vous avez
vû la Jurisdiction séculière s'opposer
partout à l'Ecclésiastique, excepté
dans les Etats où l'Eglise a été &
est encor Souveraine: chaque Prince
séculier cherchant à rendre son Gouvernement indépendant du Siége de
Rome, & ne pouvant y parvenir;
des Evêques tantôt résistant aux
Papes, tantôt s'unissant à lui contre
les Rois; en un mot la République Chrétienne du rite Latin unie
presque toujours dans le Dogme,
& sans cesse divisée sur tout le reste.

Après le Pontificat détesté, mais
heureux d'*Aléxandre VI.*; après le
régne guerrier & plus heureux
encor de *Jules II.*, les Papes pouvaient se regarder comme les Arbitres de l'Italie, & influer beaucoup sur le reste de l'Europe. Il n'y
avait aucun Potentat Italien qui eût

plus de terres , excepté le Roi de Naples , lequel relevait encor de la Tiare.

Dans ces circonstances favorables , les vingt-quatre Cardinaux qui composaient alors tout le Collège , élurent *Jean de Médicis* , arrié-re-petit-fils de ce grand *Côme de Médicis* , simple négociant , & pére de la patrie.

1513. Créé Cardinal à quatorze ans , il fut Pape à l'âge de trente-six , & prit le nom de *Léon X*. Sa famille alors était rentrée en Toscane. *Léon* eut bientôt le crédit de mettre son frére *Pierre* à la tête du Gouvernement de Florence. Il fit épouser à son autre frére *Julien le Magnifique* , la Princesse de Savoïe , Duchesse de Nemours , & le fit un des plus puissants Seigneurs d'Italie. Ces trois fréres élevés par *Ange Politien* , & par *Calcondile* , étaient tous trois dignes d'avoir eu de tels Maîtres. Tous trois cultivaient à l'envi les Lettres & les Beaux-Arts. Ils méritèrent que ce siécle s'apellât le siécle des *Médicis*. Le Pape surtout joignait le goût le plus fin à la magnificence la plus

recherchée. Il excitait les grands
génies dans tous les Arts par fes bien-
faits, & par fon accueil plus fédui-
fant encor. Son couronnement coûta cent mille écus d'or. Il fit repré-
fenter dans cette fête le *Pénule* de
Plaute. On croïait voir renaître les
beaux jours de l'Empire Romain.
La religion n'avait rien d'auftère.
Elle s'attirait le refpect par des cérémonies pompeufes ; le ftyle barbare de la Daterie était aboli, &
faifait place à l'éloquence des Cardinaux *Bembo* & *Sadolet*, alors Sécretaires des Brefs, hommes qui favaient imiter la latinité de *Ciceron*,
& qui femblaient adopter fa Philofophie fceptique. Les Comédies
de l'*Ariofte* & celles de *Machiavel*,
quoiqu'elles refpectent peu la pu-
deur & la piété, furent jouées fouvent dans cette Cour en préfence
du Pape & des Cardinaux, par les
jeunes gens les plus qualifiés de Rome. Le mérite feul de ces ouvrages
(mérite très-grand pour ce fiécle)
faifoit impreffion. Ce qui pouvait
offenfer la religion, n'était pas aper-
çu dans une Cour occupée d'intri-

G v.

gues & de plaifirs, qui ne penfait pas que la religion pût être attaquée par ces libertés. Et en effet, comme il ne s'agiffoit ni du Dogme, ni du pouvoir, la Cour Romaine n'en était pas plus effarouchée que les Grecs & les anciens Romains ne le furent des railleries d'*Ariftophane* & de *Plaute*.

Les affaires les plus graves que *Léon X.* favait traiter en Maître, ne dérobèrent rien à fes plaifirs délicats. La confpiration même de deux Cardinaux contre fa vie, & le châtiment févére qu'il en fit, n'altéra point la gaïeté de fa Cour.

Les Cardinaux *Petrucci*, & *Soli*, irrités de ce que le Pape avait ôté le Duché d'Urbin au neveu de *Jules II.* corrompirent un Chirurgien qui devait panfer un ulcère fecret du Pape; & la mort de *Léon X.* devait être le fignal d'une révolution dans beaucoup de villes de l'Etat Eccléfiaftique. La confpiration fut découverte. Il en coûta la vie à plus d'un coupable. Les deux Cardinaux furent 1517. appliqués à la queftion, & condamnés à la mort. On pendit le Cardinal

Petrucci dans la prifon. L'autre racheta fa vie par fes tréfors.

Il eft très-remarquable , qu'ils furent condamnés par les Magiftrats féculiers de Rome , & non par leurs pairs. Le Pape femblait par cette action inviter les Souverains à rendre tous les Eccléfiaftiques jufticiables des Juges ordinaires : mais jamais le St. Siége ne crut devoir céder aux Rois un droit qu'il fe donnait à lui-même. Comment les Cardinaux, qui élifent les Papes, leur ont-ils laiffé ce Defpotifme , tandis que les Electeurs , & les Princes de l'Empire ont tant reftraint le pouvoir des Empereurs ? C'eft que ces Princes ont des Etats, & que les Cardinaux n'ont que des Dignités.

Cette trifte avanture fit bientôt place aux réjouiffances accoutumées. *Léon X.* pour mieux faire oublier le fuplice d'un Cardinal mort par la corde, en créa trente nouveaux , la plûpart Italiens , & fe conformant au génie du Maître : s'ils n'avaient pas tout le goût & les connaiffances du Pontife , ils l'imitèrent au moins dans fes plaifirs. Prefque

tous les autres Prélats fuivirent leurs
exemples. L'Efpagne était alors le
feul païs où l'Eglife connût les
mœurs févères. Elles y avaient été
introduites par le Cardinal *Ximenes,*
efprit né auftère & dur, qui n'avoit
de goût que celui de la domination
abfolue, & qui revêtu de l'habit
d'un Cordelier quand il étoit Régent
d'Efpagne, difait qu'avec fon cor-
don il fauroit ranger tous les Grands
à leur devoir, & qu'il écrafait leur
fierté fous fes fandales.

Partout ailleurs les Prélats vivaient en Princes voluptueux. Il y
en avait qui poffédaient jufqu'à huit
& neuf Evêchés. On s'effraïe aujourd'hui en comptant tous les Bénéfices dont jouïffaient, par exemple,
un Cardinal *de Lorraine,* un Cardinal *Volfey,* & tant d'autres : mais
ces biens Eccléfiaftiques accumulés
fur un feul homme, ne faifaient pas
un plus mauvais effet alors, que
n'en font aujourd'hui tant d'Evêchés
réunis par des Electeurs, ou par des
Prélats d'Allemagne.

Tous les Ecrivains Proteftans &
Catholiques fe récrient contre la

diffolution des mœurs de ce tems.
Ils difent que les Prélats, les Curés,
& les Moines paffaient une vie com-
mode; que rien n'était plus commun que des Prêtres qui élevaient
publiquement leurs enfants, à
l'exemple d'*Alexandre VI.* Il eft
vrai qu'on a encor le teftament d'un
Croui Evêque de Cambrai en ces
tems-là, qui laiffe plufieurs legs à
fes enfants, & tient une fomme en
réferve *pour les bâtards qu'il efpère*
encor que DIEU *lui fera la grace de lui*
donner, en cas qu'il réchape de fa ma-
ladie. Ce font les propres mots de fon
teftament. Le Pape *Pie II.* avoit écrit
dès-longtems, *que pour de fortes rai-*
fons on avoit interdit le mariage aux
Prêtres, mais que pour de plus fortes il
fallait le leur permettre. Les Proteftans
n'ont pas manqué de recueillir les
preuves, que dans plufieurs Etats
d'Allemagne les Peuples obligeaient
toûjours leurs Curés d'avoir des
concubines, afin que les femmes ma-
riées fuffent plus en fûreté : mais
auffi il faut convenir que ce n'était
pas une raifon pour autorifer tant
de guerres civiles, & qu'il ne fallait

pas tuer les autres hommes, parce que quelques Prélats faisaient des enfants.

Ce qui révoltait le plus les esprits, c'était cette vente publique & particuliére d'indulgences, d'absolutions, de dispenses à tout prix ; c'était cette taxe Apostolique, illimitée & incertaine avant le Pape *Jean XXII.* mais rédigée par lui comme un Code du Droit Canon. Un meurtrier Sous-Diacre, ou Diacre, était absous avec la permission de posséder trois Bénéfices, pour douze tournois, trois ducats & six carlins, c'est environ vingt écus. Un Evêque, un Abbé pouvait assassiner pour environ trois-cent livres. Toutes les impudicités les plus monstrueuses avaient leur prix fait. La bestialité était estimée deux-cent-cinquante livres. On obtenait même des dispenses, non seulement pour des péchés passés, mais pour ceux qu'on avait envie de faire. On a retrouvé dans les Archives de *Joinville* une indulgence en expectative pour le Cardinal *de Lorraine*, & douze personnes de sa suite, laquelle remettait à chacun d'eux par avance trois péchés à leur choix. *Le Laboureur* Ecrivain exact.rapporte que la Duchesse de Bourbon & d'Auvergne, sœur de *Charles VIII.* eut le droit de se faire absoudre toute sa vie de tous péchés, elle & dix personnes de sa suite, à quarante-sept fêtes de l'année, sans compter les Dimanches.

Cet étrange abus semblait pourtant avoir sa source dans les anciennes loix des Nations de l'Europe, dans celles des Francs, des Saxons, des Bourguignons. La Cour Pontificale n'avait adopté cette évaluation des péchés & des dispenses, que dans les temps d'Anarchie, & même quand les Papes n'osaient résider à Rome. Jamais aucun Concile ne mit la taxe des péchés parmi les articles de Foi.

Il y avait des abus violens, il y en avoit de ridicules. Ceux qui dirent qu'il fallait réparer l'édifice, & non le détruire, semblent avoir dit tout ce qu'il y avait à répondre au cri des peuples indignés. Le grand nombre de péres de famille qui travaillent fans ceffe pour affurer à leurs femmes & à leurs enfans une médiocre fortune, le nombre beaucoup fupérieur d'artifans, de cultivateurs, qui gagnent leur pain à la fueur de leur front, voyaient avec douleur des Moines entourés du faſte & du luxe des Souverains : on répondait que ces richeſſes répandues par ce faſte même rentraient dans la circulation. Leur vie molle, loin de troubler l'intérieur de l'Egliſe, en affermiſſait la paix ; & leurs abus euſſent-ils été plus exceſſifs, ils étaient moins dangereux, fans doute, que les horreurs des guerres, & le faccagement des villes. On oppoſe ici le fentiment de *Machiavel*, le Docteur de ceux qui n'ont que de la politique. Il dit dans ſes difcours fur *Tite-Live*, que fi *les Italiens de ſon tems étaient exceſſivement méchants, on le devait imputer à la Religion & aux Prêtres.* Mais il eſt clair, qu'il ne peut avoir en vue les guerres de Religion, puiſqu'il n'y en avait point alors. Il ne peut entendre par ces paroles, que les crimes de la Cour du Pape *Alexandre VI,*

& l'ambition de plusieurs Ecclésiastiques ; ce qui est très-étranger aux dogmes, aux disputes, aux persécutions, aux rébellions, à cet acharnement de la haine Théologique qui produisit tant de meurtres.

Venise même, dont le gouvernement passait pour le plus sage de l'Europe, avait, dit-on, très-grand soin d'entretenir tout son Clergé dans la mollesse, afin qu'étant moins reveré il fût sans crédit parmi le peuple, & ne pût le soulever. Il y avait cependant partout des hommes de mœurs très-pures, des pasteurs dignes de l'être, des religieux soumis de cœur à des vœux qui effraient la mollesse humaine : mais ces vertus sont ensevelies dans l'obscurité, tandis que le luxe & le vice dominent dans la splendeur.

L'éclat de la Cour voluptueuse de *Léon X.* devait fraper les yeux ; mais aussi on devait voir que cette Cour même policait l'Europe, & rendait les hommes plus sociables. La Religion depuis la persécution contre les Hussites, ne causait plus aucun trouble dans le monde. L'in-

quifition exerçait à la vérité de grandes cruautés en Efpagne contre les
Mufulmans & les Juifs ; mais ce ne
font pas là ces malheurs univerfels
qui bouleverfent les Nations. **La
plûpart des Chrêtiens vivaient dans
une ignorance heureufe.** Il n'y avait
peut-être pas en Europe dix Gentilshommes qui euffent la Bible. Elle
n'était point traduite en langue vulgaire, ou du moins les traductions
qu'on en avait faites dans peu de
païs, étaient ignorées.

Le haut Clergé occupé uniquement du temporel, favait jouïr, &
ne favait pas difputer. On peut dire
que le Pape *Léon X.* en encourageant les études, donna des armes
contre lui-même. J'ai ouï dire à un
Seigneur Anglais, qu'il avait vû
une lettre du Cardinal *Polus*, ou *de
la Pole*, à ce Pape, dans laquelle,
en le félicitant fur ce qu'il étendait
le progrès des fciences en Europe,
il l'avertiffait qu'il était dangereux
de rendre les hommes trop favants.
Léon X. était bien loin de craindre
la révolution qu'il vit dans la Chrêtienté. Sa magnificence, & une des

plus belles entreprifes qui puiffent illuftrer des Souverains, en furent les premiéres caufes.

Son prédéceffeur *Jules II.* fous qui la Peinture & l'Architecture commencèrent à prendre de fi nobles accroiffemens, voulut que Rome eût un temple qui furpaffat *Ste. Sophie* de Conftantinople, & qui fût le plus beau qu'on eût encor élevé fur la terre. Il eut le courage d'entreprendre ce qu'il ne pouvait jamais voir finir. *Léon X.* fuivit ardemment ce beau projet. Il fallait beaucoup d'argent, & fes magnificences avaient épuifé fon tréfor. Il n'eft point de Chrêtien qui n'eût dû contribuer à élever cette merveille de la Métropole de l'Europe. Mais l'argent deftiné aux ouvrages publics ne s'arrache jamais que par force ou par adreffe. *Léon X.* eut recours, s'il eft permis de fe fevir de cette expreffion, à une des clefs de *St. Pierre*, avec laquelle on avait ouvert quelquefois les coffres des Chrêtiens pour remplir ceux du Pape.

Il prétexta une guerre contre les Turcs, & fit vendre dans tous les Etats de la Chrêtienté ce qu'on appelle des *Indulgences*, c'eſt-à-dire, la délivrance des peines du Purgatoire, ſoit pour ſoi-même, ſoit pour ſes parens & amis. Une pareille vente publique fait voir l'eſprit du tems. Perſonne n'en fut ſurpris. Il y eut partout des Bureaux d'Indulgences. On les affermait comme les droits de la Douane. La plûpart de ces comptoirs ſe tenaient dans des cabarets. Le Prédicateur, le fermier, le diſtributeur, chacun y gagnait. Le Pape donna à ſa ſœur une partie de l'argent qui lui en revint, & perſonne ne murmura encore. Les Prédicateurs diſaient hautement en chaire, que *quand on aurait violé la Ste. Vierge, on ferait abſous en achetant des Indulences*, & le peuple écoutait ces paroles avec dévotion. Mais quand on eut donné aux Dominicains cette ferme en Allemagne, les Auguſtins qui en avaient été longtems en poſſeſſion, furent jaloux; & ce petit intérêt de

Moines dans un coin de la Saxe produisit plus de deux cent ans de dif-
cordes , de fureurs & d'infortunes
chez trente Nations.

CHAPITRE CVII.

DE LUTHER

ET DE ZUINGLE.

VOus n'ignorez pas que cette grande révolution dans l'efprit humain, & dans le fiftême politique de l'Europe, commença par *Martin Luther*, Moine Auguftin, que fes Supérieurs chargèrent de prêcher contre la marchandife qu'ils n'avaient pû vendre. La querelle fut d'abord entre les Auguftins & les Dominicains.

Si on avait dit alors à *Luther* qu'il détruirait la Religion Romaine dans la moitié de l'Europe, il ne l'aurait pas crû. Il alla plus loin qu'il ne penfait, comme il arrive dans toutes les difputes, & dans prefque toutes les affaires.

1517. Après avoir décrié les Indulgences, il examina le pouvoir de celui qui les donnait aux Chrêtiens. Un coin du voile fut levé. Les peuples

animés voulurent juger ce qu'ils
avaient adoré. Les horreurs d'*A-
lexandre VI* & de fa famille n'a-
vaient pas fait naître un doute fur
la puiffance fpirituelle du Pape.
Trois-cent-mille Pélerins étaient venus dans Rome à fon Jubilé. Mais les
tems étaient changés ; la mefure
était comble. Les délices de *Léon* furent punies des crimes d'*Alexandre*.
On commença par demander une réforme, on finit par une féparation
entière. On fentait affez que les
hommes puiffants ne fe réforment
pas. C'était à leur autorité & à leurs
richeffes qu'on en voulait : c'était le
joug des taxes romaines qu'on voulait brifer. Qu'importait en effet à
Stockolm , à Conpenhague, à Londres, à Drefde, que l'on eût du
plaifir à Rome ? mais il importait
qu'on ne païât point de taxes exor-
bitantes , que l'Archevêque d'Upfal
ne fût pas le maître d'un Roïaume.
Les revenus de l'Archevêché de
Magdebourg , ceux de tant de riches
Abaïes, tentaient les Princes féculiers. La féparation qui fe fit comme
d'elle-même, & pour des caufes très-

légères, a opéré cependant à la fin
en grande partie cette réforme tant
demandée, & qui n'a fervi de rien.
Les mœurs de la Cour Romaine font
devenuës plus décentes, le Clergé
de France plus favant. Il faut avouer
qu'en général le Clergé a été corri-
gé par les Proteftans, comme un rival devient plus circonfpect par
la jaloufie furveillante de fon rival.

Pour parvenir à cette grande fcif-
fion, il ne fallait qu'un Prince qui
animât les peuples. Le vieux *Frédé-*
ric Electeur de Saxe, furnommé *le*
Sage, celui-là même qui après la
mort de *Maximilien* eut le courage
de refufer l'Empire, protégea *Luther*
ouvertement. Cette révolution dans
l'Eglife commença comme toutes
celles par qui les Peuples ont détrôné les Souverains. On préfente d'a-
bord des requêtes, on expofe des
griefs ; on finit par renverfer le Trône. Il n'y avait point encor de féparation marquée en fe moquant des
indulgences, en demandant a communier avec du pain & du vin, en
difant des chofes très-peu intelligibles

bles fur la juftification & fur le libre
arbitre, en voulant abolir les Moines, en offrant de prouver que
l'Ecriture Sainte n'a pas expreffément parlé du Purgatoire.

Léon X. qui dans le fond mépri-
fait ces difputes, fut obligé comme
Pape d'anathématifer folemnelle- 1520.
ment par une Bulle toutes ces propo-
fitions. Il ne favait pas combien
Luther était protégé fecrétement en
Allemagne. Il fallait, difait-on, le
faire changer d'opinion par le moïen
d'un chapeau rouge. Le mépris
qu'on eut pour lui, fut fatal à Rome.

Luther ne garda plus de mefures.
Il compofa fon livre *de la captivité
de Babilone.* Il exhorta tous les Princes à fecouer le joug de la Papauté;
il fe déchaîna contre les Meffes pri-
vées; & il fut d'autant plus aplaudi,
qu'il fe récriait contre la vente publique de ces Meffes Les Moines
mendiants les avaient mifes en vogue au treiziéme fiécle; le peuple
les païoit comme il les païe encor
aujourd'hui quand il en commande.
C'eft une légere rétribution dont

Tome IV.   H

subsistent les pauvres Religieux & les Prêtres habitués. Ce faible honoraire, qu'on ne pouvait guère envier à ceux qui ne vivent que de l'Autel & des aumônes, était alors en France d'environ deux sous de ce tems-là, & moindre encor en Allemagne. La Transubstantiation fut proscrite comme un mot qui ne se trouve ni dans l'Ecriture ni dans les premiers péres. Les partisans de *Luther* prétendaient que la doctrine qui fait évanouir la substance du pain & du vin, & qui en conserve la forme, n'avait été universellement établie dans l'Eglise que du tems de *Grégoire VII.* & que cette doctrine avait été soutenue & expliquée pour la premiere fois par un Bénédictin nommé *Pascase Ratbert* au neuvième siécle. Ils fouillaient dans les archives ténébreuses de l'antiquité, pour y trouver de quoi se séparer de l'Eglise Romaine, sur des mystéres que la faiblesse humaine ne peut aprofondir. *Luther* retenait une partie du mystére & rejettait l'autre. Il avoue que le corps de JESUS-CHRIST est dans les espèces consacrées ; mais il y eſt , dit-il , comme le feu eſt dans le fer enflammé. Le fer & le feu ſubſiſtent enſemble. C'eſt cette maniére de ſe confondre avec le pain & le vin , qu'*Oſiander* appella *impanation , invination , con-*ſu*ſtantiation*. *Luther* ſe contentait de dire que le corps & le ſang étaient dedans , deſſus , & deſſous , *in , cum , ſub.*

Les Dominiquains avec les Nonces du Pape qui étaient en Allemagne , firent bruler ſes livres. Le Pape donna une nouvelle Bulle contre lui. *Luther* fit bruler la Bulle du Pape & les Décrétales dans la place publique de Wittemberg. On voit par ce trait ſi c'était un homme hardi ; mais auſſi on voit 1520. qu'il était déja bien puiſſant. Dès-lors une partie de l'Allemagne fatiguée de la grandeur Pontificale , était dans les intérêts du Réformateur , ſans trop examiner les queſtions de l'école.

Cependant ces queſtions ſe multipliaient. La diſpute du libre arbitre , cet autre écueil de la raiſon humaine , mêlait ſa ſource intariſ-

fable de querelles abfurdes à ce
torrent de haines Théologiques.
Luther nia le libre arbitre, que cependant fes feɛateurs ont admis dans
la fuite. L'Univerfité de Louvain,
celle de Paris écrivirent. Celle-ci
fufpendit l'examen de la difpute,
s'il y a eu trois *Magdeleines*, ou une
feule *Magdeleine*, pour profcrire les
dogmes de *Luther*.

Il fallait bien qu'*Ariftote* entrât
dans les querelles, car il était alors le
maître des écoles. *Luther* aïant af-
firmé que la doɛtrine d'*Ariftote* était
fort inutile pour l'intelligence de
l'Ecriture, la facrée Faculté de
Paris traita cette affertion d'er-
ronée, & d'infenfée. Les Théfes les plus vaines étaient mêlées
avec les plus profondes ; & des
deux côtés les fauffes imputations,
les injures atroces, les anathémes
nourriffaient l'animofité des deux
partis.

On ne peut, fans rire de pitié,
lire la maniére dont *Luther* traite
tous fes adverfaires, & fur-tout
le Pape. *Petit Pape, petit Papelin,
vous êtes un âne, un ânon : allez don-*

cement , il fait glacé , vous vous rom-
priez les jambes , & on dirait , Que
L'iable eſt ceci ? le petit ânon de Papelin
eſt eſtropié ; un âne fait qu'il eſt âne ,
une pierre fait qu'elle eſt pierre ; mais
ces petits ânons de Papes ne favent pas
qu'ils ſont ânons. Ces baſſes groſ-
ſiéretés aujourd'hui ſi dégoutantes
ne révoltaient point des eſprits
aſſez groſſiers. *Luther* avec ces baſ-
ſeſſes d'un ſtile barbare triomphait
dans ſon païs de toute la politeſſe
Romaine.

La bizare deſtinée qui ſe joue de
ce monde , voulut que le Roi d'Angleterre *Herri VIII.* entrât dans la
diſpute. Son pére l'avait fait inſ-
truire dans les vaines & abſurdes
ſciences de ce tems là.

L'eſprit du jeune *Henri* ardent
& impétueux s'était nourri avidement des ſubtilités de l'école. Il
voulut écrire contre *Luther* ; mais
auparavant il fit demander à *Léon X.*
la permiſſion de lire les livres de
cet Héréſiarque , dont la lecture
était interdite ſous peine d'excommunication. *Leon X.* accorda la
permiſſion. Le Roi écrit ; il com-

mente *St. Thomas* ; il défend fept
Sacrements contre *Luther*, qui alors
en admettait trois , lefquels bientôt fe réduifirent à deux. Le livre
s'achève à la hâte; on l'envoïe à Rome. Le Pape ravi, compare ce livre,
que perfonne ne lit aujourd'hui ,
aux écrits des *Auguftins* , & des
Jérômes. Il donna le titre de *Défen-
feur de la foi* au Roi *Henri* & à fes
fuccefleurs ; & à qui le donnait-il ?
à celui qui dévait être quelques
années après le plus fanglant ennemi de Rome.

Peu de perfonnes prirent le parti
de *Luther* en Italie. Ce peuple in-
génieux , occupé d'intrigues & de
plaifirs, n'eut aucune part à ces
troubles. Les Efpagnols , tout vifs
& tout fpirituels qu'ils font, ne s'en
mêlèrent pas. Les Français, quoiqu'ils aïent avec l'efprit de ces peuples un goût plus violent pour les
nouveautés, furent longtems fans
prendre parti. Le théâtre de cette
guerre d'efprit était chez les Allemands, & chez les Suifles, qui n'é-
taient pas reputés alors les hommes
de la terre les plus déliés , & qui

paſſent pour circonſpects. La Cour
de Rome ſavante & polie ne s'étais
pas attendue que ceux qu'elle traitait de barbares, pouraient, la Bible comme le fer à la main, lui ravir la moitié de l'Europe, & ébran-
ler l'autre.

C'eſt un grand problême, ſi *Char-*
lequint alors Empereur devait em-
braſſer la Réforme, ou s'y opoſer.
En ſecouant le joug de Rome, il
vengeait tout d'un coup l'Empire
de quatre cent ans d'injures, que
la Tiare avait faites à la Couronne
Impériale ; mais il courait riſque de
perdre l'Italie. Il avait à ménager le
Pape, qui devait ſe joindre à lui
contre *François I.* De plus ſes Etats
héréditaires étaient tous Catholiques. On lui reproche même d'a-
voir vu avec plaiſir naître une faction qui lui donnerait lieu de lever
des taxes & des troupes dans l'Empire, & d'écraſer les Catholiques,
ainſi que les Luthériens, ſous le
poids d'un pouvoir abſolu. Enfin ſa
politique & ſa dignité l'engagèrent
à ſe déclarer contre *Luther*, quoique peut-être il fût dans le fond de

fon avis fur quelques articles, comme les Efpagnols l'en foupçonnèrent après fa mort.

Il fomma *Luther* de venir rendre compte de fa doctrine en fa préfence à la Diéte Impériale de Vorms, c'eft-à-dire, de venir y déclarer, s'il foutenait les dogmes que Rome avait profcrits. *Luther* comparut avec un fauf-conduit de l'Empereur, s'expofant hardiment au fort de *Jean Hus* ; mais cette affemblée étant compofée de Princes, il fe fia à leur honneur. Il parla devant l'Empereur, & devant la Diéte, & foutint fa doctrine avec courage. On prétend que *Charlequint* fut follicité par le Nonce *Aléandre*, de faire arrêter *Luther* malgré le fauf-conduit, comme *Sigifmond* avait livré *Jean Hus* fans égard pour la foi publique : mais que *Charlequint* répondit, *qu'il ne voulait pas avoir à rougir comme Sigifmond.*

Cependant *Luther* aïant contre lui fon Empereur, le Roi d'Angleterre, le Pape, tous les Evêques & tous les Religieux, ne s'étonna pas. Caché dans une forterefle de Saxe, il

1521.

brava l'Empereur, irrita la moitié
de l'Allemagne contre le Pape, répondit au Roi d'Angleterre comme
à son égal, fortifia & étendit son
Eglise naissante.

Le vieux *Fréderic* Electeur de Saxe
souhaitait l'extirpation de l'Eglise
Romaine. *Luther* crut qu'il était tems
enfin d'abolir la Messe privée. Il s'y
prit d'une manière, qui dans un
tems plus éclairé n'eût pas trouvé
beaucoup d'aplaudissements. Il feignit que le Diable lui étant aparu,
lui avait reproché de dire la Messe
& de consacrer. Le Diable lui prouva, dit-il, que c'était une idola-
trie. *Luther* dans le récit de cette
fiction avoua que le Diable avait
raison, & qu'il fallait l'en croire.
La Messe fut abolie dans la ville de
Wittemberg, & bientôt après dans
le reste de la Saxe. On abattit les
images. Les Moines & les Religieuses sortaient de leurs cloîtres ; &
peu d'années après *Luther* épousa une
Religieuse nommée *Catherine Bore.*
Les Ecclésiastiques de l'ancienne
Communion lui reprochèrent qu'il
ne pouvait se passer de femme. *Lu-*

H. v.

ther leur répondit qu'ils ne pouvaient se passer de maîtresses. Ces reproches mutuels étaient bien différents. Les Prêtres Catholiques qu'on accusait d'incontinence, étaient forcés d'avouer qu'ils transgressaient la discipline de l'Eglise entiére. *Luther* & les siens la changeaient.

La loi de l'Histoire oblige de rendre justice à la plûpart des Moines qui abandonnèrent leurs Eglises & leurs cloîtres pour se marier. Ils reprirent, il est vrai, la liberté dont ils avaient fait le sacrifice ; ils rompirent leurs vœux ; mais ils ne furent point libertins, & on ne peut leur reprocher des mœurs scandaleuses. La même impartialité doit reconnaître, que *Luther* & les autres Moines, en contractant des mariages utiles à l'Etat, ne violaient guères plus leurs vœux que ceux qui aïant fait serment d'être pauvres & humbles possedaient des richesses fastueuses.

Parmi les voix qui s'élevaient contre *Luther*, plusieurs faisaient entendre avec ironie que celui qui avait consulté le Diable pour détruire la

Meſſe, témoignait au Diable ſa re-
connaiſſance en aboliſſant les exor-
ciſmes, & qu'il voulait renverſer
tous les remparts élevés pour re-
pouſſer l'ennemi des hommes. On
a remarqué depuis dans tous les païs
où l'on ceſſa d'exorciſer, qu'il n'y
eut plus de poſſeſſions ni de ſorti-
léges. On diſait, on écrivait, que
les Démons entendaient mal leurs
intérêts, de ne ſe réfugier que chez
les Catholiques, qui ſeuls avaient
le pouvoir de leur commander; &
on n'a pas manqué d'obſerver que
le nombre des ſorciers & des poſſé-
dés a été prodigieux dans l'Egliſe
Romaine juſqu'à nos derniers tems.
Il ne faut point plaiſanter ſur les ſujets triſtes. C'était une matiére très-
ſérieuſe, que le malheur de tant de
familles & le ſuplice de tant d'in-
fortunés a rendue funeſte; & c'eſt
un grand bonheur pour le genre humain, que les Tribunaux dans les
païs éclairés n'admettent plus enfin
les obſeſſions & la magie. Les Réformateurs arrachèrent cette pierre
de ſcandale deux cent ans avant les

Catholiques. On leur reprochait de
heurter les fondemens de la Religion Chrêtienne : on leur difait que
les obfeffions & les fortiléges font
admis expreffément dans l'Ecriture ;
que JESUS-CHRIST chaffait les Démons, & qu'il envoïa furtout les
Apôtres pour les chaffer en fon nom.
Ils répondaient à cette objection
preffante ce que répondent aujour-
d'hui tous les Magiftrats fages, que
DIEU permettait autrefois des chofes qu'il ne permet plus aujourd'hui,
que l'Eglife naiffante avait befoin
de miracles, dont l'Eglife affermie
n'a plus befoin.

La Suiffe fut le premier païs hors
de l'Allemagne où s'étendit la nouvelle Secte, qu'on apellait la *primitive Eglife*. *Zuingle* Curé de Zurich
alla plus loin encor que *Luther*; chez
lui point d'*impanation*, point d'*invination*. Il n'admit point que DIEU
entrât dans le pain & dans le vin,
moins encor que tout le corps de
JESUS-CHRIST fût tout entier dans
chaque parcelle & dans chaque gou-
te. Ce fut lui qu'en France on appel-

la *Sacramentaire*, nom qui fut d'abord donné à tous les réformateurs de fa Secte.

Zuingle s'att ra des invectives du Clergé de fon païs. L'affaire fut portée aux Magiftrats. Le Sénat de Zurich examina le procès, comme s'il s'était agi d'un héritage. On alla aux voix. La pluralité fut pour la Réformation. Le peuple attendait en foule la fentence du Sénat, lorfque le Greffier vient annoncer que *Zuingle* avait gagné fa caufe. Tout le peuple fut dans le moment de la Religion du Sénat. Une bourgade Suiffe jugea Rome. Heureux peuple après tout, qui dans fa fimplicité s'en remettait à fes Magiftrats fur ce que ni lui, ni eux, ni *Zuingle* ne pouvaient parfaitement entendre!

1523.

Quelques années après, Berne, qui eft en Suiffe ce qu'Amfterdam eft dans les Provinces Unies, jugea plus folemnellement encor ce même procès. Le Sénat aïant entendu pendant deux mois les deux parties, condamna la Religion Romaine. L'arrêt fut reçu fans difficulté de

1528.

tout le Canton ; & on érigea une colomne, fur laquelle on grava en lettres d'or ce jugement folemnel, qui eft depuis demeuré dans toute fa force.

Le Sénat de Berne & celui de Zurich avaient donné une Religion au peuple, mais à Bale ce fut le peuple qui contraignit le Sénat à la recevoir. Il y avait alors treize Cantons Suiffes ; cinq des plus petits & des plus pauvres, Lucerne, Zug, Switz, Uri, Underwald, étant demeurés attachés à la Communion Romaine, commencèrent la guerre civile contre les autres. Ce fut la première guerre de Religion entre les Catholiques & les Réformés. Le curé *Zuingle* fe mit à la tête de l'ar-

1531. mée Proteftante. Il fut tué dans le combat, regardé comme un Saint Martir par fon parti, & comme un hérétique déteftable par le parti oppofé : les Catholiques vainqueurs firent écarteler fon corps par le bourreau, & le jettèrent enfuite dans les flammes. Ce font là les préludes des fureurs auxquelles on s'emporta depuis.

Ce fameux *Zuingle* en établiffant fa fecte avait paru plus zélé pour la liberté que pour la Religion. Il croïait qu'il fuffifait d'être vertueux pour être heureux dans l'autre vie, & que *Caton* & *St Paul, Numa* & *Abraham*, jouiffaient de la même béatitude. Sa Religion s'apella de- 1531, puis *le Calvinifme. Calvin* lui donna fon nom, comme *Americ Vefpuce* donna le fien au nouveau monde découvert par *Colomb*. Voilà en peu d'années trois Eglifes nouvelles; celle de *Luther*, celle de *Zuingle*, celle d'Angleterre, détachées du centre de l'union, & fe gouvernant par elles-mêmes. Celle de France, fans jamais rompre avec le Chef, était encor regardée à Rome comme un membre féparé, fur bien des articles, comme fur la fupériorité des Conciles, fur la faillibilité du premier Pontife, fur quelques droits de l'Epifcopat, fur le pouvoir des Légats, fur la nomination aux Bénéfices, fur les tributs que Rome exigeait. La grande fociété Chrétienne reffemblait en un point aux Empires profanes, qui furent dans leurs commen-

cements des Républiques pauvres.
Ces Républiques devinrent avec le
tems de riches Monarchies ; & ces
Monarchies perdirent quelques Provinces qui redevinrent Républiques.

CHAPITRE CIX,

PROGRÉS

DU LUTHERANISME

EN SUÉDE, EN DANNEMARCK,

ET EN ALLEMAGNE.

LE Danemarck & toute la Suéde embraſſaient le Luthéraniſme. Les Suédois en ſecouant le joug des Evêques de la Communion Romaine, écoutèrent ſurtout les motifs de la vengeance. Oprimés longtems par quelques Evêques, & ſurtout par les Archevêques d'Upſal, Primats du Roïaume, ils étaient encore indignés de la barbarie commiſe il n'y avait que trois ans, par le dernier Archevêque nommé *Troll.* Cet Archevêque, Miniſtre & complice de *Chriſtiern II.* ſurnommé le *Néron du Nord*, Tyran du Danemarck & de la Suéde, était un monſtre de cruauté, non moins abominable que

1523.

1520.

Chriſtiern ; il avait obtenu une Bulle du Pape contre le Sénat de Stockolm, qui s'était oppoſé à ſes déprédations, auſſi-bien qu'à l'uſurpation de *Chriſtiern* ; mais tout aïant été apaiſé, les deux Tyrans *Chriſtiern* & l'Archevêque aïant juré ſur l'Hoſtie d'oublier le paſſé, le Roi invita à ſouper dans ſon palais deux Evêques, tout le Sénat, & quatre-vingt-quatorze Seigneurs. Toutes les Tables étaient ſervies : on était dans la ſécurité & dans la joïe, lorſque *Chriſtiern* & l'Archevêque ſortirent de table. Ils rentrèrent un moment après, mais ſuivis de ſatellites & de boureaux : l'Archevêque la Bulle du Pape à la main, fit maſſacrer tous les convives. On fendit le ventre au grand Prieur de l'Ordre de *St. Jean de Jéruſalem*, & on lui arracha le cœur.

Cette fête de deux Tyrans fut terminée par la boucherie qu'on fit de tout le peuple ſans diſtinction d'âge ni de ſexe.

Les deux monſtres, qui devaient périr par le ſuplice du grand Prieur de *St. Jean*, moururent à la vérité dans leur lit ; mais au moins *Chrif-tiern* fut détroné. Le fameux *Gufta-ve Vafa*, comme nous l'avons dit en parlant de la Suéde , délivra fa pa-trie du Tyran ; & les quatre Etats du Roïaume lui aïant décerné la Cou-ronne , il ne tarda pas à exterminer 1523. une religion , dont on avait abufé pour commettre de fi exécrables cri-mes.

Le Luthéranifme fut donc bientôt établi fans aucune contradiction dans la Suéde & dans le Dannemarck , immédiatement après que le Tyran eut été chaffé de fes deux Etats.

Luther fe voïait l'Apôtre du Nord, & jouiffait en paix de fa gloire. Dès l'an 1525. les Etats de Saxe , de Brunfwick , de Heffe , les villes de Strasbourg & de Francfort , embraf-faient fa doctrine.

Il eft certain que l'Eglife Romai-ne avait befoin de reforme ; le Pape *Adrien* , fucceffeur de *Léon X.* l'a-vouait lui-même. Il n'eft pas moins certain, que s'il n'y avait pas eu dans le monde chrêtien une autori-té qui fixât le fens de l'Ecriture & les dogmes de la Religion , il y aurait autant de fectes que d'hommes qui fauraient lire. Car enfin le divin Légiflateur n'a daigné rien écrire ; fes difciples ont dit trés peu de chofes , & ils les ont dites d'une maniére qu'il eft quelquefois trés-difficile d'entendre par foi - même ; prefque chaque mot peut fufciter une querelle.

Mais les Réformateurs d'Allemagne , qui voulaient fuivre l'Evangile mot à mot, donnerent un étrange fpectacle quelques années après : ils difpenferent d'une loi reconnue , laquelle femblait ne devoir plus recevoir d'atteinte ; c'eft la loi de n'avoir qu'une femme , loi pofitive fur laquelle eft fondé le repos des Etats & des familles dans toute la Chrêtienté.

Philippe Landgrave de Heffe , le fecond protecteur du Lutheranifme, voulut du vivant de fa femme *Chriftine* de Saxe , époufer une Demoifelle ; elle fe nommait *Catherine de Saal.* Ce qui eft peut-être plus étrange, c'eft qu'il parait, par les piéces originales concernant cette affaire , qu'il entrait de la délicateffe de confcience dans le deffein de ce Prince. C'eft un des grands exemples de la faibleffe de l'efprit humain. Cet homme, d'ailleurs fage & politique, femblait croire fincerement, qu'avec la permiffion de *Luther* & de fes compagnons, il pouvait tranfgreffer une loi qu'il reconnaiffait. Il repréfenta donc à ces Chefs de fon Eglife, que fa femme la Princeffe de Saxe *était laide, fentait mauvais, & s'enyvrait fouvent.* Enfuite il avoue avec naïveté dans fa requête, qu'il eft tombé trés-fouvent dans la fornication, & que fon tempérament lui rend le plaifir néceffaire ; mais ce qui n'eft pas fi naïf, il fait fentir adroitement à fes Docteurs, que s'ils ne veulent pas lui donner la difpenfe dont il a befoin, il pourait bien la demander au Pape.

Luther affembla un petit Synode dans Wittemberg, compofé de fix Reformateurs : ils fentaient qu'ils allaient choquer une loi reçue dans leur parti même. Les exemples que des Princes Chrétiens avaient donné autrefois de la polygamie, n'étaient regardés par tous les Chrétiens que

comme des abus. Si l'Empereur
Valentinien l'ancien époufa *Juftine*
du vivant de *Severa* fa femme, fi
plufieurs Rois Francs eurent deux
ou trois femmes à la fois, les tranf-
greffions de la loi n'autorifent perfonne. Le Synode de Wittemberg
ne regardait pas le mariage comme
un Sacrement, mais comme un
contraột civil : il difait que la difcipline de l'Eglife admet le divorce,
quoique l'Evangile le défende ; il
difait que l'Evangile n'ordonne pas
expreflément la monogamie : mais
enfin il voïait fi clairement le fcan-
dale, qu'il le déroba autant qu'il
put aux yeux du public. La permiffion de la polygamie fut fignée ;
la concubine fut époufée du confentement même de la légitime époufe. Ce que jamais n'avaient ofé les
Papes, dont *Luther* attaquait le pouvoir exceffif, il le fit, n'aïant aucun
pouvoir. Sa difpenfe fut fecrète,
mais le tems rélève tous les fecrets
de cette nature. Si cet exemple n'a
point eu d'imitateurs, c'eft qu'il
eft rare qu'un homme puiffe conferver chez foi deux femmes, dont

la rivalité ferait une guerre do-
meſtique continuelle , & rendrait
trois perſonnes malheureuſes. La
loi qui permet la pluralité des femmes aux Orientaux , eſt de toutes
les loix la moins en vigueur chez
les particuliers. On a des concubines ; mais il n'y a pas à Conſtantinople quatre Turcs qui aïent pluſieurs épouſes.

Si les nouveautés n'avaient aporté
que ces ſçandales paiſibles, le monde
eût été trop heureux : mais l'Allemagne fut un théatre de ſcénes plus
tragiques.

CHAPITRE CX.

DES ANABATISTES.

DEux hommes nommés *Storck* & *Muncer* , nés en Saxe , fe fervirent de quelques paffages de l'Ecriture , qui difent qu'on n'eft point difciple de CHRIST fans être infpiré ; ils prétendirent l'être.

1523. Ce font les premiers entoufiaftes dont on ait oüi parler dans ces tems-là ; ils voulaient qu'on rebatifât les enfans, parce que le CHRIST avait été batifé étant adulte ; c'eft ce qui leur procura le nom d'Anabatiftes. Ils fe dirent infpirés & envoïés pour réformer la Communion Romaine & la Luthérienne, & pour faire périr quiconque s'opoferait à leur Evangile , fe fondant fur ces paroles , *Je ne fuis pas venu aporter la paix , mais le glaive.*

Luther avait réuffi à faire foulever les Princes, les Seigneurs, les Magiftrats , contre le Pape & les Evêques. *Muncer* fouleva les païfans

contre

contre tous ceux-ci. Lui & fes difciples s'adreffèrent aux habitants
des campagnes en Souabe, en Mif-
nie, dans la Turinge, dans la Fran-
conie. Ils dévelopèrent cette vérité
dangereufe qui eft dans tous les
cœurs, c'eft que les hommes font
nés égaux, & que fi les Papes
avaient traité les Princes en fujets,
les Seigneurs traitaient les païfans
en bêtes.

Il faut convenir que les deman-
des faites par les Anabatiftes, &
redigées par écrit au nom des hommes qui cultivent la terre, étaient 1523.
toutes très-juftes : mais c'était dé-
chainer des ours, en faifant en leur
nom un manifefte raifonnable. Les
cruautés que nous avons vû exercées
par les Communes de France, & en
Angleterre du tems de *Charles VI.*
fe renouvellèrent en Allemagne,
& furent plus violentes par l'efprit
de fanatifme. Ces hordes de bêtes
féroces, en prêchant l'égalité & la
réforme, ravagèrent tous les endroits où elles pénétrérent depuis
la Saxe jufqu'en Lorraine ; elles
eurent le fort de tous les attrou-

Tome IV.   I

pements qui n'ont pas un Chef habile. Après avoir fait des maux
affreux, elles furent exterminées
par des troupes réguliéres. *Muncer*,
qui avait voulu s'ériger en *Mahomet*, périt à Mulhaufen fur l'é-
chafaut. *Luther*, qui n'avoit point
eu de part à ces emportements,
mais qui en était pourtant malgré
lui le premier principe, puifque le
premier il avait franchi la barriére
de la foumiffion, ne perdit rien
de fon crédit, & n'en fut pas moins
le Prophête de fa patrie.

1525.

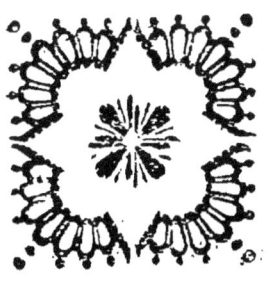

CHAPITRE CXI.

SUITE

DU LUTHERANISME

ET

DE L'ANABATISME.

IL n'était plus possible à l'Empereur *Charlequint*, ni à son frére *Ferdinand*, d'arrêter le progrès des Réformateurs. En vain la Diéte de 1529. Spire fit des articles modérés de pacification. Quatorze villes, & plusieurs Princes protestérent contre cet édit de Spire : ce fut cette protestation qui fit donner depuis à tous les ennemis de Rome le nom de *Protestans. Luthériens , Zuingliens, Oecolampadiens, Carlostadiens, Calvinistes, Presbytériens , Puritains, haute Église Anglicane , petite Eglise Anglicane* ; tous sont désignés aujourd'hui sous ce nom. C'est une République immense composée de factions diverses , qui se réunissent toutes contre Rome leur ennemie commune.

1530. Les Luthériens préfentérent leur Confeffion de foi dans Augsbourg ; & c'eft cette Confeffion qui devint leur bouffole : le tiers de l'Allemagne y adhérait : les Princes de ce parti fe liguaient déja contre l'autorité de *Charlequint* ainfi que contre Rome ; mais le fang ne coulait point encor dans l'Empire pour la caufe de *Luther* ; il n'y eut que les Anabatiftes , qui toujours tranfportés de leur rage aveugle , & peu intimidés par l'exemple de leur Chef *Muncer* , défolèrent l'Allemagne au

1534. nom de Dieu. Le fanatifme n'avait point encor produit dans le monde une fureur pareille ; tous ces païfans, qui fe croïaient Prophétes , & qui ne favaient rien de l'Ecriture , finon qu'il faut maffacrer fans pitié les ennemis du Seigneur , fe rendirent les plus forts en Weftphalie ; qui était alors la patrie de la ftupidité : ils s'emparérent de la ville de Munfter , dont ils chafférent l'Evêque. Ils voulaient d'abord établir la Théocratie des Juifs , &

être gouvernés par DIEU feul : mais un nommé *Matthieu*, leur principal Prophête, aïant été tué, un garçon tailleur nommé *Jean de Leyde*, né à Leyde en Hollande, affura que DIEU lui était aparu, & l'avait nommé Roi : il le dit & le fit croire.

La pompe de fon couronnement fut magnifique. On voit encor de la monnoie qu'il fit fraper ; fes armoiries étaient deux épées dans la même pofition que les clefs du Pape. Monarque & Prophête à la fois, il fit partir douze Apôtres, qui allérent annoncer fon régne dans toute la baffe Allemagne. Pour lui, à l'exemple des Rois d'Ifraël, il voulut avoir plufieurs femmes, & en époufa jufqu'à dix-fept à la fois. L'une d'elle aïant parlé contre fon autorité, il lui trancha la tête en préfence des autres, qui, foit par crainte, foit par fanatifme, danférent avec lui autour du cadavre fanglant de leur compagne.

Ce Roi Prophête eut une vertu qui n'eft pas rare chez les bandits & chez les Tyrans, la valeur : il défendit Munfter contre fon Evêque

Valdeck avec un courage intrépide pendant une année entiére ; & dans les extrémités où le réduifait la famine, il refufa tout accommodement. Enfin il fut pris les armes à la main, par une trahifon des fiens. Sa captivité ne lui ôta rien de fon orgueil inébranlable. L'Evêque lui aïant demandé comment il avait ofé fe faire Roi, le prifonnier lui demanda à fon tour de quel droit l'Evêque ofait être Seigneur temporel : J'ai été élu par mon Chapitre, dit le Prélat ; Et moi par Dieu même, reprit *Jean de Leyde.* L'Evêque après l'avoir quelque tems montré de ville en ville, comme on fait voir un monftre, le fit tenailler avec des tenailles ardentes. L'entoufiafme Anabatifte ne fut point éteint par les fuplices que le Roi & fes complices fubirent. Leurs fréres des Païs-Bas furent fur le point de furprendre Amfterdam. On extermina ce qu'on trouva de conjurés : cependant la Secte fubfifte encor, mais entiérement différente de ce qu'elle était dans fon origine : les fucceffeurs de ces fanatiques fan-

1535.

guinaires ſont les plus paiſibles de
tous les hommes , occupés de leurs
manufactures , de leur négoce ,
laborieux , charitables. Il n'y a point
d'exemple d'un ſi grand changement : mais comme ils ne font aucune
figure dans le monde , on ne daigne
pas s'apercevoir s'ils ſont changés
ou non , s'ils ſont méchants ou vertueux.

CHAPITRE CXII.

DE GENEVE

ET DE CALVIN.

AUtant que les Anabatiftes mé-
ritaient qu'on fonnât le tocfin
fur eux de tous les coins de l'Europe , autant les Proteftans devinrent recommandables aux yeux
des peuples, par la maniére dont
leur Réforme s'établit en plufieurs
lieux. Les Magiftrats de Genève
firent foutenir des Théfes pendant
1535. tout le mois de Juin : on invita tous
les Catholiques & les Proteftans
de tous païs à venir y difputer :
quatre Sécretaires redigérent par
écrit tout ce qui fe dit d'effentiel
pour & contre. Enfuite le grand
Confeil de la ville examina pendant deux mois le réfultat des difputes. C'était ainfi à peu près qu'on
en avait ufé à Zurich & à Berne,
mais moins juridiquement & avec
moins de maturité & d'apareil. Enfin

le Conſeil proſcrivit la Religion Romaine ; & l'on voit encor aujour-
d'hui dans l'Hôtel de Ville cette
inſcription gravée ſur une table
d'airain : *En mémoire de la grace que*
DIEU *nous a faite d'avoir ſecoué le*
joug de l'Antechriſt , aboli la ſuperſ-
tition & recouvré notre liberté.

Les Genévois recouvrérent en
effet leur vraie liberté. L'Evêque
qui diſputait le droit de Souve-
raineté ſur Genéve au Duc de Savoie & au peuple , à l'exemple de
tant de Prélats Allemans , fut obligé
de ſuïr & d'abandonner le gouvernement aux citoïens. Il y avoit depuis long-tems deux partis dans la
ville, celui des Proteſtans & celui
des Romains. Les Proteſtans s'a-
pellaient *Egnots* , du mot *Eidgnoſ-*
ſen , alliés par ſerment. Les Egnots
qui triomphèrent, attirèrent à eux
une partie de la faction opoſée , &
chaſſérent le reſte. De là vint que
les Réformés de France eurent le
nom d'*Egnots,* ou *Huguenots* ; terme
dont la plupart des Ecrivains Français inventérent depuis de vaines
origines.

Cette Religion de Genéve n'était pas absolument celle des Suisses ; mais la différence était peu de chose, & jamais leur communion n'en a été alterée. Le fameux *Calvin*, que nous regardons comme l'Apotre de Geneve, n'eut aucune part à ce changement : il se retira quelque tems après dans cette ville, mais il en fut d'abord exclus, parce que sa doctrine ne s'acordait pas en tout avec la dominante : il y retourna ensuite, & s'y érigea en Pape des Protestans.

Son nom propre était *Chauvin*. Il était né à Noyon en 1509. Il savait du Latin, du Grec, & de la mauvaise Philosophie de son tems. Il écrivait mieux que *Luther*, & parlait plus mal: tous deux laborieux & austères, mais durs & emportés ; tous deux brulans de l'ardeur de se signaler, & d'obtenir cette domination sur les esprits qui flatte tant l'amour propre, & qui d'un Théologien fait une espèce de Conquérant.

Les Catholiques peu instruits, qui savent en général que *Luther*, *Zuingle*, *Calvin* se mariérent, que

Luther fut obligé de permettre deux femmes au Landgrave de Hesse , pensent que ces fondateurs s'insinuérent par des séductions flateuses , & qu'ils ôtérent aux hommes un joug pésant , pour leur en donner un très-léger ; mais c'est tout le contraire. Ils avaient des mœurs farouches : leurs discours respiraient le fiel. S'ils condamnérent le célibat des Prêtres, s'ils ouvrirent les portes des Couvents , c'était pour changer en Couvents la sociéte humaine. Les jeux , les spectacles furent défendus chez les Réformés. Genéve pendant plus de deux cent ans n'a pas soufert chez elle un instrument de musique. Ils proscrivirent la Confession auriculaire , mais ils la voulurent publique. Dans la Suisse , dans l'Ecosse , à Genéve , elle l'a été ainsi que la pénitence. On ne réussit guéres chez les hommes , du moins jusqu'aujourd'hui , en ne leur proposant que le facile & le simple : le maître le plus dur est le plus écouté ; ils ôtaient aux hommes le libre arbitre , & on courait à eux. Ni *Luther*, ni *Calvin*, ni les autres ne s'entendirent fur l'Euchariftie ; l'un , ainfi que je l'ai déja dit , voïait DIEU dans le pain & dans le vin, comme du feu dans un fer ardent ; l'autre comme le pigeon, dans lequel était le Saint Efprit. *Calvin* fe brouilla d'abord avec ceux de Genéve qui communiaient avec du pain levé , il voulait du pain azime. Il fe réfugia à Strasbourg ; car il ne pouvait retourner en France , où les buchers étaient alors allumés , & où *François I.* laiffait bruler les Proteftans , tandis qu'il faifait alliance avec ceux d'Allemagne. S'étant marié à Strafbourg avec la veuve d'un Anabatifte , il retourna enfin à Genéve , & communiant avec du pain levé comme les autres , il y acquit autant de crédit que *Luther* en avait en Saxe.

Il régla les dogmes & la difcipline que fuivent tous ceux que nous apellons *Calviniftes*, en Hollande , en Suiffe , en Angleterre , & qui ont fi longtems partagé la France. Ce fut lui qui établit les Synodes , les Confiftoires , les Diacres , qui régla la forme des priéres

& des prêches : il inſtitua même une Juriſdiction Conſiſtoriale, avec droit d'excommunication.

Sa Religion eſt conforme à l'eſprit républicain, & cependant *Calvin* avait l'eſprit tyrannique.

On en peut juger par la perſécution qu'il ſuſcita contre *Caſtalion*, hommes plus ſavant que lui, que ſa jalouſie fit chaſſer de Genéve ; & par la mort cruelle dont il fit périr longtems après le malheureux *Michel Servet*.

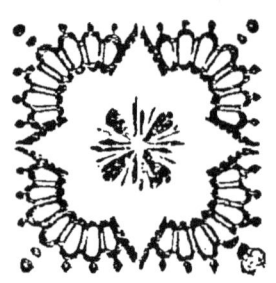

CHAPITRE CXIII.

DE CALVIN

ET DE SERVET.

MICHEL *Servet* de Villanueva
en Arragon, très-favant Mé-
decin, méritait de jouïr d'une gloiré
paifible, pour avoir longtems avant
Harvey découvert la circulation du
fang ; mais il négligea un art utile
pour des fciences dangereufes : il
traita de la préfiguration du CHRIST
dans le Verbe, de 'l'hypoftafe du
Verbe, de la vifion de DIEU, de
la fubftance des Anges, de la man-
ducation fupérieure : il adoptait en
partie les anciens dogmes foutenus
par *Eufébe*, par *Arius*, qui dominérent
dans l'Orient, & qui furent em-
braffés au feiziéme fiécle par *Lélio
Socini*, reçus enfuite en Pologne,
en Angleterre, en Hollande.

Il était de fi bonne foi, que de
Vienne en Dauphiné, où il féjourna
quelque tems, il écrivit à *Calvin*

fur la Trinité. Ils difputérent par lettres. De la difpute *Calvin* paffa aux injures , & des injures à cette haine Théologique la plus implacable de toutes les haines. *Calvin* eut par trahifon les feuilles d'un ouvrage que *Servet* faifait imprimer fecrétement. Il les envoya à Lyon avec les lettres qu'il avait reçues de lui : action qui fuffirait pour le déshonorer à jamais dans la fociété, car ce qu'on apelle l'efprit de la focieté , eft beaucoup plus fevère que tous les Synodes du monde. *Calvin* fit accufer *Servet* par un émiffaire. Quel rôle pour un Apôtre ! *Servet* qui favait qu'en France on brulait fans miféricorde tout Novateur , s'enfuit tandis qu'on lui faifait fon procès. Il paffe malheureufement par Genéve: *Calvin* le fait , le dénonce , le fait arrêter. Mais comme à Genéve une jurifprudence qu'on devrait imiter dans tous les Etats , ordonne que le délateur fe mette en prifon avec l'accufé , *Calvin* fit la dénonciation par un de fes difciples qui lui fervait de domeftique.

Quand fon ennemi fut aux fers ,

il lui prodigua les injures & les mauvais traitemens que font les lâches quand ils font maîtres. Enfin à force de preffer les Juges, d'employer le crédit de ceux qu'il dirigeait, de crier & de faire crier que DIEU demandait l'exécution de *Michel Servet*, il le fit bruler vif, & joüit de fon fuplice, lui qui, s'il eût mis le pied en France, eût été brulé lui-même ; lui qui avait élevé fi fortement fa voix contre les perfécutions.

Ce qui augmente l'indignation & la pitié, c'eft que *Servet* dans fes ouvrages publiés reconnaît nettement la Divinité éternelle de JESUS-CHRIST : *Calvin* pour le perdre produifit quelques lettres fecrettes de cet infortuné écrites longtems auparavant à fes amis en termes hazardés.

Cette cataftrophe déplorable n'arriva qu'en 1555. vingt ans après que Genève eut rendu fon arrêt contre la Religion Romaine : mais je la place ici pour mieux faire connaître le caractère de *Calvin*, qui devint l'Apôtre de Genève & des

Reformés de France. Il femble aujourd'hui qu'on faffe amende honorable aux cendres de *Servet*. De
favants Pafteurs des Eglifes Proteftantes , & même les plus grands
Philofophes , ont embraffé fes fen-
timents & ceux de *Socin*. Ils ont
encor été plus loin qu'eux. Leur
Religion eft l'adoration d'un DEU
par la médiation du CHRIST. Nous
ne faifons ici que raporter les faits
& les opinions , fans entrer dans
aucune controverfe , fans difputer
contre perfonne , refpectant ce que
nous devons refpecter , & uniquement attachés à la fidélité de l'Hiftoire.

Le dernier trait au portrait de
Calvin peut fe tirer d'une lettre de
fa main , qui fe conferve encor au
château de la Baftie-Roland près de
de Montelimar : elle eft adreffée au
Marquis de *Poët* grand Chambellan
du Roi de Navarre , & datée du 30.
Septembre 1561.

» Honneur , gloire , & richeffes
» feront la récompenfe de vos pei-
» nes ; furtout ne faites faute de
» défaire le païs de ces zélés faquins

» qui excitent les peuples à se ban-
» der contre nous. Pareils monſtres
» doivent être étouffés, comme j'ai
» fait de *Michel Servet* Eſpagnol. »

Les défauts des hommes tiennent
ſouvent à des vertus. Cette dureté
de *Calvin* était jointe au plus grand dé-
ſintéreſſement : il ne laiſſa pour tout
bien en mourant que la valeur de cent
vingt écus d'or. Son travail infatiga-
ble abrégea ſes jours, mais lui donna
un nom célèbre & un grand crédit.

Il y a des lettres de *Luther*, qui
ne reſpirent pas un eſprit plus pacifique & plus charitable, que celles de
Calvin. Les Catholiques ne peuvent
comprendre que les Proteſtants reconnaiſſent de tels Apôtres : les Proteſtants répondent qu'ils n'invoquent
point ceux qui ont ſervi à établir leur
réforme ; qu'ils ne ſont ni *Luthériens*,
ni *Zwingliens*, ni *Calviniſtes* ; qu'ils
croïent ſuivre les dogmes de la
primitive Egliſe ; qu'ils ne cano-
niſent point les paſſions de *Luther* &
de *Calvin* ; & que la dureté de leur
caractère ne doit pas plus décrier
leurs opinions dans l'eſprit des Réformés, que les mœurs d'*Alexandre*

VI.& de *Léon X.*& les barbaries des perfécutions ne font tort à la Religion Romaine dans l'efprit des Catholiques.

Cette réponfe eft fage , & la modération femble aujourd'hui prendre dans les deux partis opofés la place des anciennes fureurs. Si le même efprit fanguinaire avait toujours préfidé à la Religion , l'Europe ferait un vafte cimetiere. L'efprit de Philofophie a enfin émouffé les glaives. Faut-il qu'on ait éprouvé deux cent ans de frénéfie pour arriver à des jours de repos?

Ces fecouffes qui par les événemens des guerres remirent tant de biens de l'Eglife entre les mains des Séculiers , n'enrichirent pas les Théologiens promoteurs de ces guerres. Ils eurent le fort de ceux qui fonnent la charge & qui ne partagent point les dépouilles. Les Pafteurs des Eglifes Proteftantes avaient fi hautement élevé leur voix contre les richeffes du Clergé , qu'ils s'impoférent à eux-mêmes la bienféance de ne pas recueillir ce qu'ils condamnaient : & prefque

tous les Souverains les aftreigni-
rent à cette bienféance. Les Pafteurs
Calviniftes & Luthériens ont eu
partout des apointements qui ne
leur ont pas permis de luxe. Les
revenus des Monaftères ont été mis
prefque partout entre les mains de
l'Etat , & apliqués à des hopitaux.
Il n'eft refté de riches Evêques
Proteftants en Allemagne que ceux
de Lubeck & d'Ofnabruck , dont
les revenus n'ont pas été diftraits.
Vous verrez, en continuant de jetter
les yeux fur les fuites de cette révolution , l'accord bizarre mais pacifique par lequel le Traité de Weftphalie a rendu cet Evêché d'Ofnabruck alternativement Catholique
& Luthérien. La réforme en Angleterre a été plus favorable au
Clergé Anglican , qu'elle ne l'a été
en Allemagne, en Suiffe , & dans
les Païs-Bas aux Luthériens & aux
Calviniftes. Tous les Evêchés font
confidérables dans la Grande-Bretagne ; tous les Bénéfices y donnent
de quoi vivre honnêtement. Les
Curés de la Campagne y font plus
à leur aife qu'en France ; l'Etat &

les séculiers n'y ont profité que de
l'abolissement des Monastères. Il y a
des quartiers entiers à Londres qui ne
formaient autrefois qu'un seul Couvent, & qui sont peuplés aujour-
d'hui d'un très-grand nombre de familles. En général toute nation qui
a converti les couvents à l'usage
public, y a beaucoup gagné hu-
mainement parlant, sans que personne y ait perdu. Car en effet
on n'ôte rien à une Société qui n'e-
xiste plus. On ne fît tort qu'aux possesseurs passagers que l'on dépouillait, & ils n'ont point laissé de descendants qui puissent se plaindre.
C'est une injustice d'un jour, qui
a produit un bien pendant des siécles.

Cependant avant qu'on pût parvenir à mettre quelque ordre dans
la confusion, les deux partis, Catholique & Luthérien, mettaient
alors en feu l'Allemagne. Déja la
Religion qu'on nomme *Evangelique*,
était établie vers l'an 1555. dans
vingt-quatre villes Impériales, &
dans dix-huit petites Provinces de
l'Empire. Les Luthériens voulaient

abaiſſer la puiſſance de *Charlequint*, & il prétendait les détruire. On faiſait des ligues ; on donnait des batailles : mais il faut ſuivre ici ces révolutions de l'eſprit humain en fait de Religion, & voir comment s'établit l'Egliſe Anglicane, & comment fut déchirée l'Egliſe de France.

CHAPITRE CXIV.

DU ROI HENRI VIII.

DE LA RÉVOLUTION DE LA RELI-GION EN ANGLETERRE.

ON fait que l'Angleterre fe fé-para du Pape, parce que le Roi *Henri V III.* fut amoureux. Ce que n'avaient pû ni le *Denier de St. Pierre*, ni les réferves, ni les pro-vifions, ni les annates, ni les col-lectes & les ventes des indulgences, ni cinq-cent années d'exactions tou-jours combattues par les Loix des Parlements & par les murmures des Peuples, un amour paffager l'exé-cuta, ou du moins en fut la caufe. La premiére pierre qu'on jetta fuffit pour renverfer ce grand monument dès longtems ébranlé par la haine publique.

Henri VIII. homme voluptueux, fougueux, & opiniâtre dans tous fes défirs, eut parmi beaucoup de maîtreffes, *Anne de Boulen*, fille d'un

Gentilhomme de son Roïaume.
Cette fille d'un enjouement & d'une
liberté qui promettait tout , eut
pourtant l'adresse de ne se pas
abandonner entiérement , & d'ir-
riter la passion du Roi , qui résolut
d'en faire sa femme.

Il était marié depuis dix-huit ans
à *Catherine* d'Espagne , fille de *Fer-*
dinand & d'*Isabelle* , & tante de
Charlequint , de laquelle il avait eu
trois enfans , & dont il lui restait
encor la Princesse *Marie* , qui fut
depuis Reine d'Angleterre. Comment faire un divorce ? comment
casser son mariage avec une femme
telle que *Catherine* d'Espagne , à laquelle on ne pouvait reprocher ni
stérilité , ni mauvaise conduite , ni
même cette humeur qui accompagne
si souvent la vertu des femmes ?
Aïant d'abord épousé le Prince
Artur , frére ainé de *Henri VIII.*
& l'aïant perdu au bout de quelques mois , *Henri VII.* l'avait fian-
cée à son second fils *Henri* , avec
la dispense du Pape *Jules II.* & ce
Henri VIII. après la mort de son
pére l'avait solemnellement époufée.

fée. Il eut longtems après un bâtard
d'une maîtreffe nommée *Blunt*. Il
ne fentait alors que des dégouts de
fon mariage , & point de fcrupules;
mais quand il aima éperduement
Anne de Boulen , & qu'il ne put venir à bout de jouir d'elle fans l'é-
poufer , alors il eut des remords de
confcience , & trembla d'avoir offenfé Dieu dix-huit ans avec fa femme. Ce Prince foumis encor aux
Papes, follicita *Clemen VII.* de caffer
la Bulle de *Jules* II. & de déclarer
fon mariage avec la tante de *Charlequint* , contraire aux loix divines &
humaines.

Clément VII. bâtard de *Julien de
Médicis* , venait de voir Rome faccagée par l'armée de *Charlequint.*
Aïant enfuite fait à peine la paix
avec l'Empereur , il craignait toujours que ce Prince ne le fît dépofer pour fa bâtardife. Il ne pouvait
déclarer la tante de l'Empereur concubine , & mettre les enfans de cette femme fi longtems légitime , au
rang des bâtards. D'ailleurs un Pape ne pouvait guères avouer que fon
prédécefleur n'avait pas été en droit

Tome IV.   K

de donner une difpenfe. Il aurait fapé lui-même les fondements de la grandeur Pontificale, en avoüant qu'il y avait des Loix que les Papes ne pouvaient enfraindre.

Louis XII. avait fait, il eft vrai, diffoudre fon mariage ; mais le cas était bien différent. Il n'avait point eu d'enfans de fa femme ; & le Pape *Alexandre VI.* qui ordonna ce divorce, était lié d'intérêt avec *Louis XII.*

François I. Roi de France foutint à Rome le parti de *Henri VIII.* & comme fon beau-frére, & comme fon allié, & furtout comme ennemi de *Charlequint* devenu déja fi redoutable. Le Pape preffé entre l'Empereur, & ces deux Rois, & qui écrivait qu'il *était entre l'enclume & le marteau,* négotia, temporifa, promit, fe retra¢ta, efpéra que l'amour de *Henri VIII.* durerait moins qu'une négociation Italienne. Il fe trompa. Le Monarque Anglais qui était malheureufement Théologien, fit fervir fa Théologie à fon amour. Lui & tous les Do¢teurs de fon parti avaient recours au Lévitique, qui défend de

révéler la turpitude de la femme de son
frère, & d'épouser la sœur de sa femme.
Les Etats Chrétiens ont longtems
manqué, & manquent encor de
bonnes Loix positives. Leur Jurisprudence encor Gotique en plusieurs
points, composée des anciennes
coutumes de cinq cent petits Tyrans,
a recours souvent aux loix Romaines, & à celles des Hébreux, comme un homme égaré qui demande sa route : Ils vont chercher dans
le Code du peuple Juif, les régles de
leurs Tribunaux.

Mais si on voulait suivre les Loix
matrimoniales des Hébreux, il fau-
drait donc les suivre en tout. Il fau-
drait condamner à la mort celui qui
aproche de sa femme quand elle a
ses régles, & se soumettre à beaucoup de commandements qui ne font
faits ni pour nos climats ni pour nos
mœurs, ni pour la loi nouvelle.

Ce n'est-là que la moindre partie
de l'abus où l'on se jettait en jugeant
le mariage de *Henri* par le Lévitique.
On se dissimulait que dans ces mêmes livres, où Dieu semble, selon
nos faibles lumiéres, commander

K ij

quelquefois les contraires pour exercer l'obéiffance humaine, il était
non feulement permis par le Deutéronome, mais ordonné d'époufer
la veuve de fon frére quand elle
n'avait point d'enfans ; que la veuve
était en droit de fommer fon beau-
frére d'exécuter cette loi ; & que
fur fon refus elle devait lui jetter
un foulier à la tête.

C'était un fpectacle curieux &
rare, de voir d'un côté le Roi d'Angleterre folliciter les Univerfités de
l'Europe d'être favorables à fon
amour, de l'autre l'Empereur preffer leurs décifions en faveur de fa
tante, & le Roi de France au milieu
d'eux foutenir la loi du Lévitique
contre celle du Deutéronome,
pour rendre *Charles quint* & *Henri*
VIII. irréconciliables. L'Empereur
donnait des Bénéfices aux Docteurs
Italiens qui écrivaient fur la validité
du mariage de *Catherine. Henri VIII.*
païait partout les avis des Docteurs
qui fe déclaraient pour lui. Le tems
a découvert ces miftères : on a vu
dans les comptes d'un Agent fecret
de ce Roi nommé *Crouk*, à un *Reli-*

gieux *Servite un écu*, *à deux de l'Ob-*
fervance deux écus, *au Prieur de* faint
Jean *quinze écus*, *au Prédicateur* Jean
Marino *vingt écus*. On voit que le
prix était différent felon le crédit du
fuffrage. Cet acheteur de décifions
Théologiques s'excufait en proteftant qu'il n'avait jamais marchandé,
& que jamais il n'avait donné l'argent qu'après la fignature. Enfin les
Univerfités de France, & furtout
la Sorbonne, décidèrent que le mariage de *Henri* avec *Catherine* d'Arragon n'était point légitime, & que
le Pape n'avait pas le droit de dif-
penfer de la loi du Lévitique.

1530.
2.
Juillet.

Les Agents de *Henri VIII.* allèrent jufqu'à fe munir des fuffrages
des Rabins : ceux-ci avouèrent qu'à
la vérité le Deutéronome ordonnait
qu'on époufat la veuve de fon frere.
Mais ils dirent que cette loi n'était
que pour la Paleftine, & que le Lévitique devait être obfervé en Angleterre. Les Univerfités & les Rabins des Païs Autrichiens penfaient
tout autrement, mais on ne les con-
fulta pas.

Henri muni des approbations qui

K iij

ne lui avaient pas couté cher, preſſé par ſa maîtreſſe, laſſé des ſubterfuges du Pape, ſoutenu de ſon Clergé, autoriſé par les Univerſités & Maître de ſon Parlement, encouragé encor par *François I.* fait caſſer ſon mariage par une ſentence de

1533. *Cranmer*, Archevêque de Cantorberi. La Reine aïant ſoutenu ſes droits avec fermeté, mais avec modeſtie, & aïant décliné cette juriſdiction ſans donner des armes contre elle par des plaintes trop améres, retirée à la campagne, laiſſa ſon lit & ſon Trône à ſa rivale. Cette maîtreſſe deja groſſe de deux mois quand elle fut déclarée femme & Reine, fit ſon entrée dans Londres avec une pompe autant au-deſſus de la magnificence ordinaire, que ſa fortune paſſée était au-deſſous de ſa dignité préſente.

Le Pape *Clément VII.* ne put alors ſe diſpenſer d'accorder à *Charles quint* outragé, & aux prérogatives du St. Siége, une Bulle contre *Henri VIII.* Mais le Pape par cette Bulle perdit le Roïaume d'Angleterre.

1534. *Henri* preſque au même tems ſe fait

déclarer par fon Clergé Chef fuprê-
me de l'Eglife Anglaife. Son Parlement lui confirme ce titre, & abolit toute l'autorité du Pape, fes Annates, fon denier de *St. Pierre*, les
provifions des bénéfices. Les peuples prêtèrent avec allégreffe un
nouveau ferment au Roi, qu'on appella le ferment *de Suprématie*. Tout
le crédit du Pape, fi puiffant pendant tant de fiécles, tomba en un
inftant fans contradiction, malgré
le défefpoir des Ordres Religieux.

Ceux qui prétendaient que dans
un grand Roïaume, on ne pouvait
rompre avec le Pape fans danger,
virent qu'un feul coup pouvait renverfer ce Coloffe vénérable, dont
la tête était d'or, & dont les pieds
étaient d'argile. En effet les droits
par lefquels la Cour de Rome avait
vexé longtems les Anglais, n'é-
taient fondés que fur ce qu'on voulait bien être rançonné ; & dès qu'on
ne voulut plus l'être, on fentit qu'un
pouvoir qui n'eft pas fondé fur la
force, n'eft rien par lui-même.

Le Roi fe fit donner par fon Parlement les Annates que prenaient

les Papes. Il créa fix Evêchés nouveaux; il fit faire en fon nom la vi-
fite des Couvents. On voit encor
les procès verbaux de quelques débauches fcandaleufes , qu'on eut
foin d'exagerer; de quelques faux
miracles , dont on groffit le nombre;
de reliques fupofées, dont on fe fervait dans plus d'un Couvent pour
exciter la piété & pour attirer les
offrandes. On brula dans le marché
1535. de Londres plufieurs fttatues de bois
que des Moines faifaient mouvoir
par des refforts.

Mais parmi ces inftrumens de
fraude , le peuple ne vit qu'avec
une horreur douloureufe bruler les
cendres de *St. Thomas de Cantorbery*
que l'Angleterre révérait. Le Roi
s'en appropria la Chaffe enrichie de
pierreries. S'il reprochait aux Moines leurs extorfions , il les mettait
bien en droit de l'accufer de rapine.
Tous les Couvents furent fuprimés.
On affigna des retraites aux vieux
Religieux qui ne pouvaient retourner dans le monde ; une penfion
aux autres. Leurs rentes furent mifes dans la main du Roi. Il y avait ,

au calcul de *Burnet*, pour feize-cent mille livres fterling de revenu. C'eft trop exagérer. Le mobilier, l'argent 1536. comptant étaient confidérables. *Henri* de ces deux dépouilles fonda fes fix nouveaux Evêchés, & un Collége, récompenfa quelques ferviteurs, & convertit le refte à fon ufage.

Ce même Roi, qui avait foutenu de fa plume l'autorité du Pape contre *Luther*, devenait ainfi un ennemi irréconciable de Rome. Mais ce zéle qu'il avait fi hautement montré contre les opinions de cet Héréfiarque Réformateur, fut une des raifons qui le retinrent fur le dogme, quand il eut changé la difcipline.

Il voulut bien être le rival du Pape, mais non pas *Lutherien* ou *Sacramentaire*. L'invocation des Saints ne fut point abolie, mais reftrainte. Il fit lire l'Ecriture en langue vulgaire, mais il ne voulut pas qu'on allât plus avant. Ce fut un crime capital de croire au Pape; c'en fut un d'être Proteftant. Il fit bruler dans la même place ceux qui parlaient pour le Pontife, & ceux qui fe déclaraient de la Réforme d'Allemagne.

K v

Le célèbre *Morus* qui avait été grand Chancelier, & un Evêque nommé *Fisher*, qui refusèrent de prêter le ferment de Suprématie, c'est-à-dire de reconnaître *Henri VIII.* pour le Pape d'Angleterre, furent condamnés par le Parlement à perdre la tête, selon la rigueur de la loi nouvellement portée ; car c'était toujours avec le glaive de la loi que *Henri VIII.* faisait périr quiconque résistait.

Le Pape *Paul III.* successeur de *Clément VII.* crut sauver la vie à l'Evêque *Fisher*, pendant qu'on instruisait son procès, en lui envoïant le Chapeau de Cardinal. Il ne fit que donner au Roi le plaisir de faire périr un Cardinal sur l'échafaut. La tête du Cardinal *Polus*, ou de la *Pole*, qui était à Rome, fut mise à prix. Le Roi fit périr par la main du bourreau la mère de ce Cardinal, sans respecter ni la vieillesse, ni le sang Roïal dont elle était, & tout cela parce qu'on lui contestait sa qualité de Pape Anglais.

Un jour le Roi sachant qu'il y avait à Londres un *Sacramentaire* as-

fez habile nommé *Lambert*, voulut
fe donner la gloire de difputer contre lui dans une grande affemblée
convoquée à Veftminfter. La fin de
la difpute fut, que le Roi lui donna
le choix d'être de fon avis, ou d'ê-
tre pendu. *Lambert* eut le courage
de choifir le dernier parti, & le Roi
eut la lâche cruauté de le faire exécuter. Les Evêques d'Angleterre
étaient encor Catholiques en renonçant à la jurifdiction du Pape; & ils
étaient fi animés contre les hérétiques, que lorfqu'ils les avaient condamnés au feu, ils accordaient
quarante jours d'indulgence à quiconque aportait du bois au bucher.

Tous ces meurtres fe faifaient par
arrêts du Parlement. Ce mafque de
juftice plus odieux peut-être que
l'opreffion qui brave les loix, fut
pourtant ce qui prévint les guerres
civiles. Il n'y eut que quelques fédi-
tions dans les provinces. Londres
tremblante fut tranquille, tant *Henri VIII.* adroit & terrible avait fçu
fe rendre abfolu.

Sa volonté faifait toutes les Loix;
& ces loix par lefquelles on jugeait

K vj

les hommes, étaient fi imparfaites, qu'on pouvait alors condamner à mort un accufé fans avoir deux témoins contre lui. Ce ne fut que fous le régne d'*Edouard VI.* que les Anglais décernèrent, à l'exemple des autres Nations, qu'il faut deux témoins pour faire condamner un coupable.

Anne de Boulen jouiffait de fon triomphe à l'ombre de l'autorité du Roi. On prétend que les partifans fecrets de Rome conjurèrent fa perte, dans l'efpérance que fi le Roi fe féparait d'elle, la fille de *Catherine* d'Efpagne hériterait du Ro'aume, & rétablirait la Religion abolie pour fa rivale. Le complot réuffit au-delà de ce qu'on efpérait. Le Roi amoureux de *Jeanne de Seymour*, fille d'honneur de la Reine, reçut avidement ce qu'on lui dit contre fa femme. Toutes fes paffions étaient extrêmes : il ne craignit point la honte d'accufer fon époufe d'adultère dans la Chambre des Pairs. Ce Parlement qui ne fut jamais que l'inftrument des paffions du Roi, condamna la 1536. Reine au fuplice, fur des indices fi

legers, qu'un citoïen qui fe brouil-
lerait avec fa femme pour fi peu de
chofes, pafferait pour un homme
injufte. On fit trancher la tête à fon
frere, qu'on fupofait avoir commis
un incefte avec elle, fans qu'on en
eût la moindre preuve. On fit mourir deux hommes qui lui avaient dit
un jour de ces chofes flateufes qu'on
dit à toutes les femmes, & qu'une
Reine vertueufe peut entendre
quand l'enjouement de fon efprit
permet quelque liberté à fes courti-
fans. On pendit un Muficien qu'on
avait engagé à dépofer qu'il avait
eu fes faveurs, & qui ne lui fut jamais confronté. La lettre que cette
malheureufe eine écrivit à fon mari avant d'aller à l'échafaut, parait
un grand témoignage de fon innocence, & de fon courage. *Vous*
m'avez toujours élevée, dit-elle; *de*
fimple Demoifelle vous me fires Mar-
quife, de Marquife Reine, & de Reine
vous voulez aujourd'hui me faire Sain-
te. Enfin *Anne de Boulen* paffa du
Trône à l'échafaut par la jaloufie
d'un mari qui ne l'aimait plus. Ce
ne fut pas la vingtiéme tête couron-

née qui périt tragiquement en Angleterre ; mais ce fut la première qui mourut de la main du boureau.

1535. Le Tyran (on ne peut lui donner un autre nom) fit encor un divorce avec sa femme avant de la faire mourir, & par-là déclara bâtarde sa fille *Elizabeth*, comme il avait déclaré bâtarde sa première fille *Marie*.

Dès le lendemain même de l'exécution de la Reine, il épousa *Jeanne de Seymour*, qui mourut l'année suivante, après lui avoir donné un fils.

1539. *Henri* passe bientôt à de nouvelles noces avec *Anne de Cleves*, séduit par un portrait que le fameux peintre *Holbens* avait fait de cette Princesse. Mais quand il la vit, il la trouva si différente de ce portrait, qu'au bout de six mois il se résolut à un troisième divorce. Il dit à son Clergé qu'en épousant *Anne de Cleves*, il n'avait pas donné un consentement intérieur à son mariage. On ne peut avoir l'audace d'alléguer une telle raison que quand on est sûr que ceux à qui on la donne, auront la lâcheté de la trouver bonne. Les bornes de la justice & de la honte étaient pas-

fées depuis longtems. Le Clergé &
le Parlement donnèrent la fentence
de divorce. Il époufa une cinquiéme
femme ; c'eft *Catherine Howard*, l'u-
ne de fes fujettes Tout autre fe fût
laffé d'expofer fans ceffe au public la
honte vraïe ou fauffe de fa maifon.
Mais *Henri* aïant appris que la Reine
avant fon mariage avait eu des
amants, fit encor trancher la tête à
cette Reine pour une faute paffée
qu'il devait ignorer, & qui ne mé- 1542.
ritait pas la mort, lorfqu'elle fut
commife.

Souillé de trois divorces & du
fang de deux époufes, il fit porter
une loi dont la honte, la cruauté,
le ridicule, l'impoffibilité dans l'exécution font égales ; c'eft que tout
homme qui fera inftruit d'une galanterie de la Reine, doit l'accufer,
fous peine de haute trahifon ; &
que toute fille qui époufe un roi
d'Angleterre, & n'eft pas vierge,
doit le déclarer fous la même peine.

La plaifanterie (fi on pouvait plai-
fanter dans une telle Cour) difait
qu'il fallait que le Roi époufât une
veuve. Auffi en époufa-t-il une dans

la perſonne de *Catherine Parr*, ſa ſixiéme femme. Elle fut prête de ſu-
bir le ſort d'*Anne de Boulen* & de
Catherine Howard; non pour ſes ga-
lanteries, mais parce qu'elle fut
1543. quelquefois d'un autre avis que le
Roi ſur les matiéres de Théologie.

Quelques Souverains qui ont
changé la Religion de leurs Etats,
ont été des Tyrans, parce que la
contradiction & la révolte font naître la cruauté. *Henri VIII.* était cruel
par ſon caractère; Tyran dans le
Gouvernement, dans la Religion,
1545. dans ſa famille. Il mourut dans ſon
lit; & *Henri VI.* le plus doux des
Princes, avait été détrôné, empriſonné, aſſaſſiné.

On vit dans ſa derniére maladie
un effet ſingulier du pouvoir qu'ont
les Loix en Angleterre juſqu'à ce
qu'elles ſoient abrogées; & combien
on s'eſt tenu dans tous les tems à la
lettre plutôt qu'à l'eſprit de ces loix.
Perſonne n'oſait avertir *Henri* de ſa
fin prochaine, parce qu'il avait fait
ſtatuer quelques années auparavant
par le Parlement, que c'était un
crime de haute trahiſon de prédire

la mort du Souverain. Cette loi,
auffi cruelle qu'inepte, ne pouvait
être fondée fur les troubles que la
fucceffion entraînerait, puifque cette fucceffion était réglée en faveur du
Prince *Edouard* : elle n'était que le
fruit de la tyrannie de *Henri VIII.*
de fa crainte de la mort, & de l'o-
pinion où les peuples étaient encor,
qu'il y a un art de connaitre l'avenir.

CHAPITRE CXIV.

SUITE

DE LA RELIGION

D'ANGLETERRE.

Sous le régne du jeune *Edouard VI.* fils de *Henri VIII.* & de *Jeanne de Seymour,* les Anglais furent Proteſtans, parce que le Prince & ſon Conſeil le furent, & que l'eſprit de réforme avait jetté partout des racines. Cette Egliſe était alors un mêlange de *Sacramentaires,* & de *Luthériens* ; mais perſonne ne fut perſécuté pour ſa foi, hors deux pauvres femmes Anabaptiſtes, que l'Archevêque de Cantorbery *Cranmer,* qui était Luthérien, s'obſtina à faire bruler, ne prévoïant pas qu'un jour il périrait par le même ſuplice. Le jeune Roi ne voulait pas conſentir à l'arrêt porté contre une de ces infortunées : il réſiſta longtems ; il ſigna en pleurant. Ce n'était pas aſ-

fez de verfer des larmes, il fallait
ne pas figner. Mais il n'était âgé que
de quatorze ans, & ne pouvait avoir
de volonté ferme ni dans le mal ni
dans le bien.

Ceux que l'on appellait alors Anabaptiftes en Angleterre, font les péres de ces Quakers pacifiques dont
la religion a été tant tournée en ridicule, & dont on a été forcé de
refpecter les mœurs. Ils reffemblaient très-peu par les dogmes, &
encore moins par leur conduite à
ces Anabaptiftes d'Allemagne, ramas d'hommes ruftiques & féroces
que nous avons vu pouffer les fureurs d'un fanatifme fauvage auffi
loin que peut aller la nature humaine abandonnée à elle-même. Les
Anabaptiftes Anglais n'avaient point
encor de corps de doctrine arrêté ;
aucune Secte établie populairement
n'en peut jamais avoir qu'à la longue ; mais ce qui eft très-extraordi-
naire, c'eft que fe croïant Chrétiens, & ne fe piquant nullement de
philofophie, ils n'étaient réellement
que des Déiftes ; car ils ne recon-
noiffaient Jesus-Chirst que com-

me un homme à qui Dieu avait
daigné donner des lumiéres plus
pures qu'à ses contemporains. Les
plus savants d'entre eux prétendaient que le terme de Fils de Dieu
ne signifie chez les Hébreux qu'*homme de bien*, comme *fils de Satan* ou de
Bélial, ne veut dire que *méchant
homme*. La plupart des dogmes, di-
saient-ils, qu'on a tirés de l'Ecriture, sont des subtilités de philosophie dout on a envelopé des vérités
simples & naturelles. Ils ne recon-
naissaient ni l'histoire de la chute de
l'homme, ni le mistére de la Sainte
Trinité, ni par conséquent celui de
l'Incarnation. Le baptême des enfans était absolument rejetté chez
eux ; ils en conféraient un nouveau
aux adultes ; plusieurs même ne regardaient le baptême que comme
une ancienne ablution orientale
adoptée par les Juifs, renouvellée
par *St. Jean - Baptiste*, & que le
Christ ne mit jamais en usage avec
aucun de ses disciples. C'est en cela
surtout qu'ils ressemblèrent le plus
aux Quakers qui sont venus après
eux, & c'est principalement leur

averſion pour le batême des enfans
qui leur fit donner par le peuple le
nom d'Anabaptiſtes. Ils penſaient
ſuivre l'Evangile à la lettre , & en
mourant pour leur ſecte ils croïaient
mourir pour le chriſtianiſme ; bien
différents en cela des Déiſtes ou
Déicoles, qui établirent plus que
jamais leurs opinions ſecrétes au
milieu de tant de ſectes publiques.

Ceux-ci plus attachés à *Platon*
qu'à Jesus-Christ, plus philoſo-
phes que chrétiens, fatigués de tant
de diſputes malheureuſes, rejettè-
rent témérairement la révélation divine dont les hommes avaient trop
abuſé, & l'autorité humaine dont
on avait abuſé encor davantage. Ils
étaient répandus dans toute l'Europe, & ſe ſont multipliés depuis à un
excès prodigieux, mais ſans jamais
établir ni Secte ni Société, ſans s'é-
lever contre aucune Puiſſance ; c'eſt
la ſeule Religion ſur la terre qui n'ait
jamais eu d'aſſemblée, celle dans
laquelle on a le moins écrit, celle
qui a été la plus paiſible ; elle s'eſt
étendue partout ſans aucune com-

munication. Compofée originairement de philofophes, qui en fuivant
trop leurs lumiéres naturelles, &
fans s'inftruire mutuellement , fe
font tous égarés d'une manière uni-
forme ; paffant enfuite dans l'ordre
mitoïen de ceux qui vivent dans le
loifir attaché à une fortune bornée,
elle eft montée depuis chez les
Grands de tous les païs, & elle a
rarement defcendu chez le peuple.
L'Angleterre a été de tous les païs
du monde celui où cette religion, ou
plutôt cette philofophie, a jetté
avec le tems les racines les plus profondes & les plus étendues. Elle y
a pénétré même chez quelques artifans & jufques dans les campagnes.
Le peuple de cette Ifle eft le feul qui
ait commencé à penfer par lui-même ; mais le nombre de ces philofophes agreftes eft très-petit, & le fera
toujours : le travail des mains ne
s'accorde point avec le raifonne-
ment, & le commun du peuple en
général n'ufe ni n'abufe guéres de
fon efprit.

Un Athéifme funefte naquit encor dans prefque toute l'Europe de

ces divifions Théologiques. On
prétend qu'alors il y avait plus d'A-
thées en Italie qu'ailleurs. Ce ne furent pas les querelles de doctrine
qui conduifirent les Philofophes Italiens à cet excès ; ce furent les dé-
fordres dans lefquels prefque toutes
les Cours & celle de Rome étaient
tombées. Si on lit avec attention
plufieurs écrits Italiens de ces tems-
là, on verra que leurs Auteurs trop
frapés du débordement des crimes
dont ils parlaient, ne reconnaiffaient point l'Etre Suprême dont la
Providence permet ces crimes, &
penfaient comme *Lucrèce* penfait
dans des tems non moins malheureux. Cette opinion pernicieufe s'é-
tablit chez les Grands en Angleterre
& en France ; elle eut peu de cours
dans l'Allemagne & dans le Nord,
& il n'eft pas à craindre qu'elle faffe
jamais de grands progrès. La vraie
Philofophie, la Morale, l'intérêt de
la fociété l'ont prefque anéantie ;
mais alors elle s'établiffait par les
guerres de Religion, & des chefs
de parti devenus Athées condui-
faient une multitude d'entoufiaftes.

Edouard *VI.* mourut dans ces tems funeftes , n'ayant encor pu donner **1553.** que des efpérances. Il avait déclaré en mourant héritiére du Roïaume , fa coufine *Jeanne Gray* defcendante de *Henri VII.* au préjudice de *Marie* fa fœur , fille de *Henri VIII.* & de *Catherine* d'Efpagne. *Jeanne Gray* fut proclamée à Londres ; mais le parti & le droit de *Marie* l'emportèrent. A peine y eut-il une guerre. *Marie* enferma fa rivale dans la Tour avec la Princeffe *Elifabeth* , qui régna depuis avec tant de gloire.

Beaucoup plus de fang fut répandu par les boureaux que par les foldats. Le pére , le beau-pére , l'époux de *Jeanne Gray* , elle-même enfin furent condamnés à perdre la tête. Voilà la feconde Reine expirant en Angleterre par le dernier fuplice. Elle n'avait que dix-fept ans. On l'avait forcée à recevoir la Couronne : Tout parlait en fa faveur ; & *Marie* devait craindre l'exemple trop fréquent de paffer du Trône à l'échafaut. Mais rien ne la retint ; elle était auffi cruelle que *Henri VIII.*

Sombre

Sombre & tranquille dans ſes barbaries, autant que *Henri* ſon pére
était emporté, elle eut un autre
genre de tyrannie.

Attachée à la Communion Romaine, toujours irritée du divorce
de ſa mére, elle commença par
convoquer à force d'adreſſe & d'argent, une Chambre des Communes
toute Catholique. Les Pairs qui
pour la plûpart n'avaient de Religion
que celle du Prince, ne furent pas
difficiles à gagner. Il arriva en ma-
tiére de Religion ce qu'on avait vû
en politique dans les guerres de la
Roſe blanche, & de la *Roſe rouge.*
Le Parlement avait condamné tour
à tour les *Yorchs*, & les *Lencaſtres.*
Il pourſuivit ſous *Henri VIII.* les
Proteſtans; il les encouragea ſous
Edouard VI. il les brula ſous *Marie.*
On a demandé ſouvent pourquoi
ce ſuplice horrible du feu, eſt chez
les Chrétiens le châtiment de ceux
qui ne penſent pas comme l'Egliſe
dominante, tandis que les plus grands
crimes ſont punis d'une mort plus
douce? L'Evêque *Burnet* en donne
pour raiſon, que comme on croïait

Tome IV.   L

les hérétiques condamnés à être brulés éternellement dans l'Enfer, quoique leur corps n'y fût point avant la résurrection, on pensait imiter la Justice Divine en brulant leurs corps sur la terre.

1553. L'Archevêque de Cantorberi, *Cranmer*, qui avait beaucoup servi *Henri VIII.* dans son divorce, ne fut pas condamné pour ce dangereux service, mais pour être Protestant. Il eut la faiblesse d'abjurer ; & *Marie* eut la satisfaction de le faire bruler, après l'avoir deshonoré. Ce Primat du Roïaume reprit son courage sur le bucher. Il déclara qu'il mourait Protestant, fit réellement ce qu'on a écrit, & probablement ce qu'on feint de *Mutius Scevola.* Il plongea d'abord dans les flammes la main qui avait signé l'abjuration, & n'élança son corps dans le bucher, que quand sa main fut tombée. Action aussi intrépide & plus louable que celle qu'on attribue à *Mutius.* L'Anglais se punissait d'avoir succombé à ce qui lui paraissait une faiblesse, & le Romain d'avoir manqué un assassinat.

On compte environ huit-cent perfonnes livrées aux flammes fous
Marie. Une femme groffe accoucha
dans le bucher même. Quelques citoyens touchés de pitié arrachérent
l'enfant du feu. Le juge Catholique l'y fit rejetter. En lifant ces actions abominables , croit-on être
né parmi des hommes , ou parmi ces
êtres qui nous font repréfentés dans
un goufre de fuplices , acharnés à
y plonger le genre humain ?

De tous ceux que *Marie* fit exécuter vifs dans les flammes , il n'y
en eut aucun qui fut accufé de révolte. La Religion faifait tout. On
laiffe aux Juifs l'exercice de leur
Loi ; on leur donne des privilèges ;
& les Chrétiens livrent à la plus
horrible mort d'autres Chrétiens qui
différent d'eux fur quelques articles!

Marie mourut paifible , mais mé-**1558.**
prifée de fon mari *Philippe II.* &
de fes fujets , qui lui reprochent
encor la perte de Calais , laiffant
enfin une mémoire odieufe dans
l'efprit de quiconque n'a pas l'ame
d'un perfécuteur.

A *Marie* Catholique fuccéda *Eli-*
L ij

zabeth Proteftante. Le Parlement fut
Proteftant ; la Nation entiére le devint, & l'eft encor. Alors la Religion fut fixée. La Liturgie qu'on
avait ébauchée fous *Edouard VI.* fut
établie telle qu'elle eft aujourd'hui ;
la Hiérarchíe Romaine confervée
avec bien moins de cérémonies que
chez les Catholiques , & un peu
plus que chez les Luthériens ; la confeffion permife & non ordonnée ; la
créance que Dieu eft dans l'Euchariftie fans tranfubftantiation ; c'eft
en général ce qui conftitue la religion Anglicane. La politique exigeait que la Suprématie reftât à la
Couronne. Une femme fut donc
Chef de l'Eglife.

Cette femme avait plus d'efprit ,
& un meilleur efprit que *Henri VIII.*
fon pére , & que *Marie* fa fœur.
Elle évita la perfécution autant
qu'ils l'avaient excitée. Comme elle vit à fon avénement que les Prédicateurs des deux partis étaient en
chaire les trompettes de la difcorde,
elle ordonna qu'on ne prêchât de
fix mois fans une permiffion expreffe
fignée d'elle , afin de préparer les

efprits à la paix. Cette précaution nôuvelle contint ceux qui croïaient avoir le droit , & qui pouvaient avoir le talent d'émouvoir le peu-ple. Perſonne ne fut perſécuté , ni même recherché pour ſa croïance ; mais on pourſuivit ſévèrement ſe-lon la loi ceux qui violaient la loi & qui troublaient l'Etat. Ce grand principe ſi longtems méconnu s'éta-blit alors en Angleterre dans les eſ-prits , que c'eſt à DIEU ſeul à ju-ger les cœurs qui peuvent lui dé-plaire , & que c'eſt aux hommes à réprimer ceux qui s'élèvent contre le Gouvernement établi par les hom-mes. Vous examinerez dans la ſuite ce que vous devez penſer d'*Eliza-beth,* & ſurtout ce que fut ſa Nation.

CHAPITRE CXV.

DE LA RELIGION

EN ÉCOSSE.

LA Religion n'éprouva de troubles en Ecoffe que comme un reflux de ceux d'Angleterre. Vers l'an 1559. quelques Calviniftes s'étaient d'abord infinués dans le peuple, qu'il faut prefque toujours gagner le premier. Il eft de bonne foi; il fe met lui-même la bride qu'on lui préfente, jufqu'à ce qu'il vienne quelque homme puiffant qui la tienne, & qui s'en ferve à fon avantage.

Les Evêques Catholiques ne manquèrent pas d'abord de faire condamner au feu quelques hérétiques : c'était une chofe auffi en ufage en Europe, que de faire périr un voleur par la corde.

Il arriva en Ecoffe ce qui doit arriver dans tous les païs où il refte de la liberté. Le fuplice d'un vieux

Prêtre , que l'Archevêque de *St.* *André* avait condamné au bucher , aïant fait beaucoup de profélites , on fe fervit de cette liberté pour répandre plus hardiment les nouveaux dogmes , & pour s'élever contre la cruauté de l'Archevêque. Plufieurs Seigneurs firent en Ecoffe , dans la minorité de la fameufe Reine *Marie Stuard* , ce que firent depuis ceux de France dans la minorité de *Charles IX.* Leur ambition attifa le feu que les difputes de Religion allumaient : il y eut beaucoup de fang répandu comme ailleurs. Les Ecoffais qui étaient alors un des peuples les plus pauvres & les moins induftrieux de l'Europe , auraient bien mieux fait de s'appliquer à fertilifer par leur travail leur terre ingrate & ftérile , & à fe procurer au moins par la pêche une fubfiftance qui leur manquait , que d'enfanglanter leur malheureux païs pour des opinions étrangères , & pour l'intérêt de quelques ambitieux. Ils ajoutèrent ce nouveau malheur à celui de l'indigence où ils étaient alors.

La Reine Régente mére de *Ma-*

rie Stuard crut étouffer la Réforme , en faisant venir des troupes de France ; mais elle établit par cela même le changement qu'elle voulait empêcher. Le Parlement d'Ecoffe indigné de voir le païs rempli de foldats étrangers , obligea la Régente de les renvoïer : il abolit la Religion Romaine , & établit la Confeffion de foi de Genève.

Marie Stuard veuve du Roi de France *François II.*, Princeffe faible , née feulement pour l'amour , forcée par *Catherine de Médicis*, qui craignait fa beauté , de quitter la France & de retourner en Ecoffe , ne retrouva qu'une contrée malheureufe divifée par le fanatifme. Vous verrez comme elle augmenta par fes faibleffes les malheurs de fon païs.

Le Calvinifme enfin l'a emporté en Ecoffe , malgré les Evêques Catholiques , & enfuite malgré les Evêques Anglicans. Il eft aujourd'hui prefque aboli en France ; du

moins il n'y est plus toleré. Tout a
été révolution depuis le seizième
siécle, en Ecosse, en Angleterre,
en Allemagne, en Suéde, en Dannemarck & en France.

CHAPITRE CXVI.

DE LA RELIGION

EN FRANCE

SOUS FRANÇOIS PREMIER,

ET SES SUCCESSEURS.

LEs Français depuis *Charles VII.* étaient regardés à Rome comme des Schismatiques, à cause de la Pragmatique Sanction faite à Bourges conformément aux décrets du Concile de Bâle ennemi de la Papauté. Le plus grand objet de cette Pragmatique était l'usage des Elections parmi les Ecclésiastiques, usage encourageant à la vertu & à la doctrine en de meilleurs tems, mais source de factions. Il était cher aux peuples par ces deux endroits : il l'était aux esprits rigides comme un reste de la primitive Eglise, aux Univerfités comme récompenfe de leurs travaux. Les Papes cependant, malgré cette Pragmatique qui aboliſſait les Annates & les autres exactions, les recevaient preſque toujours. *Fromantau* nous dit, que dans les dix-ſept années du régne de *Louis XII.* ils tirèrent du Diocèſe de Paris la ſomme exorbitante de trois millions trois cent mille livres numéraires de ce tems là.

Lorſque *François I.* alla faire en **1515**. ſes expéditions d'Italie, brillantes au commencement comme celles de *Charles VIII.* & de *Louis XII.*, & enſuite plus malheureuſes encor, *Léon X.* qui s'était d'abord opòſé à lui, en eut beſoin, & lui fut néceſſaire.

Le Chancelier *Duprat*, qui fut depuis Cardinal, fit avec les Mi-niſtres de *Léon X.* ce fameux *Concordat*, par lequel on diſait que le Roi & le Pape ſe donnèrent ce qui ne leur apartenait pas. Le Roi obtint la nomination des Bénéfices; & le Pape eut par un article ſecret, le revenu de la premiere année, en renonçant aux Mandats, aux Réſerves, aux Expectatives, à la Prévention; droits que Rome avait

1515.

L vj

longtems prétendus. Le Pape immédiatement après la signature du Concordat, se réserva les Annates par
une Bulle. L'Université de Paris,
qui perdait un de ses droits, s'en
attribua un qu'à peine un Parlement
d'Angleterre pourrait prétendre. Elle fit afficher une défense d'imprimer
le *Concordat* du Roi, & de lui obéir.
Cependant les Universités ne sont
pas si maltraitées par cet accord du
Roi & du Pape, puisque la troisième partie des Bénéfices leur est ré-
servée, & qu'elles peuvent les im-
pétrer pendant quatre mois de l'année, Janvier, Avril, Juillet & Oc-
tobre, qu'on nomme les mois des
gradués.

Le Clergé, & surtout les Collé-
giales, à qui on ôtait le droit de
nommer leurs Evêques, en murmu-
rèrent ; l'espérance d'obtenir des
Bénéfices de la Cour les apaisa. Le
Parlement qui n'attendait pas de
graces de la Cour, fut inébranlable
dans sa fermeté à soutenir les anciens usages, & les libertés de l'E-
glise Gallicane, dont il était le con-
servateur ; il résista respectueuse-

ment à plusieurs lettres de jussion ;
& enfin forcé d'enrégistrer le *Concordat*, il protesta que c'était par le
commandement du Roi reïtéré plusieurs fois.

Cependant le Parlement dans ses
remontrances, l'Université dans ses
plaintes, semblaient oublier un service essentiel que *François I.* rendait à la Nation en accordant les
Annates : elles avaient été payées
avant lui sur un pied exorbitant,
ainsi qu'en Angleterre : il les modé-
ra ; elles ne montent pas aujourd'hui
à quatre-cent mille francs année
commune ; on les regagne assez par
le commerce : mais enfin les vœux
de toute la Nation étaient qu'on ne
payât point du tout d'*Annates* à Rome.

Les premiéres années qui suivirent le *Concordat*, furent des tems
de trouble dans plusieurs Diocèses.
Le Roi nommait un Evêque, les
Chanoines un autre ; le Parlement
en vertu des appels comme d'abus
jugeait en faveur du Clergé. Ces
disputes eussent fait naître des guerres civiles du tems du Gouverne-

ment féodal. Enfin *François I.* ôta au Parlement la connaiſſance de ce qui concerne les Evêchés & les Abaïes, & l'attribua au grand Conſeil. Avec le tems tout fut tranquille. On s'accoutuma au *Concordat*, comme s'il avait toûjours exiſté ; & les plaintes du Parlement ceſſèrent entièrement, lorſqu'en 1538. le Roi obtint du Pape *Paul III.* l'indult du Chancelier & des membres du Parlement ; indult par lequel ils peuvent eux-mêmes faire en petit ce que le Roi fait en grand, conférer un Bénéfice dans leur vie : les Maîtres des Requêtes eurent le même privilège.

Dans toute cette affaire, qui fit tant de peine à *François I.* il était néceſſaire qu'il fût obéï, s'il voulait que *Léon X.* remplît avec lui ſes engagements politiques, & l'aidât à recouvrer le Duché de Milan.

On voit que l'étroite liaiſon qui les unit quelque tems ne permettait pas au Roi de laiſſer ſe former en France une Religion contraire à la Papauté. Le Conſeil croïait que toute nouveauté en Religion traîne après elle des nouveautés dans l'E-

tat. Les politiques peuvent se tromper en ne jugeant que par un exemple qui les frape. Le Conseil avait
raison en considérant les troubles
d'Allemagne qu'il fomentait lui-même ; peut-être avait-il tort, s'il son-
geait à la facilité avec laquelle les
Rois de Suéde & de Dannemarck
établissaient alors le Luthéranisme.
Il pouvait encor regarder en arriére ; & voir de plus grands exemples.
La véritable Religion s'était partout
introduite sans guerre civile ; dans
l'Empire Romain, sur un Edit de
Constantin ; en France par la volonté
de *Clovis*, en Angleterre par l'exemple du petit Roi de Kent nommé
Ethelbert, en Pologne, en Hongrie
par les mêmes causes. Il n'y avait
guères plus d'un siécle que le premier des *Jagellons* qui régna en Pologne s'était fait chrétien & avait
rendu toute la Lithuanie & la Sa-
mogitie Chrétienne, sans que ces
anciens Gépides eussent murmuré.
Si les Saxons avaient été batisés
dans des ruisseaux de sang par *Char-*
lemagne, c'est qu'il s'agissait de les
asservir, & non de les éclairer. Si

on voulait jetter les yeux fur l'Afie
entiére, on verroit les Etats Mufulmans remplis de Chrétiens & d'idolâtres également paifibles, plufieurs
Religions établies dans l'Inde, à la
Chine & ailleurs, fans avoir jamais
pris les armes. Si on remontait à
tous les fiécles anciens, on y ver-
rait les mêmes exemples. Ce n'eft
pas une religion nouvelle qui par
elle-même eft dangereufe & fanglante ; c'eft l'ambition des Grands,
laquelle fe fert de cette Religion
pour attaquer l'autorité établie. Ainfi les Princes Luthériens s'armèrent
contre l'Empereur qui voulait les
détruire : mais *François I. Henri II.*
n'eurent chez eux ni Princes ni Seigneurs à craindre.

La Cour divifée depuis fous des
minorités malheureufes, était alors
réunie dans une obéiffance parfaite
à *François I.* Auffi ce prince laiffa-
t-il plutôt perfécuter les hérétiques
qu'il ne les pourfuivit. Les Evêques, les Parlemens allumèrent des
buchers ; il ne les éteignit pas.

La Religion ne l'embarraffait guères. Il fe liguait avec les Proteftans

d'Allemagne , & même avec les
Mahométans, contre *Charles quint* ;
& quand les Princes Luthériens
d'Allemagne fes alliés lui reprochèrent d'avoir fait mourir leurs fréres
qui n'excitaient aucun trouble en
France , il rejettait tout fur les Juges ordinaires.

Nous avons vu les Juges d'Angleterre fous *Henri VIII.* & fous *Marie*
exercer des cruautés qui font horreur. Les Français qui paffent pour
un peuple plus doux furpaffèrent
beaucoup ces barbaries faites au
nom de la Religion & de la Juftice.

Il faut favoir qu'au douziéme fiécle, *Pierre Valdo*, riche marchand
de Lyon, dont la piété & les erreurs
donnèrent, dit-on, naiffance à la
Secte des Vaudois, s'étant retiré
avec plufieurs pauvres qu'il nour-
riffait dans des vallées incultes &
défertes entre la Provence & le
Dauphiné, il leur fervit de Pontife
comme de pére, & les inftruifait
dans fa fecte, qui reffemblait à celle
des *Albigeois*, de *Viclef*, de *Jean
Hus*, de *Luther*, de *Zuingle*, fur
plufieurs points principaux. Ces

hommes longtems ignorés, défri-
chèrent ces terres ftériles, & par
des travaux incroïables, les rendirent propres au grain & au pâtura-
ge ; ce qui prouve combien il faut
accufer notre négligence, s'il refte
en France des terres incultes. Ils
prirent à Cens les héritages des environs ; leurs peines fervirent à les
faire vivre & à enrichir leurs Seigneurs, qui jamais ne fe plaignirent
d'eux. Leur nombre en deux-cent
cinquante ans fe multiplia jufqu'à
près de dix-huit mille. Ils habitè-
rent trente bourgs fans compter les
hameaux. Tout cela était l'ouvrage
de leurs mains. Point de Frêtres
parmi eux, point de querelles fur
leur culte, point de procès ; ils dé-
cidaient entre eux leurs différends.
Ceux qui allaient dans les villes voifines, étaient les feuls qui fuffent
qu'il y avait une Meffe & des Evêques. Ils priaient DIEU dans leur
jargon ; & un travail affidu rendait
leur vie innocente. Ils jouïrent pendant plus de deux fiécles de cette
paix, qu'il faut attribuer à la laffitude des guerres contre les Albi-

geois. Quand l'efprit humain s'eft
emporté longtems aux derniéres fureurs, il mollit vers la patience &
l'indifférence : on le voit dans chaque particulier & dans les Nations
entiéres. Ces Vaudois jouïffaient de
ce calme, quand les Reformateurs
d'Allemagne & de Genève aprirent
qu'ils avaient des fréres. Auffitôt ils
leur envoïèrent des Miniftres ; on
apellait de ce nom les deffervans des
Eglifes Proteftantes : alors ces Vaudois furent trop connus. Les Edits
nouveaux contre les hérétiqnes les
condamnaient au feu. Le Parlement **1540.**
de Provence décerna cette peine
contre dix-neuf des principaux habitans du bourg de Mérindol, & ordonna que leurs bois feraient coupés
& leurs maifons démolies. Les Vaudois effraïés députèrent vers le Cardinal *Sadolet*, Evêque de Carpen-
tras, qui était alors dans fon Evêché. Cet illuftre favant, vrai philofophe, puifqu'il était humain, les
reçut avec bonté & intercéda pour
eux. *Langeai* commandant en Piémont fit furfeoir l'exécution. *François I.* leur pardonna à condition

qu'ils abjureraient. On n'abjure guères une Religion fuccée avec le lait.

1541. Leur opiniâtreté irrita le Parlement
provençal compofé d'efprits ardents.
Jean Meynier d'Oppede, alors premier Préfident, le plus emporté de
tous, continua la procédure.

Les Vaudois enfin s'atroupèrent.
D'Oppede irrité aggrava leurs fautes
auprès du Roi, & obtint permiffion
d'exécuter l'arrêt fufpendu cinq années entiéres. Il fallait des troupes
pour cette exécution. *D'Oppede* &
l'Avocat Général *Guerin* en prirent.
Il parait évident que ces habitans
trop opiniâtres, appellés par le dé-
clamateur *Maimbourg*, *une canaille
révoltée*, n'étaient point du tout dif-
pofés à la révolte, puifqu'ils ne fe
défendirent pas : ils s'enfuirent de
tous côtés en demandant miféricorde. Le foldat égorgea les femmes,
les enfans, les vieillards qui ne purent fuir affez tôt.

D'Oppedde & *Guerin* courent de
village en village. On tue tout ce
qu'on rencontre : on brule les maifons & les granges, & les moiffons
& les arbres. On pourfuit les fugi-

tifs à la lueur de l'embraſement. Il
ne reſtait dans le bourg fermé de
Cabriéres que ſoixante hommes &
trente femmes. Ils ſe rendent, ſous
la promeſſe qu'on épargnera leur
vie ; mais à peine rendus on les
maſſacre. Quelques femmes réfu-
giées dans une égliſe voiſine, en
ſont tirées par l'ordre d'*Oppede* ; il
les enferme dans une grange, à laquelle il fait mettre le feu. On comp-
ta vingt-deux bourgs mis en cendre ;
& lorſque les flammes furent étein-
tes, la contrée auparavant floriſſan-
te & peuplée, fut un déſert, où
l'on ne voïait que des corps morts.
Le peu qui échapa, ſe ſauva vers le
Piémont. *François I.* en eut horreur :
l'arrêt dont il avait permis l'exécution, portait ſeulement la mort de
dix-neuf hérétiques : *d'Oppede* &
Guerin firent maſſacrer des milliers
d'habitants. Le Roi recommanda en
mourant à ſon fils de faire juſtice de
cette barbarie, qui n'avait point
d'exemple chez des Juges de paix.

En effet *Henri II.* permit aux Seigneurs ruinés de ces villages détruits
& de ces peuples égorgés de porter

leurs plaintes au Parlement de Paris. L'affaire fut plaidée. *D'Oppede* eut le crédit de paraître innocent : tout retomba fur l'Avocat Général *Guerin*; il n'y eut que cette tête qui païa le fang de cette multitude malheureufe.

Ces exécutions n'empêchaient pas le progrès du *Calvinifme.* On brulait d'un côté, & on chantait de l'autre en riant les Pfeaumes de *Marot*, felon le génie toujours léger & quelquefois très - cruel de la Nation Françaife. Toute la Cour de *Marguerite* Reine de Navarre & fœur de *François 1.* était *Calvinifte*; la moitié de celle du Roi l'était. Ce qui avait commencé par le peuple avait paffé aux Grands, comme il arrive toujours. On faifait fecrétement des prêches : on difputait partout hautement. Ces querelles dont perfonne ne fe foucie aujourd'hui ni dans Paris ni à la Cour, parce qu'elles font anciennes, aiguillonnaient tous les efprits, parce qu'elles étaient nouvelles. Il y avait dans le Parlement de Paris plus d'un membre attaché à ce qu'ils appellèrent la Réforme. Ce corps était toujours occupé à combattre les prétentions de l'Eglife de Rome que l'héréfie détruifait. La liberté rigide & républicaine de quelques Confeillers fe plaifait encor à favorifer une Secte févère qui condannait les débauches de la Cour. *Henri II.* mécontent de plufieurs membres de ces Corps , entre un jour inopinément dans la grande Chambre ; tandis qu'on déliberait fur l'adouciffement de la perfécution contre les *Huguenots.* Il fait arrêter cinq onfeillers ; l'un d'eux , *Anne de Bourg,* qui avait parlé avec le plus de force , figna dans la Baftille fa confeffion de foi, qui fe trouva conforme en beaucoup d'articles à celle des *Calviniftes* & des *Luthériens.* Il y avait alors un Inquifiteur en France. Quoique le Tribunal de l'Inquifition , qui eft en horreur à tous les Français, n'y fût pas établi, l'Evêque de Paris,cet Inquifiteur nommé *Mouchi,* & des Commiffaires du Parlement, jugérent & condamnérent *Du Bourg,* malgré l'ancienne loi , fuivant laquelle il ne devait être jugé que

1554.

par les Chambres du Parlement af-
femblées ; loi toujours fubfiftante,
toujours reclamée, & prefque toujours inutile ; car rien n'eft fi commun dans l'hiftoire de France que
des membres du Parlement jugés
ailleurs que dans le Parlement. *Anne*
du Bourg ne fut exécuté que fous le
règne de *François II.* Le Cardinal
de Lorraine , homme qui gouvernait
l'Etat avec violence , voulait fa
1557. mort. On pendit & on brula dans
la Grève ce Prêtre Magiftrat , efprit trop infléxible , mais Juge intègre
& d'une vertu reconnuë.

Les Martirs font des Profélites.
Le fuplice d'un tel homme fit plus
de Réformés que les livres de *Calvin.*
La fixiéme partie de la France était
Calvinifte fous *François II.* comme
le tiers de l'Allemagne au moins fut
Luthérien fous *Charlequint.*

Il ne reftait qu'un parti à prendre :
c'était d'imiter *Charlequint*, qui finit
après bien des guerres , par laiffer
la liberté de confcience ; & la Reine
Elizabeth, qui en protégeant la Religion dominante , laiffa chacun
adorer DIEU fuivant fes principes ,
pourvu

pourvu qu'on fut foumis aux loix
de l'Etat.

C'eft ainfi qu'on en ufe aujourd'hui dans tous les païs défolés autrefois par les guerres de Religion,
après que trop d'expériences funeftes ont fait connaitre combien
ce parti eft falutaire.

Mais pour le prendre, il faut que
les Loix foient affermies, & que
la fureur des factions commence à
fe calmer. Il n'y eut en France que
des factions fanglantes depuis *François II.* jufqu'aux belles années du
grand *Henri.* Dans ce tems de troubles les Loix furent inconnuës, &
le fanatifme furvivant encor à la
guerre, affaffina ce Monarque au milieu de la paix par la main d'un furieux
& d'un imbécile échapé du cloître.

M'étant fait ainfi une idée de
l'état de la Religion en Europe au
feiziéme fiécle, il me refte à parler
des Ordres Religieux, qui combataient les opinions nouvelles ;
& de l'Inquifition, qui s'efforçait
d'exterminer les Proteftants.

CHAPITRE CXVII.

DES ORDRES

RELIGIEUX.

LA vie Monaſtique qui a fait tant de bien & tant de mal , qui a été une des colonnes de la Papauté , & qui a produit celui par qui la Papauté fut exterminée dans la moitié de l'Europe , mérite une attention particuliére.

Beaucoup de Proteſtans & de gens du monde s'imaginent que les Papes ont inventé toutes ces milices dif-férentes , en habit , en chauſſure , en nouriture , en occupations , en régles , pour être dans tous les Etats de la Chréticnté les armées du St. Siége. Il eſt vrai que les Papes les ont miſes en uſage , mais ils ne les ont point inventées.

Il y eut chez les peuples de l'O-rient , dans la plus haute Antiquité, des hommes qui ſe retiraient de la foule pour vivre enſemble dans la retraite. Les Perfes, les Egyptiens, les Indiens furtout, eurent des Communautés de Cénobites, indépendament de ceux qui étaient deftinés au culte des autels. On n'en voit point chez les Grecs & chez les Romains. Tous les Colléges des Prêtres deffervaient leurs Temples, auxquels ils étaient attachés. La vie Monaftique était inconnue à ces peuples. Les Juifs eurent leurs Efféniens & leurs Thérapeutes. Les Chrétiens les imitérent.

St. Bazile, au commencement du quatriéme fiécle, dans une province barbare vers la Mer Noire, établit fa régle fuivie de tous les Moines de l'Orient : il imagina les trois vœux, auxquels les folitaires fe foumirent tous. *St Bénédict*, ou *Benoît*, donna la fienne au fixiéme fiécle, & fut le Patriarche des Cénobites de l'Occident.

Ce fut longtems une confolation pour le genre humain, qu'il y eût de ces aziles ouverts à tous ceux qui voulaient fuir les oppreffions du Gouvernement Got & Vandale. Prefque tout ce qui n'était pas Sei-

gneur de château , était esclave :
on échapait dans la douceur des
cloîtres à la tyrannie & à la guerre.
Les loix féodales de l'Occident ne
permettaient pas à la vérité qu'un
esclave fût reçu Moine sans le consentement du Seigneur ; mais les
Couvents savaient éluder la loi. Le
peu de connaissances qui restait chez
les Barbares fut perpétué dans les
Cloîtres. Les Bénédictins transcri-
virent quelques livres. Peu-à-peu
il sortit des Cloitres plusieurs inventions utiles. D'ailleurs ces Religieux cultivaient la terre , chan-
taient les louanges de Dieu , vivaient sobrement , étaient hospita-
liers ; & leurs exemples pouvaient
servir à mitiger la férocité de ces
tems de barbarie. On se plaignit
que bientôt après les richesses corrompirent ce que la vertu avait ins-
titué. Il fallut des Réformes. Chaque
siècle produisit en tout païs des
hommes animés par l'exemple de
St. Benoit, qui tous voulurent être
fondateurs de Congrégations nouvelles.

L'esprit d'ambition est presque

toujours joint à celui d'entoufiafme ,
& fe mêle , fans qu'on s'en aper-
çoive , à la piété la plus auftère.
Entrer dans l'Ordre ancien de *St.*
Benoit , c'était fe faire fujet ; créer
un nouvel inftitut , c'était fe faire
un Empire. De là cette multitude
de Clercs , de Chanoines réguliers ,
de Religieux & de Religieufes. Quiconque a voulu fonder un Ordre ,
a été bien reçû des Papes , parce
qu'ils ont été tous immédiatement
foumis au St. Siége , fouftraits autant qu'on l'a pû à la domination
de leurs Evêques. La plûpart de
leurs Généraux réfident à Rome
comme dans le centre de la Chrétienté , & de cette capitale ils en-
voïent au bout du monde les ordres
que le Pontife leur donne.

Tous les Etats Chrétiens étaient
inondés , au commencement du feiziéme fiécle , de citoïens devenus
étrangers dans leur patrie & fujets
du Pape. Un autre abus , c'eft que
ces familles immenfes fe perpétuent
aux dépens de la race humaine.
On peut affurer qu'avant que la
moitié de l'Europe eût aboli les

Cloitres, ils renfermaient plus de cinq-cent mïlle perfonnes. Il y a des campagnes dépeuplées : les Colonies du Nouveau Monde manquent d'habitants : le fléau de la guerre emporte tous les jours trop de citoyens. Si le but de tout Légiflateur eft la multiplication des fujets, c'eft aller fans doute contre ce grand principe, que de trop encourager cette multitude d'hommes & de femmes que perd chaque Etat, & qui s'engagent par ferment, autant qu'il eft en eux, à la deftruction de l'efpèce humaine. Il eft à fouhaiter qu'il y eût des retraites douces pour la vieilleffe ; mais ce feul inftitut néceffaire, eft le feul qui ait été oublié. C'eft l'extrême jeuneffe qui peuple les Cloitres : c'eft dans un âge où il n'eft permis nulle part de jouir de fes biens, qu'il eft permis de difpofer de fa liberté pour jamais.

On ne peut nier qu'il n'y ait eu dans le Cloitre de très-grandes vertus. Il n'eft guère encor de Monaftére qui ne renferme des ames admirables, qui font honneur à la

nature humaine. Trop d'Ecrivains
se sont plu à rechercher les desordres
& les vices dont furent souillés
quelquefois ces aziles de la piété.
Il est certain que la vie séculière a
toujours été plus vicieuse , & que
les plus grands crimes n'ont pas été
commis dans les Monastéres ; mais
ils ont été plus remarqués par leur
contraste avec la régle. Nul Etat
n'a toujours été pur. Il faut n'en-
visager ici que le bien général de la
societé. Il faut plaindre mille talents
ensevelis , & des vertus stériles qui
eussent été utiles au monde. Le petit nombre des Cloitres fit d'abord
beaucoup de bien. Ce petit nombre
proportionné à l'étendue de chaque
Etat eût été respectable. Le grand
nombre les avilit , ainsi que les
Prêtres, qui autrefois presque égaux
aux Evêques , sont maintenant à
leur égard ce qu'est le peuple en
comparaison des Princes.

Dans cette foule d'Ordres Religieux, les Bénédictins tenaient toujours le premier rang. Occupés de
leur puissance & de leurs richesses ,
ils n'entrèrent guère au seizième sié-

cle dans les difputes fcholaftiques ;
ils regardaient les autres Moines,
comme l'ancienne Nobleffe voit la
nouvelle. Ceux de Cluni, de Cif-
teaux, de Clervaux & beaucoup
d'autres étaient des rejettons de
la fouche de *Saint Benoit*, & n'é-
taient du tems de *Luther* connus que
par leur opulence. Les riches Abaïes
d'Allemagne tranquiles dans leurs
Etats, ne fe mêlaient pas de controverfe, & les Bénédictins de Paris
n'avaient pas encore emploïé leur
loifir à ces favantes recherches qui
leur ont donné tant de réputation.

Les Carmes tranfplantés de la Paleftine en Europe au cinquiéme fiécle, étaient contents, pourvû qu'on
crût qu'*Elie* était leur fondateur.

L'Ordre des Chartreux établi à
Grenoble à la fin du onziéme fiécle,
feul Ordre ancien qui n'ait jamais
eu befoin de reforme, était en petit
nombre, trop riches à la vérité pour
des hommes féparés du fiécle, ma s
malgré ces richeffes, confacrés fans
relâchement au jeune, au filence, à
la priére, à la folitude ; tranquiles
fur la terre au milieu de tant d'agi-

tations dont le bruit venait à peine
jufqu'à eux, & ne connoiffant les
Souverains que par les priéres où
leurs noms font inférés. Heureux, fi
des vertus fi pures & fi perfévéran-
tes avaient pu être utiles au monde !

Les Prémontrés que *St. Norbert*
fonda en 1120. ne faifaient pas beaucoup de bruit, & n'en valaient que
mieux.

Les Francifcains étaient les plus
nombreux & les plus agiffants. *François d'Affife* qui les fonda vers l'an
1210. était pour eux un homme au-
deffus de l'humanité. Ils le compa-
raient au CHRIST : ils lui attri-
buaient plus de miracles. C'en était
un grand en effet, qu'avait opéré ce
fondateur d'un fi grand Ordre, de
l'avoir multiplié au point, que de
fon vivant à un Chapitre général qui
fe tint près d'Affife en 1219. il fe
trouva cinq mille députés de fes
Couvents. Aujourd'hui quoique les
Proteftans leur aïent enlevé un nombre prodigieux de leurs Monaftéres,
ils ont encor fept-mille maifons
d'hommes fous des noms différens,
& plus de neuf-cent Couvents de

filles. On a compté par leurs derniers Chapitres cent-quinze-mille
hommes, & environ vingt-neuf mille filles : abus intolérable dans des
païs où l'on a vu l'efpéce humaine
manquer fenfiblement.

Ceux-là étaient ardents à tout ;
Prédicateurs, Théologiens, Miffionnaires, Quêteurs, Emiffaires,
courant d'un bout du monde à l'autre, & en tous lieux ennemis des
Dominicains. Leur querelle théologique roulait fur la naiffance de la
mére de Jesus-Chr st. Les Dominicains affuraient qu'elle était née
livrée au démon comme les autres :
les Cordeliers prétendaient qu'elle
avait été exempte du péché originel.
Les Dominicains croïaient être fondés fur l'opinion de *St. Thomas* ; les
Francifcains fur celle de *Jean Duns*,
Ecoffais, nommé improprement
Scot, & connu en fon tems par le
titre de *Docteur fubtil.*

La querelle politique de ces deux
Ordres était la fuite du prodigieux
crédit des Dominicains.

Ceux - ci fondés un peu après les
Francifcains, n'étaient pas fi nom-

breux ; mais ils étaient plus puif-
fans, par la charge de Maître du fa-
cré Palais de Rome, qui depuis *St.*
Dominique eft affectée à cet Ordre ,
& par les Tribunaux de l'Inquifition
auxquels ces Religieux préfident.
Leurs Généraux même nommèrent
longtems les Inquifiteurs dans la
Chrêtienté. Le Pape qui les nomme
actuellement, laiffe toûjours fubfif-
ter la Congrégation de cet Office
dans le Couvent de la *Minerve* des
Dominicains , & ces Moines font
encor Inquifiteurs dans trente-deux
Tribunaux de l'Italie, fans compter
ceux du Portugal & de l'Efpagne.

Pour les Auguftins , c'était originairement une Congrégation d'Hermites, auxquels le Pape *Alexandre*
IV. donna une régle en 1254. Quoique le Sacriftain du Pape fût toûjours tiré de leur corps , & qu'ils
fuffent en poffeffion de prêcher &
de vendre les Indulgences , ils n'é-
taient ni fi répandus que les Cordeliers, ni fi puiffants que les Dominicains ; & ils ne font guéres connus du monde féculier que pour
avoir eu *Luther* dans leur Ordre.

M vj

J'omets un grand nombre de congrégations différentes; car dans ce plan général, je ne fais point paſſer en revuë tous les Régiments d'une armée. Mais l'Ordre des Jéſuites établi du tems de *Luther* demande une attention diſtinguée. Le monde Chrêtien s'eſt épuiſé à en dire du bien & du mal. Cette ſociété s'eſt étendue partout, & partout elle a eu des ennemis. Un très-grand nombre de perſonnes penſe que ſa fondation était l'effort de la politique, & que l'Inſtitut de *St. Ignace* était un deſſein formé d'aſſervir les conſciences des Rois à ſon ordre, de le faire dominer ſur les eſprits des Peuples, & de lui acquérir une eſpéce de Monarchie univerſelle.

Ignace de Loyola était bien éloigné d'une pareille vûe, & ne fut jamais en état de former de telles prétentions. C'était un Gentilhomme Biſcaïen ſans lettres, né avec un eſprit romaneſque, entêté de livres de Chevalerie, & diſpoſé à l'entouſiaſme; il ſervait dans les troupes d'Eſpagne, tandis que les Français, qui voulaient en vain retirer la Na-

varre des mains de ſes uſurpateurs,
aſſiégeaient le Château de Pampelu-
ne en 1521. *Ignace* qui alors avait
près de trente ans, était renfermé
dans le château. Il y fut bleſſé. Un
livre de la vie des Saints qu'on lui
donna pendant ſa convaleſcence, &
une viſion qu'il crut avoir, le déter-
minèrent à faire le pélerinage de Jéruſalem. Il ſe dévoua à la mortifica-
tion. On aſſure même qu'il paſſa ſept
jours & ſept nuits ſans manger ni
boire, choſe preſque incroïable, qui
marque une imagination un peu faible, & un corps extrêmement ro-
buſte. Tout ignorant qu'il était, il
prêcha de village en village. On ſait
le reſte de ſes avantures : comment
il fit la veille des armes, & s'arma
Chevalier de la Vierge ; comment
il voulut combattre un Maure qui
avait parlé peu reſpectueuſement de
celle dont il était Chevalier, &
comme il abandonna la choſe à la
déciſion de ſon cheval, qui prit un
autre chemin que celui du Maure. Il
prétendit aller prêcher les Turcs :
il alla juſqu'à Veniſe ; mais faiſant
réflexion qu'il ne ſavait pas le Latin,

langue pourtant affez inutile en Turquie, il retourna à l'âge de trente-trois ans commencer fes études à Salamanque.

L'Inquifition l'aïant fait mettre en prifon, parce qu'il dirigeait des dévotes, & en faifait des pélerines, il alla continuer fes études à Paris. Il était errant & pauvre, & il trouva à Paris des Efpagnols dans le même état ; il fe les affocia : quelques François fe joignirent à eux ; ils allèrent tous à Rome vers l'an 1537. fe préfenter au Pape *Paul III.* en qualité de Pélerins, qui voulaient aller à Jérufalem, & y former une Congrégation particuliére. *Ignace* & fes compagnons avaient de la vertu ; ils étaient défintéreffés, mortifiés, pleins de zèle. On doit avouer auffi qu'*Ignace* brulait de l'ambition d'être chef d'un Inftitut. Cette efpèce de vanité, dans laquelle entre l'ambition de commander, s'afermit dans un cœur par le facrifice des autres paffions, & agit d'autant plus puiffamment qu'elle fe joint à des vertus. Si *Ignace* n'avait pas eu cette paffion, il ferait entré avec les

fiens dans l'Ordre des Théatins, que
le Cardinal *Cajetan* avait établi. En
vain ce Cardinal le follicitait d'entrer dans cette Communauté, l'envie d'être fondateur l'empêcha d'ê-
tre Religieux fous un autre.

Les chemins de Jérufalem n'é-
taient pas fûrs, il fallut refter en
Europe. *Ignace* qui avait apris un
peu de grammaire, fe confacra à
enfeigner les enfants. Ses difciples
remplirent cette vue avec un très-
grand fuccès ; mais ce fuccès même
fut une fource de troubles. Les Jéfuites eurent à combattre des rivaux
dans les Univerfités où ils furent reçus : & les villes où ils enfeignèrent
en concurrence avec l'Univerfité,
furent un théatre de divifions.

Si le défir d'enfeigner, que la
charité infpira à ce fondateur, a produit des événemens funeftes, l'humilité par laquelle il renonça lui &
les fiens aux Dignités Eccléfiaftiques, eft précifement ce qui a fait
la grandeur de fon Ordre. La plupart des Souverains prirent des Jéfuites pour Confeffeurs, afin de n'a-
voir pas un Evêché à donner pour

une abfolution ; & la place de Con-feffeur eft devenue fouvent bien plus importante qu'un Siége Epifco-pal. C'eft un miniftère fecret qui devient puiffant à proportion de la faibleffe du Prince.

Enfin *Ignace* & fes compagnons, pour arracher du Pape une Bulle d'établiffement, fort difficile à obte-nir, furent confeillés de faire, ou-tre les vœux ordinaires, un quatrié-me vœu particulier d'obéïffance au Pape ; & c'eft ce quatriéme vœu qui dans la fuite a produit des Miffion-naires portants la Religion & la gloire du fouverain Pontife aux ex-trémités de la terre. Voilà comme l'efprit du monde le moins politique donna naiffance au plus politique de tous les Ordres Monaftiques. En ma-tiére de Religion l'entoufiafme com-mence toûjours le bâtiment, mais l'habileté l'achéve.

On a vu les Jéfuites gouverner dans les Cours de l'Europe, fe faire un grand nom par leurs études, & par l'éducation qu'ils ont donnée à la jeuneffe, aller reformer les fcien-ces à la Chine, rendre pour un tems

le Japon Chrêtien , & donner des
loix aux peuples du Paraguai. Ils
font actuellement environ dix-huit-
mille dans le monde , tous foumis
à un Général perpétuel & abfolu,
liés tous enfemble uniquement
par l'obéïffance qu'ils vouent à un
feul. Leur gouvernenement eft devenu le modéle d'un gouvernement Monarchique. Ils ont des
maifons pauvres, ils en ont de très-
riches. L'Evêque du Mexique *Don
Jean de Palafox* écrivait au Pape
Innocent X. environ cent ans après
leur inftitution : *J'ai trouvé entre les
mains des Jéfuites prefque toutes les richeffes de ces Provinces. Deux de leurs
Colléges poffédent trois-cent-mille mou-
tons , fix grandes fucreries , dont quel-
ques-unes valent près d'un million d'é-
cus ; ils ont des mines d'argent très-ri-
ches ; leurs mines font fi confidérables ,
qu'elles fuffiraient à un Prince qui ne
reconnoîtrait aucun Souverain au-
deffus de lui.* Ces plaintes paroiffaient
exagérées , mais fondées.

Cet Ordre eut beaucoup de peine
à s'établir en France ; & cela devait
être. Il naquit, il s'éleva fous la Mai-

fon d'Autriche , & fut protégé par
elle. Les Jéfuites du tems de la Ligue étaient les penfionnaires de *Philippe II.* Les autres Religieux qui entrèrent tous dans cette faction, excepté les Bénédictins & les Chartreux ,
n'attifaient le feu qu'en France ; les
Jéfuites le foufflaient de Rome , de
Madrid , de Bruxelles au milieu de
Paris. Des tems plus heureux ont
éteint ces flammes.

Rien ne femble plus contradictoire
que cette haine publique dont ils
ont été chargés & cette confiance
qu'ils fe font attirés , cet efprit qui
les exila de plufieurs païs & qui les
y remit en crédit, ce prodigieux
nombre d'ennemis & cette faveur
populaire. Mais on avait vu des
exemples de ces contraftes dans les
Ordres mendiants. Il y a toujours
dans une fociété nombreufe , occupée des fciences & de la Religion,
des efprits ardents & inquiets qui fe
font des ennemis , des favants qui fe
font de la réputation , des caractéres infinuants qui fe font des parti-
fants , & des politiques qui tirent
parti du travail & du caractére de
tous les autres.

Les Péres de l'Oratoire de France, d'une inftitution plus nouvelle, font différents de tous les Ordres. Leur Congrégation eft la feule où les vœux foient inconnus, & où n'habite point le repentir. C'eft une retraite toujours volontaire. Les riches y vivent à leurs dépens, les pauvres aux dépens de la maifon. On y jouit de la liberté qui convient à des hommes. La fuperftition & les petiteffes n'y deshonorent guères la vertu.

Il a régné entre tous ces Ordres une émulation qui eft fouvent devenue une jaloufie éclatante. La haine entre les Moines noirs & les Moines blancs fubfifta violemment pendant quelques fiécles. Les Dominicains & les Francifcains furent néceffairement divifés, comme on l'a remarqué. Chaque Ordre femblait fe rallier fous un étendart différent. Ce qu'on apelle efprit du corps anime toutes les fociétés.

Les Inftituts confacrés au foulagement des pauvres & au fervice des malades, ont été les moins brillans, & ne font pas les moins

refpeƈtables. Peut être n'eſt-il rien
de plus grand ſur la terre que le
ſacrifice que fait un ſexe délicat de
la beauté & de la jeuneſſe, ſouvent
de la haute naiſſance, pour ſoulager
dans les Hôpitaux ce ramas de toutes
les miſéres humaines, dont la vue
eſt ſi humiliante pour l'orgueil humain, & ſi révoltante pour notre
délicateſſe. Les peuples ſéparés de
la Communion Romaine n'ont imité
qu'imparfaitement une charité ſi gé-
néreuſe.

Mais auſſi cette Congrégation ſi
utile eſt la moins nombreuſe. Il eſt
une autre Congrégation plus héroïque ; car ce nom convient aux Tri-
nitaires de la rédemption des captifs,
établis vers l'an 1120. par un Gentilhomme nommé *Jean de Matha.*
Ces Religieux ſe conſacrent depuis
cinq ſiécles à briſer les chaines des
Chrétiens chez les Maures. Ils em-
ploïent à païer les rançons des eſ-
claves leurs revenus & les aumones,
qu'ils recueillent & qu'ils portent
eux-mêmes en Afrique.

On ne peut ſe plaindre de tels
Inſtituts ; mais on ſe plaint en gé-

néral que la vie Monaſtique a dé-
robé trop de ſujets à la ſociété civile.
Les Religieuſes ſurtout ſont mortes
pour la patrie. Les tombeaux où
elles vivent ſont preſque tous très-
pauvres. Une fille qui travaille de
ſes mains aux ouvrages de ſon ſexe,
gagne beaucoup plus que ne coûte
l'entretien d'une Religieuſe. Leur
ſort peut faire pitié, ſi celui de
tant de Couvents d'hommes trop
riches peut faire envie. Il eſt bien
évident que leur trop grand nombre
dépeuplerait un Etat. Les Juifs pour
cette raiſon n'eurent ni Eſſenien-
nes ni filles Térapeutes. Il n'y eut
aucun azile conſacré à la virginité
en Aſie ; les Chinois & les Japonois
ſeuls ont des Bonzeſſes ; mais qui
ſait ſi elles ſont abſolument inutiles ?
Il n'y eut jamais dans l'ancienne
Rome que ſix Veſtales, encor pou-
vaient-elles ſortir de leur retraite au
bout d'un certain temps pour ſe
marier.

La politique ſemble exiger qu'il
n'y ait pour le ſervice des autels,
& pour les autres ſecours, que le
nombre néceſſaire. L'Angleterre,

l'Ecoſſe & l'Irlande n'en ont pas vingt-mille. La Hollande , qui contient deux milions d'habitans , n'a pas mille Eccléſiaſtiques : encor ces hommes conſacrés à l'Egliſe , étant preſque tous mariés , fourniſſent des ſujets à la patrie , & des ſujets élevés avec ſageſſe.

On comptait en France vers l'an 1700. plus de deux cent cinquante mille Eccléſiaſtiques , tant ſéculiers que réguliers , & c'eſt beaucoup plus que le nombre ordinaire de ſes ſoldats. Le Clergé de l'Etat du Pape compoſait environ trente-deux mille hommes , & le nombre des Religieux & des filles cloîtrées allait à huit mille. C'eſt de tous les Etats Catholiques celui où le nombre des Clercs ſéculiers excède le plus celui des Religieux : mais avoir quarante mille ccléſiaſtiques , & ne pouvoir entretenir dix mille ſoldats , c'eſt le ſûr moïen d'être toujours faible.

La France a plus de Couvents que toute l'Italie enſemble. Le nombre des hommes & des femmes que renferment les Cloîtres , montait en ce Roïaume à plus de quatre vingt

dix mille au commencement du
fiécle courant ; l'Efpagne n'en a
environ que cinquante mille , fi
on s'en rapporte au dénombre-
ment fait en 1623. par *Gonzales d'A-
vila* ; mais ce païs n'eft pas à beaucoup près la moitié auffi peuplé que
la France ; & après l'émigration des
Maures & des Juifs , après la tranf-
plantation de tant de familles Efpagnoles en Amérique , il faut convenir que les Cloîtres en Efpagne
tiennent lieu d'une mortalité qui détruit infenfiblement la Nation.

Il y a dans le Portugal un peu plus
de dix mille Religieux de l'un & de
l'autre fexe. C'eft un païs à peu près
de l'étendue de celui du Pape , &
cependant les Cloitres y font plus
peuplés.

Il n'eft point de Roïaume où l'on
n'ait fouvent propofé de rendre à
l'Etat une partie des citoïens que
les Monaftères lui enlèvent. Mais
ceux qui gouvernent font rarement
touchés d'une utilité éloignée , toute fenfible qu'elle eft ; furtout quand
cet avantage futur eft balancé par
les difficultés préfentes.

Les Ordres Religieux s'opofent tous à cette réforme. Chaque Supérieur qui fe voit à la tête d'un petit Etat voudrait accroître la multitude de fes fujets ; & fouvent un Moine , que le repentir defféche dans fon Cloitre , eft encor attaché à l'idée du bien de fon Ordre , qu'il préfére au bien réel de la patrie.

CHAPITRE

CHAPITRE CXVIIIe

DE L'INQUISITION.

SI une milice de cinq-cent-mille Religieux combatant par la parole sous l'étendart de Rome , ne put empêcher la moitié de l'Europe de se soustraire au joug de cette Cour, l'Inquisition n'a réellement servi qu'à faire perdre au Pape encor quelques provinces, comme les sept Provinces-Unies , & à bruler ailleurs inutilement des malheureux.

On se souvient que dans les guerres contre les Albigeois, le Pape *Innocent III.* établit vers l'an 1200. ce Tribunal, qui juge les pensées des hommes ; & qu'au mépris des Evêques , arbitres naturels dans les procès de doctrine , il fut confié à des Dominicains & à des Cordeliers.

Ces premiers Inquisiteurs avaient le droit de citer tout hérétique , de l'excommunier , d'accorder des In-

dulgences à tout Prince qui exter-
minerait les condamnés, de récon-
cilier à l'Eglise, de taxer les péni-
tens, & de recevoir d'eux en argent
une caution de leur repentir.

La bizarrerie des événemens, qui
met tant de contradictions dans la
politique humaine, fit que le plus
violent ennemi des Papes fut le protecteur le plus sévère de ce Tribunal.

L'Empereur *Frederic II.* accusé
par le Pape, tantôt d'être Mahométan, tantôt d'être Athée, crut se la-
ver du reproche en prenant sous sa
protection les Inquisiteurs ; il donna
même quatre Edits à Pavie en 1244.
par lesquels il ordonnait aux Juges
féculiers de livrer aux flammes ceux
que les Inquisiteurs condamneraient
comme hérétiques obstinés, & de
laisser dans une prison perpétuelle
ceux que l'Inquisition déclareroit re-
pentans.

Frederic II. malgré cette politique
n'en fut pas moins persécuté ; & les
Papes se servirent depuis contre les
droits de l'Empire des armes qu'il
leur avait données.

En 1255. le Pape *Alexandre III.*
établit l'Inquisition en France sous
le Roi *St. Louis.* Le Gardien des
Cordeliers de Paris , & le Provin-
cial des Dominicains , étaient les
grands Inquisiteurs. Ils devaient ,
par la Bulle d'*Alexandre*, consulter
les Evêques , mais ils n'en dépen-
daient pas. Cette étrange jurisdiction donnée à des hommes qui font
vœu de renoncer au monde , indi-
gna le Clergé & les Laïcs. Un Cordelier Inquisiteur assista au jugement
des Templiers ; mais bientôt le sou-
lévement de tous les esprits ne laissa à ces Moines qu'un titre inutile.

En Italie les Papes avaient plus
de crédit, parce que tout désobéis
qu'ils étaient dans Rome , tout éloignés qu'ils en furent longtems , ils
étaient toujours à la tête de la faction *Guelphe* , contre celle des *Gi-*
belins. Ils se servirent de cette Inquisition contre les partisans de l'Empire. Car en 1320. de Pape *Jean*
XXII. fit procéder par les Moines
Inquisiteurs contre *Matthieu Viscomti*
Seigneur de Milan , dont le crime
était d'être attaché à l'Empereur

N ij

Louis de Baviére. Le dévouement du vaffal à fon fuzerain, fut déclaré héréfie ; la Maifon d'*Eft*, celle de *Malatefta*, furent traitées de même, pour la même caufe ; & fi le fuplice ne fuivit pas la fentence, c'eft qu'il était alors plus aifé aux Papes d'avoir des Inquifiteurs que des armées.

Plus ce Tribunal s'établit, & plus les Evêques qui fe voïaient enlever un droit qui femblait leur apartenir, le reclamèrent vivement. Les Papes les affocièrent aux Moines Inquifiteurs, qui exerçaient pleinement leur autorité dans prefque tous les Etats d'Italie, & dont les Evêques ne furent que les Affeffeurs.

Sur la fin du treiziéme fiécle en 1289. Venife avait déja reçu l'Inquifition ; mais fi ailleurs elle était toute dépendante du Pape, elle fut dans l'Etat Venitien foumife au Sénat. La plus fage précaution qu'il prit, fut que les amendes & les confifcations n'apartinffent pas aux Inquifiteurs. On croïait modérer leur zèle en leur ôtant la tentation de s'enrichir par leurs jugements ; mais comme l'envie de faire valoir les droits de son ministère, est chez les hommes une passion aussi forte que l'avarice, les entreprises des Inquisiteurs obligèrent le Sénat longtems après, au seizième siécle, d'ordonner que l'Inquisition ne pourait jamais faire de procédure sans l'assistance de trois Sénateurs. Par ce réglement, & par plusieurs autres aussi politiques, l'autorité de ce Tribunal fut anéantie à Venise à force d'être éludée.

Un Roïaume où il semblait que l'Inquisition dût s'établir avec le plus de facilité & de pouvoir, est précisément celui où elle n'a jamais eu d'entrée ; c'est le Roïaume de Naples. Les Souverains de cet Etat, & ceux de Sicile, se croïaient en droit par les concessions des Papes, d'y jouir de la jurisdiction Ecclésiastique : le Pontife Romain & le Roi se disputant toujours à qui nommerait les Inquisiteurs, on n'en nomma point ; & les peuples profitérent pour la premiére fois des querelles de leurs Maîtres : il y eut pourtant dans Naples & Sicile moins d'héretiques qu'ailleurs. Cette paix

N iij

de l'Eglise dans ces Roïaumes prouva bien que l'Inquisition était moins un rempart de la foi qu'un fléau inventé pour troubler les hommes.

Elle fut enfin autorisée en Sicile, après l'avoir été en Espagne par *Ferdinand* & *Isabelle* en 1478.; mais elle fut en Sicile, plus encor qu'en Castille, un privilège de la Couronne, & non un Tribunal Romain; car en Sicile c'est le Roi qui est Pape.

Il y avait déja longtems qu'elle était reçue dans l'Arragon : elle y languissait ainsi qu'en France, sans fonctions, sans ordre, & presque oubliée.

Mais ce ne fut qu'après la conquête de Grenade qu'elle déploïa dans toute l'Espagne cette force & cette rigueur que jamais n'avaient euës les Tribunaux ordinaires. Il faut que le génie des Espagnols eût alors quelque chose de plus austère & de plus impitoïable que celui des autres Nations. On le voit par les cruautés réfléchies dont ils inondèrent bientôt après le nouveau monde. On le voit furtout ici par l'excès d'atrocité qu'ils mirent dans l'exercice d'une jurifdiction, où les Italiens fes inventeurs mettaient beaucoup plus de douceur. Les Papes avaient érigé ces Tribunaux par politique, & les Inquifiteurs Efpagnols y ajoutérent la barbarie.

Lorfque *Mahomet II.* eut fubjugué Conftantinople, & la Gréce, lui & fes fuccefleurs laifférent les vaincus vivre en paix dans leur Religion : & les Arabes maîtres de l'Efpagne n'avaient jamais forcé les Chrétiens regnicoles à recevoir le Mahométifme. Mais après la prife de Grenade, le Cardinal *Ximènes* voulut que tous les Maures fuffent Chrétiens, foit qu'il y fût porté par zéle, foit qu'il écoutât l'ambition de compter un nouveau peuple foumis à fa Primatie. C'était une entreprife directement contraire au Traité par lequel les Maures s'étaient foumis, & il faillat du tems pour la faire réuffir. Mais *Ximènes* voulut convertir les Maures auffi vîte qu'on avait pris Grenade. On les prêcha, on les perfécuta ; ils

1499. fe foulevèrent, on les foumit , & on les força de recevoir le batême. *Ximenes* fit donner à cinquante-mille d'entre eux ce figne d'une Religion à laquelle ils ne croïaient pas.

Les Juifs compris dans le Traité fait avec les Rois de Grenade, n'é-prouvèrent pas plus d'indulgence que les Maures. Il y en avait beau-coup en Efpagne. Ils étaient ce qu'ils font partout ailleurs, les Courtiers du Commerce. Cette profeffion, loin d'être turbulente, ne peut fub-fifter que par un efprit pacifique. Il y a plus de vingt-huit-mille Juifs autorifés par le Pape en Italie : il y a près de deux-cent-quatre-vingt Si-nagogues en Pologne. La feule ville d'Amfterdam poffède environ quin-ze-mille Hébreux, quoiqu'elle puif-fe affurément faire fans eux le Com-merce. Les Juifs ne paraiffaient pas plus dangereux en Efpagne , & les taxes qu'on pouvait leur impofer, étaient des reffources affurées pour le Gouvernement. Il eft donc bien difficile de pouvoir attribuer à une fage politique la perfécution qu'ils effuïèrent.

L'Inquisition procéda contre eux, & contre les Musulmans. Nous avons déja observé combien de familles Mahométanes & Juives aimèrent mieux quitter l'Espagne, que de soutenir la rigueur de ce Tribunal, & combien *Ferdinand* & *Isabelle* perdirent de sujets. C'étaient certainement ceux de leur secte les moins à craindre, puisqu'ils préféraient la fuite à la révolte. Ce qui restait feignit d'être Chrêtien. Mais le grand Inquisiteur *Torquemada* fit regarder à la Reine *Isabelle* tous ces Chrétiens déguisés, comme des hommes dont il fallait confisquer les biens, & proscrire la vie.

Ce *Torquemada*, Dominicain, devenu Cardinal, donna au Tribunal de l'Inquisition Espagnole, cette forme juridique oposée à toutes les Loix humaines, laquelle s'est toujours conservée. Il fit en quatorze ans le procès à près de quatre-vingt mille hommes, & en fit bruler six mille avec l'apareil & la pompe des plus augustes fêtes. Tout ce qu'on nous raconte des peuples qui ont sacrifié des hommes à la Divinité, n'a-

N v

proche pas de ces exécutions accompagnées de cérémonies religieuses. Les Espagnols n'en conçurent pas d'abord aſſez d'horreur, parce que c'étaient leurs anciens ennemis, & des Juifs qu'on immolait. Mais bientôt eux-mêmes devinrent victimes. Car lorſque les dogmes de *Luther* éclatèrent, le peu de citoïens qui fut ſoupçonné de les admettre, fut immolé. La forme des procédures devint un moïen infaillible de perdre qui on voulait. On ne confronte point les accuſés aux délateurs, & il n'y a point de délateur qui ne ſoit écouté : Un criminel public & flétri par la Juſtice, un enfant, une courtiſane, ſont des accuſateurs graves : Le fils même peut dépoſer contre ſon pére, la femme contre ſon époux. Enfin l'accuſé eſt obligé d'être lui-même ſon propre délateur, de deviner & d'avouer le délit qu'on lui ſuppoſe, & que ſouvent il ignore. Cette procédure inouïe juſqu'alors fit trembler l'Eſpagne. La défiance s'empara de tous les eſprits ; il n'y eut plus d'amis, plus de ſociété. Le frére craignit ſon frére, le

pére son fils. C'est de là que le silen-
ce est devenu le caractère d'une Nation née avec toute la vivacité que
donne un climat chaud & fertile.
Les plus adroits s'empressérent d'ê-
tre les archers de l'Inquisition sous
le nom de ses familiers, aimant
mieux être satellites qu'exposés au
suplice.

Il faut encor attribuer à ce Tribunal cette profonde ignorance de la
saine Philosophie où l'Espagne de-
meure plongée, tandis que l'Allemagne, l'Angleterre, la France,
l'Italie même, ont découvert tant de
vérités, & ont élargi la sphére de
nos connaissances. Jamais la nature
humaine n'est si avilie que quand l'i-
gnorance est armée du pouvoir.

Mais ces tristes effets de l'Inquisition sont peu de chose en comparaison de ces sacrifices publics qu'on
nomme *Auto da Fé*, actes de foi,
& des horreurs qui les précèdent.

C'est un Prêtre en surplis, c'est
un Moine voué à l'humilité & à la
douceur, qui fait dans de vastes ca-
chots apliquer des hommes aux tor-
tures les plus cruelles. C'est ensuite

un théatre dreffé dans une place publique, où l'on conduit au bucher
tous les condamnés, à la fuite d'une
proceffion de Moines & de Confré-
ries. On chante, on dit la Meffe,
& on tue des hommes. Un Afiatique
qui arriverait à Madrid le jour d'u-
ne telle exécution, ne faurait fi c'eft
une réjouiffance, une fête religieu-
fe, un facrifice, ou une boucherie;
& c'eft tout cela enfemble. Les
Rois dont ailleurs la feule perfonne
fuffit pour donner grace à un criminel, affiftent nue tête à ce fpectacle,
fur un fiége moins élevé que celui
de l'Inquifiteur, & voïent expirer
leurs fujets dans les flammes. On
reprochait à *Montezuma* d'immoler
des captifs à fes Dieux, qu'aurait-il
dit s'il avait vu un *Auto da Fé*?

Ces exécutions font aujourd'hui
plus rares qu'autrefois. Mais la raifon qui perce avec tant de peine,
quand le fanatifme eft établi, n'a
pu les abolir encore.

L'Inquifition ne fut introduite dans
le Portugal que vers l'an 1557.
quand ce païs n'était point foumis
aux Efpagnols. Elle effuia d'abord

toutes les contradictions que fon feul nom devait produire : mais enfin elle s'établit ; & fa jurifprudence fut la même à Lisbonne qu'à Madrid. Le grand Inquifiteur eft nommé par le Roi & confirmé par le Pape. Les Tribunaux particuliers de cet Office qu'on nomme *Saint*, font foumis en Efpagne & en Portugal au Tribunal de la Capitale. L'Inquifition eut dans ces deux Etats la même févérité & la même attention à fignaler fon pouvoir.

En Efpagne après la mort de *Charle quint*, elle ofa faire le procès au Confeffeur de cet Empereur, *Conftantin Ponce*, qui mourut dans un cachot, & dont l'effigie fut brûlée après fa mort dans un *Auto da Fé*.

En Portugal *Jean de Bragance*, aïant arraché fon païs à la domination Efpagnole, voulut auffi le délivrer de l'Inquifition : mais il ne put réuffir qu'à priver les Inquifiteurs des confifcations. Ils le déclarerent excommunié après fa mort. Il fallut que la Reine fa veuve les engageât à donner au cadavre une abfolution auffi ridicule que honteufe. Par cette absolution on le déclarait coupable.

Quand les Espagnols s'établirent en Amérique, ils portèrent l'Inquisition avec eux. Les Portugais l'introduisirent aux Indes occidentales, immédiatement après qu'elle fut autorisée à Lisbonne.

On connait l'Inquisition de Goa. Si cette jurisdiction oprime ailleurs le droit naturel, elle est dans Goa contraire à la politique. Les Portugais ne sont dans l'Inde que pour y négocier. Le Commerce & l'Inquisition paraissent incompatibles. Si elle était reçue dans Londres & dans Amsterdam, ces villes ne seraient ni si peuplées ni si opulentes. En effet quand *Philippe II.* la voulut introduire dans les Provinces de Flandres, l'interruption du Commerce fut une des principales causes de la révolution. La France & l'Allemagne ont été heureusement préservées de ce fléau. Elles ont essuié des guerres horribles de Religion; mais enfin les guerres finissent, & l'Inquisition une fois établie est éternelle.

Il n'eſt pas étonnant qu'on ait impu-
té à un Tribunal ſi deteſté des excès
d'horreur & d'inſolence qu'il n'a
pas commis. On trouve dans beaucoup de livres, que ce *Conſtantin
Ponce* Confeſſeur de *Charles quint*,
condamné par l'Inquiſition, avait
été accuſé au St. Office d'avoir dic-
té le Teſtament de l'Empereur,
dans lequel il n'y avait pas aſſez de
legs pieux., & que le Confeſſeur &
le Teſtament furent condamnés l'un
& l'autre à être brulés; qu'enfin
tout ce que put *Philippe II.* fut d'obtenir que la Sentence ne s'exécutât
pas ſur le Teſtament de l'Empereur
ſon pére. Tout cela eſt manifeſte-
ment faux. *Conſtantin Ponce* n'était
plus depuis longtems Confeſſeur de
Charles quint quand il fut empriſonné;
& le Teſtament de ce Prince fut reſ-
peété par *Philippe II.* qui était trop
habile & trop puiſſant pour ſouffrir
qu'on déshonorât le commencement
de ſon régne & la gloire de ſon
pére.

On lit encor dans beaucoup d'ouvrages écrits contre l'Inquiſition,
que le Roi d'Eſpagne *Philippe III.*

affiftant à un *Auto da Fé*, & voïant
bruler plufieurs hommes, Juifs,
Mahométans, Hérétiques ou foup-
çonnés de l'être, s'écria : *Voilà des*
hommes bien malheureux de mourir par-
ce qu'ils n'ont pu changer d'opinion. Il
eft très-vraifemblable qu'un Roi ait
penfé ainfi, & que ces paroles lui
aïent échapé. Il eft feulement bien
cruel qu'il ne fauvât pas ceux qu'il
plaignoit. Mais on ajoute que le
grand Inquifiteur aïant recueilli ces
paroles, en fit un crime au Roi même ; qu'il eut l'impudence atroce
d'en demander une réparation ; que
le Roi eut la baffeffe d'en faire une,
& que cette réparation à l'honneur
du St. Office confifta à fe faire tirer du fang, que le grand Inquifiteur
fit bruler par la main du boureau.
Philippe III. fut un Prince borné,
mais non d'une imbécillité fi humiliante. Une telle avanture n'eft
croïable d'aucun Prince ; elle n'eft
raportée que dans des livres fans
aveu, dans le Tableau des Papes,
& dans ces faux Mémoires imprimés
en Hollande fous tant de faux noms.
Il faut être d'ailleurs bien mal adroit

pour calomnier l'Inquisition, & pour chercher dans le menſonge de quoi la rendre odieuſe.

Ce Tribunal inventé pour extirper les héréſies, eſt préciſément ce qui éloigne le plus les Proteſtans de l'Egliſe Romaine. Il eſt pour eux un objet d'horreur ; ils aimeraient mieux mourir que s'y ſoumettre ; & les chemiſes enſoufrées du St. Office, ſont l'étendart contre lequel ils ſont à jamais réunis.

Aïant ainſi parcouru tout ce qui eſt attaché à la Religion, & réſervant aux tems ſuivants les malheurs dont elle fut en France & en Allemagne la cauſe ou le prétexte, je viens au prodige des découvertes qui firent en ce tems la gloire & la richeſſe du Portugal & de (l'Eſpagne, qui embraſſérent l'Univers entier, & qui rendirent *Philippe II.* le plus puiſſant Monarque de l'Europe.

CHAPITRE CXIX.

DES DÉCOUVERTES

DES PORTUGAIS.

JUfqu'ici nous n'avons guéres vû que des hommes dont l'ambition fe difputait, ou troublait la terre connue. Une ambition qui femblait plus utile au monde, mais qui enfuite ne fut pas moins funefte, excita enfin l'induftrie humaine à chercher de nouvelles terres & de nouvelles mers.

On fait que la direction de l'aimant vers le Nord, fi longtems inconnue aux peuples les plus favants, fut trouvée dans le tems de l'ignorance, vers la fin du treiziéme fiécle. *Flavio Goïa*, citoïen d'Amalfi au Roïaume de Naples, inventa bientôt après la bouffole ; il marqua l'aiguille aimantée d'une fleur de lis, parce que cet ornement entrait dans les armoiries des Rois de Naples, qui étaient de la Maifon de France.

Cette invention resta longtems
sans usage ; & les vers que *Fauchet*
raporte pour prouver qu'on s'en
servait avant l'an 1300. font probablement du quatorziéme siécle.

On avait déja retrouvé les isles
Canaries sans le secours de la bous-
sole , vers le commencement du
quatorziéme siécle. Ces isles qui du
tems de *Ptolomée* & de *Pline* étaient
nommées *les isles fortunées* , furent
frequentées des Romains , maîtres
de l'Afrique Tingitane dont elles ne
sont pas éloignées. Mais la décadence de l'Empire Romain ayant
rompu toute communication entre
les Nations d'Occident , qui devinrent toutes étrangères l'une à l'autre , ces isles furent perdues pour
nous. Vers l'an 1300. des Biscaïens
les retrouvèrent. Le Prince d'Espagne *Louis de la Cerda* , fils de celui
qui perdit le Trône , ne pouvant
être Roi d'Espagne , demanda l'an
1306. au Pape *Clément V.* le titre de
Roi des isles fortunées ; & comme
les Papes voulaient donner alors les
Roïaumes réels & imaginaires ,
Clément VI. le couronna Roi de ces

ifles dans Avignon. *La Cerda* aima mieux refter dans la France fon azile, que d'aller dans les ifles fortunées.

Le premier ufage bien avéré de la bouffole fut fait par des Anglais fous le régne du Roi *Edouard III.* Le peu de fcience qui s'était confervé chez les hommes, était renfermé dans les Cloitres. Un Moine d'Oxfort nommé *Linna*, habile Aftronome pour fon tems, pénétra jufqu'à l'Iflande, & dreffa des cartes des Mers Septentrionales, dont on fe fervit depuis fous le régne de *Henri VI.*

Mais ce ne fut qu'au commencement du quinziéme fiécle que fe firent les grandes & utiles découvertes. Le Prince *Henri* de Portugal fils du Roi *Jean I.* qui les commença, rendit fon nom plus glorieux que celui de tous fes contemporains. Il était Philofophe, & il mit fa Philofophie à faire du bien au monde.

A cinq degrés en deçà de notre Tropique, eft un Promontoire qui s'avance dans la Mer Atlantique, & qui avait été jufques-là le terme

des navigations connuës : on l'a-
pellait le *Cap Non.* Ce monofillabe
marquait qu'on ne pouvait le paffer.

Le Prince *Henri* trouva des pilotes
affez hardis pour doubler ce Cap ,
& pour aller jufqu'à celui de Boyador , qui n'eft qu'à deux degrés du
Tropique ; mais ce nouveau Promontoire s'avançant l'efpace de fix-
vingt milles dans l'Océan , bordé
de tous côtés de rochers , de bancs
de fable & d'une mer orageufe ,
découragea les pilotes. Le Prince ,
que rien ne décourageait , en envoïa
d'autres. Ceux-ci ne purent paffer ;
mais en s'en retournant par la grande
mer ils retrouvérent l'ifle de Madère, 1419.
que fans doute les Cartaginois
avaient connue, & que l'exagération
avait fait prendre pour une ifle immenfe , laquelle par une autre
exagération a paffé dans l'efprit de
quelques modernes pour l'Amérique
même. On lui donna le nom de
Madère , parce qu'elle était couverte
de bois , & que *Madera* fignifie *bois* ,
d'où nous eft venu le mot de *Ma-
drier.* Le Prince *Henri* y fit planter
des vignes de Gréce , & des cannes

de fucre, qu'il tira de Sicile & de Chipre, où les Arabes les avaient aportées des Indes ; & ce font ces cannes de fucre qu'on a tranfplantées depuis dans les ifles de l'Amérique, qui en fourniffent aujourdhui l'Europe.

Le Prince *Don Henri* conferva Madère ; mais il fut obligé de céder aux Efpagnols les Canaries dont il s'était emparé. Les Efpagnols firent valoir le droit de *Louis de la Cerda*, & la Bulle de *Clément V*.

Le cap Boyador avait jetté une telle épouvante dans l'efprit de tous les pilotes, que pendant treize années aucun n'ofa tenter le paffage. Enfin la fermeté du Prince 1446. *Henri* infpira du courage. On paffa le Tropique ; on alla à près de quatre cent lieues par-delà jufqu'au Cap Verd. C'eft par fes foins que 1460. 1461. furent trouvées les ifles du Cap Verd, & les Açores. S'il eft vrai qu'on vit fur un rocher des Açores une ftatue repréfentant un homme à cheval, tenant la main gauche fur le cou du cheval, & montrant l'Occident de la main droite, on peut croire que ce monument était des anciens Cartaginois. L'infcription dont on ne peut connaître les caractéres, femble en être une preuve.

Prefque toutes les côtes d'Afrique qu'on avait découvertes, étaient fous la dépendance des Empereurs de Maroc, qui du détroit de Gibraltar jufqu'au fleuve du Sénégal étendaient leur domination & leur fecte à travers les déferts. Mais le païs était peu peuplé, & les habitans n'étaient guéres au-deffus des brutes. Lorfqu'on eut pénétré au delà du Sénégal, on fut furpris de voir que les hommes étaient entiérement noirs au midi de ce fleuve, tandis qu'ils étaient de couleur cendrée au Septentrion. Ces découvertes étaient jufqu'alors plus curieufes qu'utiles. Il fallait peupler les ifles; & le commerce des côtes Occidentales d'Afrique ne produifait pas de grands avantages. On trouva enfin de l'or fur les côtes de Guinée, mais en petite quantité, fous le Roi *Jean II*. C'eft de là qu'on donna depuis le nom de *Guinées* aux monnoies que les Anglais firent fra-

per avec l'or qu'ils trouvèrent dans
le même païs.

Les Portugais, qui feuls avaient la
gloire de reculer pour nous les bornes de la terre, paffèrent l'Equateur, & découvrirent le Roïaume de
Congo: alors on aperçut un nouveau
Ciel & de nouvelles étoiles.

Les Européans virent pour la
premiére fois le Pôle Auftral & les
quatre étoiles qui en font les plus
voifines. C'était une fingularité bien
furprenante, que le fameux *Dante*
eût parlé plus de cent ans auparavant de ces quatre étoiles. *Je me
tournai à main droite*, dit-il dans le
premier chant de fon Purgatoire,
*& je confiderai l'autre Pôle : j'y vis
quatre étoiles qui n'avaient jamais été
connues que dans le premier âge du
monde.* Cette prédiction femblait
bien plus pofitive que celle de *Sénéque le tragique*, qui dit dans fa
*Médée : qu'un jour l'Océan ne féparera
plus les Nations, qu'un nouveau Tiphis
découvrira un nouveau monde, & que
Thule ne fera plus la borne de la terre.*

Cette idée vague de *Sénéque* n'eft
qu'une efpérance probable fondée
   fur

fur les progrès qu'on pouvait faire dans la navigation ; & la prophétie du *Dante* n'a réellement aucun raport aux découvertes des Portugais & des Eſpagnols. Plus cette prophétie eſt claire , & moins elle eſt vraie. Ce n'eſt que par un hazard aſſez bizarre que le Pôle Auſtral & ces quatre étoiles ſe trouvent annoncées dans le *Dante*. Il ne parlait que dans un ſens figuré : ſon poëme n'eſt qu'une allégorie perpétuelle. Ce Pôle chez lui eſt le Paradis terreſtre ; ces quatre étoties , qui n'étaient connues que des premiers hommes , font les quatre vertus cardinales , qui ont diſparu avec les tems d'innocence. Si on aprofondiſſait ainſi la plupart des prédiétions dont tant de livres font pleins , on trouverait qu'on n'a jamais rien prédit , & que la connaiſſance de l'avenir n'apartient qu'à Dieu , & à ceux qu'il inſpire.

On ne ſavait pas auparavant ſi l'aiguille aimantée ſerait dirigée vers le Pôle Antarétique en aprochant de ce Pôle. La direétion fut conſtante vers le Nord. On pouſſa juſqu'à

la pointe de l'Afrique , où le Cap
des Tempêtes caufa plus d'effroi que
celui de Boyador ; mais il donna au
Roi l'efpérance de trouver au-delà
de ce Cap un chemin pour embraffer
par la navigation le tour de l'Afrique , & de trafiquer aux Indes : dès-
lors il futnommé le Cap de bonne Efpérance ; nom qui nefut point trom-
peur. Bientôt le Roi *Emanuël* héritier
des nobles deffeins de fes péres , envoïa , malgré les remontrances de
tout le Portugal, une petite flotte de
quatre vaiffeaux , fous la conduite
de *Wafco de Gama* , dont le nom eft
devenu immortel par cette expédition.

1497.   *Gama* doubla la pointe de l'Afrique , & remontant par ces mers inconnues vers l'Equateur , il n'avait
pas encore repaffé le Capricorne ,
qu'il trouva vers Sophala des peuples policés qui parlaient Arabe. De
la hauteur des Canaries jufqu'à Sophala , les hommes , les animaux ,
les plantes , tout avait paru d'une
efpèce nouvelle. La furprife fut extrême de retrouver des hommes qui
reffemblaient à ceux du Continent

connu. Le Mahométifme commençait à pénétrer parmi eux ; les Mufulmans en allant à l'Orient de l'A-
frique , & les Chrêtiens en remontant par l'Occident, fe rencontraient
à une extrémité de la terre.

Aïant enfin trouvé des pilotes Mahométans à quatorze degrés de latitude Méridionale , il aborda dans
les grandes Indes au Royaume de
Calicut, après avoir reconnu plus **1498.**
de quinze cent lieues de côtes.

Ce voyage de *Gama* fut ce qui
changea le commerce de l'ancien
monde. *Alexandre,* que des déclama-
teurs n'ont regardé que comme un
deftructeur , & qui cependant fonda plus de villes qu'il n'en détrui-
fit , homme fans doute digne du nom
de *grand* malgré fes vices , avait
deftiné fa ville d'Alexandrie à être
le centre du commerce & le lien des
Nations ; elle l'avait été en effet ,
& fous les *Ptolomées* , & fous les Romains, & fous les Arabes. Elle était
l'entrepôt de l'Egypte, de l'Europe
& des Indes. Venife au quinziéme
fiécle tirait prefque feule d'Alexandrie les denrées de l'Orient & du Mi-

di, & s'enrichiffait aux dépens du
refte de l'Europe, par cette induftrie, & par l'ignorance des autres
Chrêtiens. Sans le voïage de *Vafco
de Gama*, cette République devenait bientôt la puiffance prépondé-
rante de l'Europe ; mais le paffage
du Cap de bonne Efpérançe détour-
na la fource de fes richeffes.

Les Princes avaient jufques-là fait
la guerre pour ravir des terres ; on
la fit alors pour établir des comptoirs. Dès l'an 1500. on ne peut
avoir du poivre à Calicut qu'en ré-
pandant du fang.

Alphonfe d'Albuquerque & d'autres fameux Capitaines Portugais
en petit nombre, combatirent fuc-
ceffivement les Rois de Calicut,
d'Ormus, de Siam, & défirent la
flotte du Soudan d'Egypte. Les Vénitiens auffi intéreffés que l'Egypte
à traverfer les progrès du Portugal,
avaient propofé à ce Soudan de couper l'Iftme de Suez à leurs dépens,
& de creufer un canal qui joignît le
Nil à la Mer rouge. Ils euffent par
cette entreprife confervé l'empire
du commerce des Indes ; mais les

difficultés firent évanouïr ce grand projet, tandis que d'*Albuquerque* prenait la ville de Goa au deçà du Gange, Malaca dans la Cherfonéfe d'or, Aden à l'entrée de la Mer rouge fur les côtes de l'Arabie heureufe, & qu'enfin il s'emparait d'Ormus dans le Golfe de Perfe. 1510. 1511. 1513. 1514.

Bientôt les Portugais s'établirent fur toutes les côtes de l'ifle de Ceilan, qui produit la canelle la plus prétieufe, & les plus beaux rubis de l'Orient. Ils eurent des comptoirs à Bengale ; ils trafiquèrent jufqu'à Siam, & fondèrent la ville de Macao fur la frontiére de la Chine. L'Ethiopie Orientale, les côtes de la Mer rouge, furent fréquentées par leurs vaiffeaux. Les ifles Moluques, feul endroit de la terre où la nature a placé le gérofle, furent découvertes & conquifes par eux. Les négociations & les combats contribuèrent à ces nouveaux établiffements : il y fallut faire ce commerce nouveau à main armée.

Les Portugais en moins de cinquante ans ayant découvert cinq mille lieues de côtes, furent les

maîtres du commerce par l'Océan
Ethiopique, & par la Mer Atlantique. Ils eurent vers l'an 1540. des
établissements considérables depuis
les Moluques jusques au Golfe Per-
sique, dans une étendue de soixante
degrés de longitude. Tout ce que la
nature produit d'utile, de rare, d'a-
gréable, fut porté par eux en Europe, à bien moins de frais que Venise
ne pouvait le donner. La route du
du Tage au Gange devenait fréquen-
tée. Siam & le Portugal étaient alliés.

CHAPITRE CXX.

DU JAPON

ET DES INDES.

LEs Portugais établis en riches marchands & en Rois fur les côtes de l'Inde, & dans la prefqu'ifle du Gange, paffèrent enfin en 1538. dans lés ifles du Japon.

De tous les païs de l'Inde le Japon n'eft pas celui qui mérite le moins l'attention d'un Philofophe. Nous aurions dû connaître ce païs dès le treiziéme fiécle par la relation du célèbre *Marc Paul*. Ce Vénitien avait voïagé par terre à la Chine, & aïant fervi longtems fous un des enfans de *Gen is - Kan*, il eut les premiéres notions de ces ifles que nous nommons *Japon*, & qu'il apele *Zipangri*. Mais fes contemporains qui adoptaient les fables les plus groffiéres, ne crurent point les vérités que *Marc Paul* annonçait. Son manufcrit refta longtems ignoré : il

O iv

tomba enfin entre les mains de *Chrif-*
tophe Colomb, & ne fervit pas peu à
le confirmer dans fon efpérance de
trouver un monde nouveau qui pouvait rejoindre l'Orient & l'Ocident.
Colomb ne fe trompa que dans l'opinion que le Japon touchait à l'hémifphère qu'il découvrit.

Ce Roïaume borne notre Continent, comme nous le terminons du
côté oppofé. Je ne fai pourquoi on
a appellé les Japonois *nos Antipodes*
en morale ; il n'y a point de pareils
Antipodes parmi les peuples qui cultivent leur raifon. La Religion la
plus autorifée au Japon admet des
récompenfes & des peines après la
mort. Les principaux commandements, qu'ils apellent *divins*, font
précifément les nôtres. Le menfon-
ge, l'incontinence, le larcin, le
meurtre font également défendus ;
c'eft la loi naturelle réduite en pré-
ceptes pofitifs. Ils y ajoutent le précepte de la tempérance, qui défend
jufqu'aux liqueurs fortes de quelque
nature qu'elles foient, & ils éten-
dent la défenfe du meurtre jufqu'aux
animaux. *Saka*, qui leur donna cette

loi, vivait environ mille ans avant
notre Ere vulgaire. Ils ne différent
donc de nous en morale que dans
le précepte d'épargner les bêtes. S'ils
ont beaucoup de fables, c'eſt en
cela qu'ils reſſemblent à tous les
peuples, & à nous qui n'avons connu que des fables groſſiéres avant
le Chriſtianiſme. Si leurs uſages
ſont différents des nôtres, tous ceux
des Nations Orientales le ſont auſſi
depuis les Dardanelles juſqu'au fond
de la Corée.

Comme le fondement de la morale eſt le même chez toutes les
Nations, il y a auſſi des uſages de la
vie civile, qu'on trouve établis
dans toute la terre. On ſe viſite,
par exemple, au Japon le premier
jour de l'année, & on ſe fait des
préſents, commé dans notre Europe. Les parents & les amis ſe raſſem-
blent dans les jours de fête.

Ce qui eſt plus ſingulier, c'eſt que
leur Gouvernement a été pendant
deux-mille-quatre-cent ans entiérement ſemblable à celui du Calife
des Muſulmans, & de Rome moderne. Les Chefs de la Religion ont
O v

été chez les Japonois les Chefs de
l'Empire plus longtems qu'en aucune Nation du monde ; la fucceffion de leurs Pontifes Rois, remonte inconteftablement fix - cent - foixante ans avant notre Ere. Mais les
féculiers aïant peu à peu partagé le
Gouvernement , s'en emparèrent
entiérement vers la fin du feiziéme
fiécle , fans ofer pourtant détruire
la race & le nom des *Pontifes* dont
ils ont envahi tout le pouvoir.
L'Empereur Eccléfiaftique nommé
Dairi eft une idole toujours révé-
rée ; & le Général de la Couronne,
qui eft le véritable Empereur, tient
avec refpect le *Dairi* dans une prifon honorable. Ce que les Turcs
ont fait à Bagdat , ce que les Empereurs Allemands ont voulu faire à
Rome , les Taicofamas l'ont fait au
Japon.

La nature humaine dont le fonds
eft partout le même , a établi d'autres reffemblances entre ces peuples
& nous. Ils ont la fuperftition des
fortiléges que nous avons eue fi longtems. On retrouve chez eux les pé-
lerinages , les épreuves mêmes du

feu qui faisaient autrefois une partie
de notre jurisprudence ; enfin ils
placent leurs grands hommes dans
le Ciel, comme les Grecs & les
Romains. Leur Pontife a seul, comme celui de Rome moderne, (s'il
est permis de parler ainsi) le droit
de faire des Apothéoses, & de consacrer des Temples aux hommes
qu'il en juge dignes. Les Ecclésiastiques sont en tout distingués des
séculiers ; il y a entre ces deux Ordres un mépris réciproque. Ils ont
depuis très-longtems des Religieux,
des Hermites, des Instituts même,
qui ne sont pas fort éloignés de nos
Ordres guerriers ; car il y avait une
ancienne Société de Solitaires qui
faisaient vœu de combattre pour la
Religion.

Cependant malgré cet établisse-
ment, qui semble annoncer des
guerres civiles, comme l'Ordre
Teutonique de Prusse en a causé
en Europe, la liberté de conscience était établie dans ces païs, aussi-
bien que dans tout le reste de l'O-
rient. Le Japon était partagé en
plusieurs sectes, quoique sous un

O vj

Roi Pontife. Mais toutes les sectes
se réunissaient dans les mêmes principes de morale. Ceux qui croïaient
la Métempsycose, & ceux qui n'y
croïaient pas, s'abstenaient, &
s'abstiennent encor aujourd'hui, de
manger la chair des animaux qui
rendent service à l'homme. Toute
la nation se nourrit de ris & de lé-
gumes, de poisson & de fruits. So-
briété qui semble en eux une vertu
plus qu'une superstition.

La doctrine de *Confucius* a fait
beaucoup de progrès dans cet Empire. Comme elle se réduit toute à la
simple morale, elle a charmé tous
les esprits de ceux qui ne sont pas
attachés aux Bonzes, & c'est toujours la saine partie de la Nation.
On croit que le progrès de cette
Philosophie n'a pas peu contribué à
ruiner la puissance du *Dairi.* L'Empereur qui régnait en 1700. n'avait
pas d'autre religion.

Il semble qu'on abuse plus au Japon qu'à la Chine de cette doctrine
de *Confucius.* Les Philosophes Japonois regardent l'homicide de soi-
même comme une action vertueuse,

quand elle ne blesse pas la société.
Le naturel fier & violent de ces in-
sulaires met souvent cette théorie
en pratique, & rend le suicide beaucoup plus commun encor au Japon
qu'en Angleterre.

La liberté de conscience, comme
le remarque *Kœmpfer*, ce véridique
& savant voyageur, avait toujours
été accordée dans le Japon, ainsi
que dans presque tout le reste de
l'Asie. Plusieurs Religions étrangères s'étaient paisiblement introduites au Japon. DIEU permettait ainsi
que la voie fût ouverte à l'Evangile
dans toutes ces vastes contrées. Personne n'ignore qu'il fit des progrès
prodigieux sur la fin du seiziéme siécle
cle dans la moitié de cet Empire.
La célèbre ambassade de trois Princes Chrétiens Japonois au Pape *Gre-*
goire XIII. est peut-être l'hommage
le plus flatteur que le St. Siege ait
jamais reçu. Tout ce grand païs où
il faut aujourd'hui abjurer l'Evangile, & où les seuls Hollandais sont
reçus à condition de n'y faire aucun
acte de Religion, a été sur le point
d'être un Koïaume Chrétien, &

peut-être un Roïaume Portugais.
Nos Prêtres y étaient honorés plus
que parmi nous - mêmes; aujour-
d'hui leur tête y est à prix, & ce
prix même est confiderable; il est
environ de douze mille livres. L'in-
difcrétion d'un Prêtre Portugais,
qui ne voulut pas céder le pas à un
des premiers Officiers du Roi, fut
la premiére caufe de cette révolution. La feconde fut l'obftination de
quelques Jéfuites, qui foutinrent
trop leur droit, en ne voulant pas
rendre une maifon qu'un Seigneur
Japonois leur avait donnée, & que
le fils de ce Seigneur redemandait.
La troifiéme fut la crainte d'être fubjugué par les Chrêtiens; & c'eft ce
qui caufa une guerre civile. Nous
verrons comment le Chriftianifme
qui commença par des Miffions, finit par des batailles.

Tenons-nous-en à préfent à ce
que le Japon était alors, à cette antiquité dont ces Peuples fe vantent,
comme les Chinois, à cette fuite de
Rois Pontifes qui remonte à plus de
fix fiécles avant notre Ere. Remar-
quons furtout que c'eft le feul peu-

ple de l'Afie qui n'ait jamais été
vaincu. On compare les Japonois
aux Anglais, par cette fierté in-
fulaire qui leur eft commune, par
le fuicide qu'on croit fi fréquent
dans ces deux extrémités de notre
hémifphère. Mais les Ifles du Japon
n'ont jamais été fubjugées ; celles
de la Grande-Bretagne l'ont été plus
d'une fois. Les Japonais ne paraiffent pas être un mêlange de différents peuples, comme les Anglais
& prefque toutes nos Nations. Ils
femblent être aborigènes. Leurs
loix, leur culte, leurs mœurs, leur
langage ne tiennent rien de la Chine ; & la Chine de fon coté femble
originairement exifter par elle-même, & n'avoir que fort tard reçu
quelque chofe des autres peuples.
C'eft cette grande antiquité des peuples de l'Afie qui vous frape. Ces
peuples, excepté les Tartares, ne
fe font jamais répandus loin de leurs
limites ; & vous voyez une nation
faible, refferrée, peu nombreufe,
à peine comptée auparavant dans
l'Hiftoire du Monde, venir en très-
petit nombre du port de Lisbone dé-

couvrir tous ces païs immenfes, &
s'y établir avec fplendeur.

.Jamais commerce ne fut plus avantageux aux Portugais que celui du
Japon. Ils en rapportaient, à ce
que difent les Hollandais, trois-cent
tonnes d'or chaque année, & on fait
que cent mille florins font ce que
les Hollandais apellent une *tonne*.
C'était beaucoup exagérer. Mais il
parait par le foin qu'ont ces Répu-
blicains induftrieux & infatigables
de fe conferver le commerce du
Japon à l'exclufion des autres nations, qu'il produifait furtout dans
les commencements des avantages
immenfes. Ils y achetaient le meilleur thé de l'Afie, les plus belles
porcelaines, de l'ambre gris, du
cuivre d'une efpèce fupérieure au
nôtre, enfin l'argent & l'or objet
principal de toutes ces entreprifes.
Ce païs poffède, comme la Chine,
prefque tout ce que nous avons, &
prefque tout ce qui nous manque. Il
eft auffi peuplé que la Chine à proportion : la nation eft plus fière &
plus guerrière. Tous ces peuples
étaient autrefois bien fuperieurs à

nos peuples Occidentaux dans tous les Arts de l'efprit & de la main. Mais que nous avons regagné le tems perdu ! Les païs où le *Bramante* & *Michel Ange* ont bâti *St. Pierre* de Rome , où *Raphaël* a peint , où *New-ton* a calculé l'infini, où *Cinna* & *Athalie* ont été écrits , font devenus les premiers païs de la Terre. Les autres peuples ne font dans les beaux Arts que des barbares ou des en-fans , malgré leur antiquité , & mal-gré tout ce que la nature a fait pour eux.

Je ne vous parlerai pas ici du Roïaume de Siam , qui n'a été bien connu qu'au tems où *Louis XIV.* en reçut une Ambaffade & y envoïa des Miffionnaires & des troupes éga-lement inutiles. Je vous épargne les peuples de Tonquin , de Laos , de la Cochinchine , chez qui on ne pé-nétra que rarement, & longtems après l'époque des entreprifes Por-tugaifes, & où notre commerce ne s'eft jamais bien étendu.

Les potentats de l'Europe , & les négociants qui les enrichiffent, n'ont eu pour objet dans toutes ces dé-

couvertes que de nouveaux tréfors.
Les Philofophes y ont découvert un
nouvel Univers en morale & en
phyfique. La route facile & ouverte
de tous les ports de l'Europe jufqu'aux extrêmités des Indes, mit
notre curiofité à portée de voir par
fes propres yeux tout ce qu'elle
ignorait, ou qu'elle ne connoiffait
qu'imparfaitement par d'anciennes
relations infidéles. Quels objets
pour des hommes qui réfléchiffent,
de voir au-delà du fleuve Zaïre,
bordé d'une multitude innombrable
de Négres, les vaftes côtes de la
Cafrerie, où les hommes font de
couleur d'olive, & où ils fe cou-
pent un tefticule à l'honneur de la
divinité, tandis que les Ethiopiens
& tant d'autres peuples de l'Afrique
fe contentent d'offrir une partie de
leurs prépuces ! Enfuite fi vous re-
montez à Sophala, à Quiloa, à
Montbafa, à Mélinde, vous trou-
vez des noirs d'une efpèce différente
de ceux de la Nigritie, des blancs &
des bronzés, qui tous commercent
enfemble. Tous ces païs font couverts d'animaux, & de végétaux in-

connus dans nos climats.

Au milieu des terres de l'Afrique est une race peu nombreuse de petits hommes blancs comme de la neige, dont le visage a la forme du visage des Négres, & dont les yeux ronds ressemblent parfaitement à ceux des perdrix. Nous avons vu deux de ces animaux en France, & on en retrouve quelques-uns dans l'Asie Orientale.

Le vaste Presqu'Isle de l'Inde, qui s'avance des embouchures du Nil & du Gange jusqu'au milieu des Isles Maldives, est peuplée de vingt peuples différents, dont les mœurs & les Religions ne se ressemblent pas. Les naturels du païs sont d'une couleur de cuivre rouge. *Dampierre* trouva depuis dans l'Isle de Timor des hommes dont la couleur est de cuivre jaune; tant la nature se varie.

Dans la Presqu'ile de l'Inde deçà le Gange habitent des multitudes de Banians descendants des anciens Bracmanes, attachés à l'ancien dogme de la Métempsycose, & à celui des deux principes répandu dans toutes les Provinces des Indes, ne

mangeant rien de ce qui refpire,
auffi obftinés que les Juifs à ne s'al-
lier avec aucune nation, auffi anciens que ce peuple, & auffi occupés que lui du commerce.

C'eft furtout dans ces païs que
s'eft confervée la coûtume immé-
moriale qui encourage les femmes
à fe bruler fur le corps de leurs ma-
ris, dans l'efpérance de renaître.

Vers Surate, vers Cambaye, &
fur les frontiéres de la Perfe, étaient
répandus les Guébres, refte des anciens Perfans, qui fuivent la Religion de *Zoroaftre*, & qui ne fe mê-
lent pas plus avec les autres peuples
que les Banians & les Hébreux. On
vit dans l'Inde d'anciennes familles
Juives qu'on y crut établies depuis
leur premiére difperfion. On trouva
fur les côtes du Malabar des Chrêtiens Neftoriens, qu'on apelle mal-
à-propos *les Chrétiens de St. Thomas;*
ils ne favaient pas qu'il y eût une
Eglife de Rome : gouvernés autrefois par un Patriarche de Sirie, ils
reconnaiffaient encor ce fantôme de
Patriarche, qui réfidait, ou plutôt
qui fe cachait dans Moful, qu'on

prétend être l'ancienne Ninive. Cette faible Eglife Siriaque était comme enfevelie fous fes ruines par le pouvoir Mahométan, ainfi que celles d'Antioche, de Jérufalem, d'Alexandrie. Les Portugais aportaient la Religion Catholique Romaine dans ces climats : ils fondaient un Archevêché dans Goa, devenue Métropole en même tems que capitale. On voulut foumettre les Chrêtiens de Malabar au St. Siége ; on ne put jamais y réuffir. Ce qu'on fait fi aifément chez les Sauvages de l'Amérique, on l'a toujours tenté vainement dans toutes les Eglifes féparées de la Communion de Rome.

Lorfque d'Ormus on alla vers l'Arabie, on rencontra des difciples de *St. Jean* qui n'avaient jamais connu l'Evangile : ce font ceux qu'on nomme *les Sabéens.*

Quand on a pénétré enfuite par la Mer Orientale de l'Inde à la Chine, au Japon, & quand on vécu dans l'intérieur du païs ; les mœurs, la Religion, les ufages des Chinois, des Japonois, des Siamois, ont été mieux connus de nous que ne l'étaient auparavant ceux de nos contrées limitrophes dans nos siécles de barbarie.

C'est un objet digne de l'attention d'un Philosophe , que cette différence entre les usages de l'Orient & les nôtres, aussi grande qu'entre nos langages. Les peuples les plus policés de ces vastes contrées n'ont rien de notre police. Leurs Arts ne sont point les notres. Nourriture , vêtemens , maisons , jardins , loix , culte , bienséances , tout différe. Y a-t-il rien de plus opposé à nos coutumes que la manière dont les Banians trafiquent dans l'Indoustan ? Les marchés les plus considérables se concluent sans parler , sans écrire , tout se fait par signes. Comment tant d'usages Orientaux ne différeraient-ils pas des nôtres ? La nature n'est point la même dans leurs climats que dans nôtre Europe. On est nubile à sept ou huit ans dans l'Inde Méridionale. Les mariages contractés à cet âge y sont communs. Ces enfans qui deviennent péres, jouïssent de la mesure de raison que la nature leur accorde , dans un âge où la notre eſt à peine dévelopée.

Tous ces peuples ne nous reſſemblent que par les paſſions , &
par la raiſon univerſelle qui con-
trebalance les paſſions , & qui im-
prime cette Loi dans tous les cœurs ,
ne fais pas ce que tu ne voudrais pas
qu'on te fît. Ce ſont-là les deux caractères que la nature empreint
dans tant de races d'hommes différentes , & les deux liens éternels
dont elle les unit. Tout le reſte eſt
le fruit du ſol de la terre , & de la
coûtume. Là c'était la ville du Pégu ,
gardée par des crocodiles qui nagent
dans des foſſés pleins d'eau. Ici c'était
Java , où des femmes montaient la
garde au Palais du Roi.

À Siam la poſſeſſion d'un éléphant
blanc fait la gloire du Roïaume.
Point de bled au Malabar. Le pain ,
le vin ſont ignorés dans toutes les
Iſles. On voit dans une des Philippines un arbre dont le fruit reſ-
ſemble au pain le plus ſavoureux.
Dans les îles Marianes l'uſage du
feu était inconnu.

Il eſt vrai qu'il faut lire avec un
eſprit de doute , preſque toutes les

rélations qui nous viennent de ces
païs éloignés. On eft plus occupé
à nous envoïer des côtes du Malabar des marchandifes que des vérités. Un cas particulier eft fouvent
pris pour un ufage général. On nous
dit qu'à Cochin ce n'eft point le fils
du Roi qui eft fon héritier, mais le
fils de fa fœur. Un tel réglement
contredit trop la nature. Il n'y a point
d'homme qui veuille exclure fon fils
de fon héritage. Et fi ce Roi de
Cochin n'a point de fœur, à qui
apartiendra le Trône ? Il eft vraifemblable qu'un neveu habile l'aura
emporté fur un fils mal confeillé &
mal fecouru, & qu'un voïageur aura
pris cet accident pour une loi fondamentale. Cent Ecrivains auront
copié ce voïageur, & l'erreur fe fera
accréditée.

Des Auteurs qui ont vécu dans
l'Inde prétendent que perfonne ne
pofféde de bien en propre dans les
Etats du Grand Mogol : ce qui ferait
encor plus contre la nature. Les
mêmes Ecrivains nous affurent qu'ils
ont négocié avec des Indiens riches
de plufieurs millions. Ces deux af-
fertions

fertions femblent un peu fe contre-
dire. Il faut toujours fe fouvenir que
les Conquérants du Nord ont établi
l'ufage des Fiefs depuis la Lombardie
jufqu'à l'inde. Un Banian qui aurait
voïagé en Italie du tems d'*Aftolphe*
& d'*Albouin* , aurait-il eu raifon
d'affirmer que les Italiens ne poffédaient rien en propre ? On ne peut
trop combattre cette idée humiliante
pour le genre humain , qu'il y a
des païs où des millions d'hommes
travaillent fans ceffe pour un feul.

Nous ne devons pas moins nous
défier de ceux qui nous parlent de
Temples confacrés à la débauche.
Mettons-nous à la place d'un Indien
qui ferait témoin dans nos climats
de quelques fcénes fcandaleufes de
nos Moines ; il ne devrait pas affurer
que c'eft là leur inftitut & leur
régle.

Ce qui attirera furtout votre attention , c'eft de voir prefque tous ces
peuples imbus de l'opinion que
leurs Dieux font venus fouvent fur
la terre. *Vifnou* s'y métamorphofa
neuf fois dans la Prefqu'ifle du

Tome IV. P

Gange ; *Sammonocodom* le Dieu des
Siamois y prit cinq-cent-cinquante
fois la forme humaine. Cette idée
leur eſt commune avec les anciens
Egyptiens, les Grecs, les Romains.
Une erreur ſi téméraire , ſi ridicule ,
& ſi univerſelle vient pourtant d'un
ſentiment raiſonnable qui eſt au fond
de tous les cœurs. On ſent naturellement ſa dépendance d'un Etre
ſuprême ; & l'erreur ſe joignant
toujours à la vérité a fait regarder
les Dieux dans preſque toute la terre
comme des Seigneurs qui venaient
quelquefois viſiter & réformer leurs
Domaines. La Religion a été chez
tant de peuples comme l'Aſtrologie :
l'une & l'autre ont précédé les tems
hiſtoriques : l'une & l'autre ont été
un mêlange de vérité & d'impoſtu-
re. Les premiers obſervateurs du
cours véritable des Aſtres leur attri-
buèrent de fauſſes influences. Les
fondateurs des Religions étrangères , en reconnaiſſant la Divinité ,
ſouillèrent le culte par les ſuperſtitions.

De tant de Religions différentes,

il n'en eſt aucune qui n'ait pour but principal les expiations. L'homme a toujours ſenti qu'il avait beſoin de clémence. C'eſt l'origine de ces pénitences effrayantes auxquelles les Bonzes, les Bramins, les Faquirs ſe dévouent. Et ces tourments volontaires, qui ſemblent crier miſéricorde pour le genre-humain, ſont devenus un métier pour gagner ſa vie.

Je n'entrerai point dans le détail immenſe de leurs coûtumes ; mais il y en a une ſi étrange pour nos mœurs, qu'on ne peut s'empêcher d'en faire mention : c'eſt celle des Bramins, qui portent en proceſſion le *Phallum* des Egyptiens, le *Priape* des Romains. Nos idées de bienſéance nous portent à croire qu'une cérémonie qui nous paraiſſait ſi infame, n'a été inventée que par la débauche ; mais il n'eſt guères croïable que la dépravation des mœurs ait jamais chez aucun peuple établi des cérémonies religieuſes. Il eſt probable au contraire que cette coûtume fut d'abord introduite dans des tems de ſimplicité,

& qu'on ne pensa d'abord qu'à ho-
norer la Divinité dans le simbole
de la vie qu'elle nous a donnée. Une
telle cérémonie a dû ensuite inspirer la licence à la jeunesse, & paraître ridicule aux esprits sages,
dans des tems plus rafinés, plus cor-
rompus, & plus éclairés. Mais l'ancien usage a subsisté malgré les abus,
& il n'y a guères de peuple qui n'ait
conservé quelque cérémonie qu'on
ne peut ni aprouver, ni abolir.

Parmi tant d'opinions extravagan-
tes, & de superstitions bizarres,
croirions-nous que tous ces Payens
des Indes reconnaissent comme nous
un Etre infiniment parfait? qu'ils l'a-
pellent *l'Etre des Etres*, *l'Etre Sou-*
verain, *invisible*, *incompréhensible*,
sans figure, *Créateur*, *& Conserva-*
teur, *juste & miséricordieux*, *qui se*
plait à se communiquer aux hommes
pour les conduire au bonheur éternel?
Ces idées sont contenues dans le
Vedam, qui est le livre des anciens
Bracmanes. Elles sont répandues
dans les écrits modernes des Bramins.

Un savant Danois, Missionaire sur la côte de Tranquebar, cite plusieurs passages, plusieurs formules de priéres, qui semblent partir de la raison la plus droite, & de la sainteté la plus épurée. En voici une tirée d'un livre intitulé *Varabadu*. *O Souverain de tous les Etres, Seigneur du Ciel & de la terre, je ne vous contiens pas dans mon cœur. Devant qui déplorerai-je ma miſére, ſi vous m'abandonnez, vous à qui je dois mon ſoutien & ma conſervation ? Sans vous je ne ſaurais vivre. Appellez-moi, Seigneur, afin que j'aille vers vous.*

Cependant malgré une doctrine ſi ſage & ſi ſublime, les plus baſſes, & les plus folles ſuperſtitions prévalent. Cette contradiction n'eſt que trop dans la nature de l'homme. Les Grecs & les Romains avaient la même idée d'un Etre ſuprême, & ils y avaient joint tant de Divinités ſubalternes, le peuple avait honoré ces Divinités par tant de ſuperſtitions, & avait étouffé la vérité par tant de fables, qu'on ne pouvait plus diſtinguer ce qui était digne de

respect, & ce qui méritait le mépris.

Vous ne perdrez point un tems
précieux à rechercher toutes les
sectes qui partagent l'Inde. Les erreurs se subdivisent en trop de manières. Il est d'ailleurs vraisemblable que nos voïageurs ont pris
quelquefois des rites différents pour
des sectes opposées ; il est aisé de
s'y méprendre. Chaque Collége
de Prêtres dans l'ancienne Gréce ,
& dans l'ancienne Rome , avait
ses cérémonies , & ses sacrifices.
On ne vénérait point *Hercule* comme *Apollon* , ni *Junon* comme *Vé-
nus :* tous ces différents cultes apartenaient pourtant à la même Religion.

Nos peuples Occidentaux ont
fait éclater dans toutes ces découvertes une grande supériorité d'esprit & de courage sur les Nations
Orientales. Nous nous sommes établis chez elles , & très - souvent
malgré leur résistance. Nous avons
apris leurs langues ; nous leur avons
enseigné quelques-uns de nos Arts.

Mais la nature leur avait donné
fur nous un avantage qui balance
tous les nôtres ; c'eft qu'elles n'a-
vaient nul befoin de nous , & que
nous avions befoin d'elles.

CHAPITRE CXXI.

DE L'ETHIOPIE

OU

ABISSINIE.

AVant ce tems nos Nations Occidentales ne connaiſſaient de l'Ethiopie que le ſeul nom. Ce fut ſous le fameux *Jean II.* Roi de Portugal , que Don *Franciſco d'Alvares* pénétra dans ces vaſtes contrées qui ſont entre le Tropique & la ligne équinoxiale , & où il eſt difficile d'aborder par mer. On y trouva la Religion Chrêtienne établie , non pas telle qu'elle l'eſt parmi nous , mais telle qu'elle était pratiquée par les premiers Juifs qui l'embraſſèrent avant que les deux rites fuſſent entiérement ſéparés. Ce mêlange de Judaïſme & de Chriſtianiſme s'eſt toujours maintenu juſqu'à nos jours en Ethiopie. La Circonciſion & le Batême y ſont également pratiqués,

le Sabat & le Dimanche également
obfervés : le mariage eft permis aux
Prêtres, le divorce à tout le monde, & la polygamie y eft en ufage
ainfi que chez tous les Juifs de l'O-
rient.

Don *Francifco Alvares* fut le premier qui aprit la pofition des fources du Nil, & la caufe des inondations réguliéres de ce fleuve, deux
chofes inconnues à toute l'antiquité, & même aux Egyptiens.

La relation de cet *Alvares* fut très-
longtems au nombre des vérités peu
connues ; & depuis lui jufqu'à nos
jours on a vu trop d'Auteurs, échos
des erreurs accréditées de l'antiquité, répéter qu'il n'eft pas donné aux
hommes de connaître les fources du
Nil. On donna alors le nom de *Prêtre
Jean* au Negus ou Roi d'Ethiopie,
fans autre raifon de l'appeller ainfi,
que parce qu'il fe difait iffu de la race de *Salomon* par la Reine de Saba,
& parce que depuis les Croifades on
affurait qu'on devait trouver dans le
monde un Roi Chrêtien nommé le
Prêtre Jean. Le Negus n'était pourtant ni Chrêtien ni Prêtre.

P v

Tout le fruit des voïages en Ethiopie se réduisit à obtenir une Ambassade du Roi de ce païs au Pape *Clément VII*. Le païs était pauvre, avec des mines d'argent très-abondantes. Les habitans moins industrieux que les Amériquains, ne savaient ni mettre en œuvre ces trésors, ni tirer parti des trésors véritables que la terre fournit pour les besoins réels des hommes.

En effet on voit une lettre d'un *David* Negus d'Ethiopie, qui demande au Gouverneur Portugais dans les Indes, des ouvriers de toute espece : c'était bien là être véritablement pauvre. Les trois quarts de l'Afrique, de l'Amérique, & l'Asie Septentrionale, étaient dans la même indigence. Nous pensons, dans l'opulente oisiveté de nos villes, que tout l'Univers nous ressemble ; & nous ne songeons pas que les hommes ont vécu longtems comme le reste des animaux, aïant souvent à peine le couvert & la pâture, au milieu même des mines d'or & de diamant.

Ce Roïaume d'Ethiopie tant van-

té , était ſi faible , qu'un petit Roi
Mahométan , qui poſſédait un canton voiſin , le conquit preſque tout
entier au commencement du ſeiziéme ſiécle. Nous avons la fameuſe
lettre de *Jean Bermudes* au Roi de
Portugal Don *Sebaſtien* , par laquelle
nous pouvons nous convaincre que
les Ethiopiens ne ſont pas ce peuple
indomptable dont parle *Hérodote* , ou
qu'ils ont bien dégénéré. Ce Patriarche Latin envoïé avec quelques ſoldats Portugais , protégeait le jeune
Negus de l'Abiſſinie contre ce Roi
Maure qui avait envahi ſes Etats.
Et malheureuſement quand le grand
Negus fut rétabli, le Patriarche voulut toujours le protéger. Il était ſon
parrain , & ſe croïait ſon Maître en
qualité de pére & de Patriarche. Il
lui ordonna de rendre obéïſſance au
Pape, & lui dénonça qu'il l'excom-
muniait en cas de refus. *Alphonſe
d'Albuquerque* n'agiſſait pas avec
plus de hauteur avec les petits Princes de la preſqu'Iſle du Gange. Mais
enfin le filleul rétabli ſur ſon Trône
d'or, reſpecta peu ſon parrain, le
chaſſa de ſes Etats, & ne reconnut
point le Pape.   P vj

Ce *Bermudes* prétend que sur les frontiéres du païs de Damut, entre l'Abiſſinie & les païs voiſins de la ſource du Nil, il y a une petite contrée où les deux tiers de la terre ſont d'or. C'eſt-là ce que les Portugais cherchaient, & ce qu'ils n'ont point trouvé. C'eſt-là le principe de tous ces voïages : Les Patriarches n'ont été que le prétexte. Il eſt à croire que le ſein de l'Afrique renferme beaucoup de ce métal, qui a mis en mouvement l'Univers; le ſable d'or qui roule dans ſes rivières indique la mine dans les montagnes. Mais juſqu'à préſent cette mine a été inacceſſible aux recherches de la cupidité : & à force de faire des efforts en Amérique & en Aſie, on s'eſt moins trouvé en état de faire des tentatives dans le milieu de l'Afrique.

CHAPITRE CXXII.

DE COLOMBO,

ET

DE L'AMERIQUE:

C'Eſt à ces découvertes des Portugais dans l'Ancien Monde
que nous devons le Nouveau ; ſi
pourtant c'eſt une obligation que
cette conquête de l'Amérique, ſi
funeſte pour ſes habitans, & quelquefois pour les conquérants mêmes.

C'eſt ici le plus grand événement
ſans doute de notre Globe, dont
une moitié avait toujours été igno-
rée de l'autre. Tout ce qui a paru
grand juſqu'ici, ſemble diſparaître
devant cette eſpèce de création nouvelle. Nous prononçons encore
avec une admiration reſpectueuſe
les noms des Argonautes, qui firent
cent fois moins que les matelots de
Gama & d'*Albuquerque.* Que d'Au-

tels on eût érigé dans l'antiquité à un Grec qui eût découvert l'Amérique ! *Chriſtophe & Barthelemi Colombo* ne furent pas traités ainſi.

Colombo frappé des entrepriſes des Portugais, conçut qu'on pouvait faire quelque choſe de plus grand ; & par la ſeule inſpection d'une carte de notre Univers, jugea qu'il devait y en avoir un autre, & qu'on le trouverait en voguant toujours vers l'Occident. Son courage fut égal à la force de ſon eſprit, & d'autant plus grand qu'il eut à combattre les préjugés de tous ſes contemporains, & à ſoutenir les refus de tous les Princes. Gênes ſa patrie, qui le traita de viſionnaire, perdit la ſeule occaſion de s'agrandir qui pouvait s'offrir pour elle. *Henri VII.* Roi d'Angleterre, plus avide d'argent que capable d'en hazarder dans une ſi noble entrepriſe, n'écouta pas le frére de *Colombo* : lui-même fut refuſé en Portugal par *Jean II.* dont les vuës étaient entiérement tournées du côté de l'Afrique. Il ne pouvait s'adreſſer à la France, où la Marine étoit tou-

jours négligée , & les affaires autant
que jamais en confusion, fous la minorité de *Charles VIII.* L'Empereur
Maximilien n'avait ni ports pour une
flotte , ni argent pour l'équiper , ni
grandeur de courage pour un tel
projet. Venife eût pû s'en charger ;
mais foit que l'averfion des Génois
pour les Vénitiens ne permit pas à
Colombo de s'adreffer à la rivale de
fa patrie , foit que Venife ne conçût
de grandeur que dans fon commerce
d'Alexandrie & du Levant, *Colombo*
n'efpéra qu'en la Cour d'Efpagne.

Ferdinand Roi d'Arragon , & *Ifabelle* Reine de Caftille , réuniffaient
par leur mariage toute l'Efpagne , fi
vous en exceptez le Royaume de
Grenade, que les Mahométans con-
fervaient encor, mais que *Ferdinand*
leur enleva bientôt après. L'union
d'*Ifabelle* & de *Ferdinand* prépara la
grandeur de l'Efpagne : *Colombo* la
commença ; mais ce ne fut qu'après
huit ans de follicitations que la Cour
d'*Ifabelle* confentit au bien que le
citoïen de Gênes voulait lui faire.
Ce qui fait échouer les plus grands
projets, c'eft prefque toujours le dé-

faut d'argent. La Cour d'Espagne était pauvre. Il fallut que le Prieur *Perez*, & deux négociants nommés *Pinzono*, avançassent dix-sept-mille ducats pour les frais de l'armement.

23. Mars 1492. *Colombo* eut de la Cour une patente, & partit enfin du port de Palos en Andalousie avec trois petits vaisseaux.

Des Isles Canaries, où il mouilla, il ne mit que trente-trois jours pour découvrir la premiére Isle de l'Amerique ; & pendant ce court trajet il eut à soutenir plus de murmures de son équipage, qu'il n'avait essüié de refus des Princes de l'Europe. Cette Isle située environ à mille lieues des Canaries, fut nommée *San Salvador*. Aussi-tôt après il découvrit les autres Isles Lucayes, & Cuba, & Hispaniola nommée aujourd'hui *St. Domingue*. *Ferdinand* & *Isabelle* furent dans une singuliére surprise de le voir revenir au bout de neuf mois avec des Américains

15. Mars 1493. d'Hispaniola, des raretés du païs, & surtout de l'or qu'il leur présenta. Le Roi & la Reine le firent asseoir & couvrir comme un Grand d'Es-

pagne, le nommèrent Grand Amiral & Viceroi du Nouveau Monde. Il était regardé partout comme un homme unique envoyé du Ciel. C'était alors à qui s'intéresserait dans ses entreprises, à qui s'embarquerait sous ses ordres. Il repart avec une flotte de dix-sept vaisseaux. Il trouve encor de nouvelles Isles, comme les Caraïbes & la Jamaïque. Le doute s'était changé en admiration pour lui à son premier voyage, mais l'admiration se tourna en envie au second.

1493.

Il était Amiral, Viceroi, & pouvait ajouter à ces titres celui de bienfaiteur de *Ferdinand* & d'*Isabelle*. Cependant des Juges envoïés sur ses vaisseaux mêmes pour veiller sur sa conduite, le ramenèrent en Espagne. Le peuple qui entendit que *Colomb* arrivait, courut au-devant de lui, comme du Génie tutélaire de l'Espagne. On tira *Colomb* du vaisseau; il parut, mais avec les fers aux pieds & aux mains.

Ce traitement lui avait été fait par l'ordre de *Fonseca* Evêque de Burgos, intendant des armements.

L'ingratitude était auffi grande que
les fervices. *Ifabelle* en fut honteufe :
elle répara cet afront autant qu'elle
le put ; mais on retint *Colombo* quatre années, foit qu'on craignît qu'il
ne prît pour lui ce qu'il avait découvert, foit qu'on voulût feulement
avoir le tems de s'informer de fa
1598. conduite. Enfin on le renvoïa encor
dans fon nouveau Monde. Ce fut à
ce troifiéme voyage qu'il aperçut le
continent à dix dégrés de l'Equateur, & qu'il vit la côte où l'on a
bâti Cartagène.

Lorfque *Colombo* avait promis un
nouvel hémifphère, on lui avait foutenu que cet hémifphère ne pouvait exifter ; & quand il l'eut découvert, on prétendit qu'il avait été
connu depuis longtems. Je ne parle
pas ici d'un *Martin Behem* de Nuremberg, qui, dit on, alla de Nuremberg au détroit de Magellan en
1460. avec une patente d'une ducheffe de Bourgogne, qui ne régnant
pas alors ne pouvait donner des pa-
tentes. Je ne parle pas des préten-
dues cartes qu'on montre de ce *Martin Behem*, & des contradictions qui

décréditent cette fable. Mais enfin
ce *Martin Behem* n'avait pas peuplé
l'Amérique. On en faifait honneur
aux Cartaginois, & on citait un livre d'*Ariftote* qu'il n'a pas compofé.
Quelques-uns ont cru trouver de la
conformité entre des paroles Caraïbes, & des mots Hébreux, & n'ont
pas manqué de fuivre une fi belle
ouverture. D'autres ont fçu que les
enfans de *Noé* s'étant établis en Sibérie, paffèrent de là en Canada fur
la glace, & qu'enfuite leurs enfans
nés au Canada allèrent peupler le
Pérou. Les Chinois & les Japonois,
felon d'autres, envoïèrent des Colonies en Amérique, & y firent paffer des lions pour leur divertiffe-
ment, quoique ni le Japon ni la
Chine n'aient eu de lions. C'eft ainfi
que fouvent les favants ont raifon-
né fur ce que les hommes de génie
ont inventé. On demande qui a mis
des hommes en Amérique ? ne pour-
rait-on pas répondre que c'eft celui
qui y fait croître des arbres & de
l'herbe ?

La réponfe de *Colomb* à fes en-
vieux, eft célèbre. Ils difaient que

rien n'était plus facile que ces découvertes. Il leur propofa de faire
tenir un œuf de bout ; & aucun
n'ayant pu le faire, il caffa le bout
de l'œuf, & le fit tenir. Cela était
bien aifé, dirent les affiftans ; Que
ne vous en avifiez-vous donc ? répondit *Colomb*. Ce conte eft raporté
du *Brunellefchi*, qui réforma l'Architecture à Florence longtems avant
que *Colomb* exiftât. La plupart des
bons mots font des redites.

La cendre de *Colomb* ne s'intéref-
fe pas à la gloire qu'il eut pendant
fa vie d'avoir doublé pour nous les
Œuvres de la Création. Mais les
hommes aiment à rendre juftice aux
morts, foit qu'ils fe flattent de l'efpérance vaine qu'on la rendra mieux
aux vivants, foit qu'ils aiment naturellement la vérité. *Americo Vef-*
pucci, que nous nommons *Améric*
Vefpuce, négociant Florentin, jouit
de la gloire de donner fon nom à la
nouvelle moitié du Globe dans laquelle il ne poffédait pas un pouce
de terre : il prétendit avoir le premier découvert le continent. Quand
il ferait vrai qu'il eût fait cette dé-

couverte, la gloire n'en ferait pas
à lui ; elle apartient incontestable-
ment à celui qui eut le génie & le
courage d'entreprendre le premier
voyage. La gloire, comme dit *New-
ton* dans sa dispute avec *Leibnitz*,
n'est dûe qu'à l'inventeur : ceux qui
viennent après ne font que des difciples. *Colomb* avait déja fait trois
voyages en qualité d'Amiral & de
Viceroi, cinq ans avant qu'*Améric
Vespuce* en eût fait un en qualité de
Géographe, sous le commandement
de l'Amiral *Ojeda :* mais ayant écrit
à ses amis de Florence qu'il avait
découvert le Nouveau Monde, on
le crut sur sa parole ; & les citoyens
de Florence ordonnèrent que tous
les ans aux fêtes de la Toussaints on
fit pendant trois jours devant sa
maison une illumination solemnelle.
Cet homme ne meritait certainement aucuns honneurs, pour s'être
trouvé en 1498. dans une escadre
qui rangea les côtes du Bresil, lorfque *Colomb* cinq ans auparavant
avait montré le chemin au reste du
Monde.

Il vient de paraître depuis peu à

Florence une vie de cet *Améric*
Vespuce, dans laquelle il ne parait
pas qu'on ait respecté la vérité , ni
qu'on ait raisonné conséquemment.
On s'y plaint de plusieurs Auteurs
Français , qui ont rendu justice à
Colomb. Ce n'était pas aux Français
qu'il fallait s'en prendre , mais aux
Espagnols , qui les premiers ont
rendu cette justice. L'auteur de la
vie de *Vespuce* dit , qu'il veut *con-*
fondre la vanité de la Nation Française,
qui a toujours combattu avec impunité
la gloire & la fortune de l'Italie. Quelle
vanité y a-t-il à dire que ce fut un
Génois qui découvrit l'Amérique ?
Quelle injure fait-on à la gloire de
de l'Italie , en avouant que c'est
un Italien né à Génes à qui l'on
doit le Nouveau Monde ? Je remarque exprès ce défaut d'équité ,
de politesse , & de bon sens, dont
il n'y a que trop d'exemples ; & je
dois dire que les bons Ecrivains
Français sont en général ceux qui
sont le moins tombés dans ce dé-
faut intolérable. Une des raisons
qui les font lire dans toute l'Europe ,
c'est qu'ils rendent justice à toutes
les Nations.

Les habitans des Ifles , & de ce
Continent, étaient une efpèce d'hommes nouvelle : aucun n'avait de
barbe. Ils furent auffi étonnés du
vifage des Efpagnols, que des vaiffeaux & de l'artillerie ; ils regar-
dérent d'abord ces nouveaux hôtes
comme des monftres, ou des Dieux,
qui venaient du Ciel ou de l'Océan.
Nous aprenions alors, par les voïages
des Portugais , le peu qu'eft notre
Europe , & quelle variété régne
fur la terre. On avait vû qu'il y
avait dans l'Indouftan des races
d'hommes jaunes. Les noirs dif-
tingués encor en plufieurs efpèces,
fe trouvaient en Afrique & en Afie
affez loin de l'Equateur ; & quand
on eut depuis percé en Amérique
jufques fous la ligne , on vit que
la race y eft affez blanche. Les naturels du Bréfil font de couleur
de bronze. Les Chinois paraiffent
encor une efpèce entiérement différente par la conformation de leur
nés & de leurs yeux. Mais ce qui
eft plus à remarquer , c'eft que
dans quelques régions que ces races
foient tranfplantées , elles ne chan-

gent point, quand elles ne fe mê-
lent pas aux naturels du païs. La
membrane muqueufe des Négres reconnuë noire, & qui eft la caufe
de leur couleur, eft une preuve
manifefte qu'il y a dans chaque
efpèce d'hommes, comme dans les
plantes, un principe qui les diffé-
rentie.

La nature a fubordonné à ce principe ces différents degrés de génie,
& ces caractères des Nations qu'on
voit fi rarement changer. C'eft par-
là que les Négres font les efclaves
des autres hommes. On les achète
fur les côtes d'Afrique comme des
bêtes de fomme ; & les multitudes
de ces Noirs tranfplantés dans nos
Colonies d'Amérique, fervent un
très-petit nombre d'Européans. L'expérience a encor apris quelle fupériorité ces Européans ont fur les
Américains, qui aifément vaincus
partout, n'ont jamais ofé tenter une
révolution, quoiqu'ils fuffent plus
de mille contre un.

Cette partie de l'Amérique était
encor remarquable, par des animaux & des végétaux, que les
trois

trois autres parties du Monde n'ont pas, & par le besoin de ce que nous avons. Les chevaux, le bled de toute espèce, le fer, étaient les principales productions qui manquaient dans le Méxique & dans le Pérou. Parmi les denrées ignorées dans l'Ancien Monde, la cochenille fut une des premiéres & des plus précieuses qui nous furent aportées : elle fit oublier la graine d'*écarlate*, qui servait de tems immémorial aux belles teintures rouges.

Au transport de la cochenille on joignit bien-tôt celui de l'indigo, du cacao, de la vanille, des bois qui servent à l'ornement, ou qui entrent dans la médecine ; enfin du quinquina, seul spécifique contre les fiévres intermittentes, placé par la nature dans les montagnes du Pérou, tandis qu'elle a mis la fiévre dans le reste du monde. Ce nouveau Continent posséde aussi des perles, des pierres de couleur, des diamants.

Il est certain que l'Amérique procure aujourd'hui aux moindres citoyens de l'Europe des commodités

& des plaifirs. Les mines d'or &
d'argent n'ont été utiles d'abord
qu'aux Rois d'Efpagne & aux négociants. Le refte du Monde en
fut apauvri; car le grand nombre
qui ne fait point le négoce , s'eft
trouvé d'abord en poffeffion de peu
d'efpèces, en comparaifon des fom-
mes immenfes qui entraient dans
les tréfors de ceux qui profitèrent
des premiéres découvertes. Mais
peu à peu cette affluence d'argent
& d'or dont l'Amérique a inondé
l'Europe, a paffé dans plus de mains,
& s'eft plus également diftribuée.
Le prix des denrées a hauffé dans
toute l'Europe à peu près dans la
même proportion.

Pour comprendre , par exemple,
comment les tréfors de l'Amérique
ont paffé des mains Efpagnoles dans
celles des autres Nations , il fuffira
de confidérer ici deux chofes ; l'u-
fage que *Charlequint* & *Philippe II.*
firent de leur argent ; & la manière
dont les autres peuples entrent en
partage des mines du Pérou.

Charlequint , Empereur d'Allemagne , toujours en voïage & tou-

jours en guerre, fit néceffairement paffer beaucoup d'efpèces en Allemagne & en Italie, qu'il reçut du Méxique & du Pérou. Lorfqu'il envoïa fon fils *Philippe* à Londres époufer la Reine *Marie* & prendre le titre de Roi d'Angleterre , ce Prince remit à la Tour vingt-fept grandes caiffes d'argent en barre, & la charge de cent chevaux en argent & en or monnoïé. Les troubles de Flandre & les intrigues de la Ligue en France, coûtérent à ce même *Philippe II.* de fon propre aveu, plus de trois mille millions de livres de notre monnoie.

Quant à la maniére dont l'or & l'argent du Pérou parviennent à tous les Peuples de l'Europe , & de là vont en partie aux grandes Indes , c'eft une chofe connue , mais étonnante. Une loi févere établie par *Ferdinand* & *Ifabelle*, confirmée par *Charlequint* & par tous les Rois d'Efpagne , défend aux autres Nations , non feulement l'entrée des Ports de l'Amérique Efpagnole , mais la part la plus indirecte dans ce commerce. Il femblait que cette loi dût donner à l'Espagne de quoi subjuguer l'Europe. Cependant l'Espagne ne subsiste que de la violation perpétuelle de cette loi même. Elle peut à peine fournir quatre millions en denrées qu'on transporte en Amérique ; & le reste de l'Europe fournit quelquefois pour cinquante millions de marchandises. Ce prodigieux commerce de Nations amies ou ennemies de l'Espagne, se fait sous le nom des Espagnols mêmes, toujours fidéles aux particuliers, & toujours trompant le Roi qui a un besoin extrême de l'être. Nulle reconnaissance n'est donnée par les marchands Espagnols aux marchands étrangers. La bonne foi, sans laquelle il n'y aurait jamais eu de commerce, fait la seule sûreté.

La maniére dont on donna long-tems aux étrangers l'or & l'argent que les Galions ont raporté d'Amérique, fut encor plus singuliére. L'Espagnol qui est à Cadiz facteur de l'étranger, confiait les lingots reçus à des braves qu'on appellait *Metéores*. Ceux-ci armés de pistolets

de ceinture , & d'épées , allaient
porter les lingots numerotés au
rempart , & les jettaient à d'autres
Metéores, qui les portaient aux chaloupes , auxquelles elles étaient des-
tinées. Les chaloupes les remettaient
aux vaisseaux en rade. Ces *Metéores*,
ces facteurs , les commis , les gardes,
qui ne les troublaient jamais , tous
avaient leur droit , & le négociant
étranger n'était jamais trompé. Le
Roi aiant reçu son indult sur ces
trésors à l'arrivée des Galions , y
gagnait lui-même. Il n'y avait pro-
prement que la loi de trompée ,
loi qui n'est utile qu'autant qu'on
y contrevient , & qui n'est pourtant
pas encor abrogée , parce que les
anciens préjugés sont toujours ce
qu'il y a de plus fort chez les
hommes.

Le plus grand exemple de la violation de cette loi , & de la fidélité
des Espagnols , s'est fait voir en
1684. La guerre était déclarée entre
la France & l'Espagne. Le Roi Catholique voulut se saisir des effets
des Français. On employa en vain

les Edits & les monitoires, les recherches & les excommunications ; aucun Commiſſaire Eſpagnol ne trahit ſon correſpondant Français. Cette fidélité ſi honorable à la Nation Eſpagnole prouva bien que les hommes n'obéiſſent de bon gré qu'aux loix qu'ils ſe ſont faites pour le bien de la Société ; & que les loix qui ne ſont que la volonté du Souverain , trouvent toujours tous les cœurs rebelles.

Si la découverte de l'Amérique fit d'abord beaucoup de bien aux Eſpagnols , elle fit auſſi de très-grands maux. L'un a été de dépeupler l'Eſpagne , par le nombre néceſſaire de ſes colonies ; l'autre d'infeƈter l'Univers d'une maladie qui n'était connue que dans quelques parties de cet autre Monde , & ſurtout dans l'iſle Hiſpaniola. Pluſieurs compagnons de *Chriſtophe Colomb* en revinrent attaqués , & portèrent dans l'Europe cette contagion. Il eſt certain que ce venin qui empoiſonne les ſources de la vie était propre de l'Amérique , comme la peſte & la petite verole ſont des maladies originaires de la Numidie Méridionale. Il ne faut pas croire même que la chair humaine dont quelques Sauvages Américains se nourissaient, ait été la source de cette corruption. Il n'y avait point d'Antropofages dans l'isle Hispaniola, où ce mal était inveteré. Il n'est pas non plus la suite de l'excès dans les plaisirs : ces excès n'avaient jamais été punis ainsi par la Nature dans l'Ancien Monde ; & aujourd'hui après un moment passé & oublié depuis des années, la plus chaste union peut être suivie du plus cruel & du plus honteux des fléaux dont le genre humain soit affligé.

Pour voir maintenant comment cette moitié du Globe devint la proie des Princes Chrétiens, il faut suivre d'abord les Espagnols dans leurs découvertes & dans leurs conquêtes.

Le grand *Colombo* après avoir bâti quelques habitations dans les Isles & reconnu le Continent, avait repassé en Espagne, où il jouissait d'une gloire qui n'était point souillée de rapines & de cruautés : il mou-

rut en 1506. à Valladolid. Mais les
Gouverneurs de Cuba , & d'Hifpa-
niola , qui lui fuccedèrent , perfua-
dés que ces Provinces fourniffaient
de l'or , en voulurent avoir au prix
du fang des habitans. Enfin foit qu'ils
cruffent la haine de ces Infulaires
implacable , foit qu'ils craigniffent
leur grand nombre , foit que la fureur du carnage ayant une fois commencé ne connût plus de bornes , ils
dépeuplèrent en peu d'années Hif-
paniola qui contenait trois millions
d'habitans , & Cuba qui en avait
plus de fix cent mille. *Barthelemi de
las Cafas* , Evêque de Chiapa , témoin de ces deftructions , raporte
qu'on allait à la chaffe aux hommes
avec des chiens. Ces malheureux
Sauvages prefque nuds & fans armes étaient pourfuivis comme des
daims dans le fort des forêts , dé-
vorés par des dogues , & tués à
coups de fufil , ou furpris & brulés
dans leurs habitations.

Ce témoin oculaire dépofe à la
poftérité , que fouvent on faifait
fommer , par un Dominicain & par
un Cordelier , ces malheureux de

se soumettre à la Religion Chrêtienne & au Roi d'Espagne ; & après
cette formalité, qui n'était qu'une
injustice de plus, on les égorgeait
sans remors. Je crois le récit de *las
Casas* exagéré en plus d'un endroit;
mais supposé qu'il en dise dix fois
trop, il reste de quoi être saisi d'horreur.

On est encor surpris que cette
extinction totale d'une race d'hommes dans Hispaniola soit arrivée sous
les yeux & sous le gouvernement de
plusieurs Religieux de *St. Jerome*:
car le Cardinal *Ximenès*, Maître de
la Castille avant *Charlequint*, avait
envoyé quatre de ces Moines en
qualité de Présidents du Conseil
Roïal de l'Isle. Ils ne purent sans
doute résister au torrent ; & la haine des naturels du païs devenue
avec raison inplacable, rendit leur
perte malheureusement nécessaire.

CHAPITRE CXXIII.

DE FERNAND CORTEZ.

1519. CE fut de l'Iſle de Cuba que partit *Fernand Cortez* pour de nouvelles expéditions dans le continent. Ce ſimple Lieutenant du Gouverneur d'une Iſle nouvellement découverte , ſuivi de moins de ſix-cent hommes , n'aïant que dix-huit chevaux & quelques piéces de campagne , va ſubjuguer le plus puiſſant état de l'Amérique. D'abord il eſt aſſez heureux pour trouver un Eſpagnol , qui aïant été neuf ans priſonnier à Jucatan ſur le chemin du Mexique , lui ſert d'interprétre. Une Américaine , qu'il nomme *Dona Marina* , devient à la fois ſa maîtreſſe & ſon Conſeil , & aprend bientôt aſſez d'Eſpagnol pour être auſſi une interpréte utile. Pour comble de bonheur , on trouve un volcan plein de ſouphre & de ſalpêtre , qui ſert à renouveller dans le beſoin la poudre con-

fommée dans les combats. Il avance
le long du Golfe du Mexique ,
tantôt careffant les naturels du païs ,
tantôt faifant la guerre. Il trouve
des villes policées où les Arts font
en honneur. La puiffante République de Tlafcala , qui fleuriffait fous
un Gouvernement Ariftocratique ,
s'oppofe à fon paffage : mais la vue
des chevaux , & le bruit feul du
canon , mettaient en fuite ces multitudes mal armées : il fait une paix
auffi avantageufe qu'il le veut.
Six mille de fes nouveaux Alliés
de Tlafcala l'accompagnent dans
fon voïage du Mexique. Il entre
dans cet Empire fans réfiftance ,
malgré les défenfes du Souverain.
Ce Souverain commandait cependant à trente vaffeaux , dont chacun pouvait paraitre à la tête de
cent mille hommes armés de fléches
& de ces pierres tranchantes qui
leur tenaient lieu de fer.

La ville de Mexique bâtie au milieu d'un grand Lac , était le plus
beau monument de l'induftrie Américaine. Des chauffées immenfes tra-
verfaient le Lac tout couvert de

petites barques faites de troncs'
d'arbre. On voïait dans la ville des'
maifons fpacieufes & commodes
conftruites de pierre, des places,
des marchés, des boutiques qui bril-
laient d'ouvrages d'or & d'argent
cifelés & fculptés, de vaiffelle de
terre verniffée, d'étoffes de coton,
& de tiffus de plumes qui formaient
des deffeins éclatans par les plus'
vives nuances. Auprès du grand
marché était un Palais où on rendait
fommairement la Juftice aux Marchands, comme dans la Jurifdiction
des Confuls de Paris, qui n'eft établie'
qu'après la deftruction de l'Empire
du Mexique fous le Roi *Charles IX.*
Plufieurs Palais de l'Empereur *Motezuma* augmentaient la fomptuofité
de la ville. Un d'eux s'élevait fur
des colonnes de jafpe, & était deftiné à renfermer des curiofités qui ne
fervaient qu'aux plaifirs. Un autre
était rempli d'armes offenfives &
défenfives garnies d'or & de pierreries. Un autre était entouré de
grands jardins où l'on ne cultivait
que des plantes médecinales ; Des
Intendants les diftribuaient gratui-

tement aux malades. On rendait compte au Roi du fuccès de leurs ufages, & les Médecins en tenaient regiftre à leur manière fans avoir l'ufage de l'écriture. Les autres efpèces de magnificence ne marquent que le progrès des Arts, celle-là marque le progrés de la morale.

S'il n'était pas de la nature humaine de réunir le meilleur & le pire, on ne comprendrait pas comment cette morale s'accordait avec les facrifices humains dont le fang regorgeait à Mexico devant l'idole *Viſiliputsli*, qui était regardé comme le DIEU des armées. Les Ambaffadeurs de *Moteʒuma* dirent à *Cortez*, à ce qu'on prétend, que leur Maître avait facrifié dans fes guerres près de vingt mille ennemis chaque année dans le grand Temple de Mexico. C'eft une très grande exagération; on fent qu'on a voulu colorer par-là les injuſtices du vainqueur de *Moteʒuma* : mais enfin quand les Efpagnols entrèrent dans ce Temple, ils trouvèrent, parmi fes ornements, des cranes d'hommes fufpendus comme des trophées.

C'eft ainfi que l'antiquité nous peint le Temple de Diane dans la Cher-fonéfe Taurique. Il n'y a guères de peuples dont la Religion n'ait été inhumaine & fanglante ; les Gaulois, les Carthaginois, les Siriens immolèrent des hommes. La loi des Juifs fembiait permettre ces facrifices ; il eft dit dans le Lévitique ; *Si une ame vivante a été promife à* DIEU , *on ne poura la racheter* , *il faut qu'elle meure.* Les livres des Juifs rapportent que quand ils envahirent le petit païs des Cananéens, ils maffacrèrent dans plufieurs villages , les hommes , les femmes , les enfans , & les animaux domeftiques , parce qu'ils avaient été dévoués. C'eft fur cette loi que furent fondés les ferments de *Jephté* qui facrifia fa fille , & de *Saül* qui fans les cris de l'armée eût immolé fon fils. C'eft elle encor qui autorifait *Samuel* à égorger le Roi *Agag* prifonnier de *Saül,* & à le couper en morceaux ; exécution auffi horrible & auffi dégoutante que tout ce qu'on peut voir de plus affreux chez les Sauvages ; & qui ferait un crime énorme , fi DIEU même , l'arbitre de la vie & de la mort , à qui on ne peut demander compte , ne l'eût ainſi ordonné dans les profondeurs impénétrables de ſa Juſtice. D'ailleurs il parait que chez les Mexicains on n'immolait que les ennemis. Ils n'étaient point antropofages , comme un très-petit nombre de peuplades Américaines.

Leur police en tout le reſte était humaine & ſage. L'éducation de la jeuneſſe formait un des plus grands objets du Gouvernement. Il y avait des écoles publiques établies pour l'un & l'autre ſexe. Nous admirons encor les anciens Egyptiens , d'avoir connu que l'année eſt d'environ trois cent ſoixante & cinq jours. Les Mexicains avaient pouſſé juſques-là leur Aſtronomie.

La guerre était chez eux réduite en art ; c'eſt ce qui leur avait donné tant de ſupériorité ſur leurs voiſins. Un grand ordre dans les finances maintenait la grandeur de cet Empire , regardé par ſes voiſins avec crainte & avec envie.

Mais ces animaux guerriers , ſur qui les principaux Eſpagnols étaient

montés, ce tonnerre artificiel qui fe
formait dans leurs mains, ces cha-
teaux de bois qui les avaient appor-
tés fur l'Océan, ce fer dont ils étaient
couverts, leurs marches comptées
par des victoires, tant de fujets d'admiration joints à cette faibleffe qui
porte les peuples à admirer, tout
cela fit que quand *Cortez* arriva dans
la ville de Mexico, il fut reçu par
Motezuma comme fon maître, & par
les habitans comme leur Dieu. On
fe mettait à genoux dans les rues,
quand un valet Efpagnol paffait.

Ceux qui ont fait les relations de
ces étranges événements, les ont
voulu relever par des miracles, qui
ne fervent en effet qu'à les rabaif-
fer. Le vrai miracle fut la conduite
de *Cortez*. Peu à peu la Cour de *Motezuma* s'aprivoifant avec leurs hôtes, ofa les traiter comme des hommes. Une partie des Efpagnols était
à la Vera Cruz fur le chemin du
Mexique. Un Général de l'Empereur, qui avait des ordres fecrets,
les attaqua, & quoique fes troupes
fuffent vaincues, il y eut trois ou
quatre Efpagnols de tués. La tête

d'un d'eux fut même portée à *Motezuma*. Alors *Cortez* fit ce qui s'eſt jamais fait de plus hardi en politique. Il va au Palais ſuivi de cinquante Eſpagnols , & accompagné de la *Dona Marina* , qui lui ſert toujours d'interpréte ; alors mettant en uſage la perſuaſion & la menace , il emmène l'Empereur priſonnier au quartier Eſpagnol , le force à lui livrer ceux qui ont attaqué les ſiens à la Vera Cruz , & fait mettre les fers aux pieds & aux mains de l'Empereur même , comme un Général qui punit un ſimple ſoldat ; enſuite il l'engage à ſe reconnaître publiquement vaſſal de *Charlequint*.

Motezuma & les principaux de l'Empire donnent pour tribut attaché à leur hommage ſix cent mille marcs d'or pur , avec une incroïable quantité de pierreries , & d'ouvrages d'or , & de tout ce que l'induſtrie de pluſieurs ſiécles avait fabriqué de plus rare. *Cortez* en mit à part le cinquiéme pour ſon Maître , prit un cinquiéme pour lui , & diſtribua le reſte à ſes ſoldats.

On peut compter parmi les plus

grands prodiges , que les conquérants de ce nouveau monde fe dé-
chirant eux-mêmes , les conquêtes
n'en fouffrirent pas. amais le vrai
ne fut moins vraifemblable. Tandis
que *Cortez* était prêt de fubjuguer
l'Empire du Mexique avec cinq cent
hommes qui lui reftaient , le Gouverneur de Cuba , *Velafquez* , plus
offenfé de la gloire de *Cortez* fon
Lîeutenant que de fon peu de foumiffion , envoïe prefque toutes fes
troupes , qui confiftaient en huit cent
fantaffins , quatre vingt cavaliers
bien montés , & deux petites piéces de canon , pour réduire *Cortez* ,
le prendre prifonnier , & pourfui-
vre le cours de fes victoires. *Cortez*
aïant d'un côté mille Efpagnols à
combattre , & le continent à retenir dans la foumiffion , laiffa quatre-
vingt hommes pour lui répondre de
tout le Mexique , & marcha fuivi
du-refte contre fes compatriotes. Il
en défait une partie , il gagne l'autre. Enfin cette armée qui venait
pour le détruire , fe range fous fes
drapeaux , & il retourne au Mexique avec elle.

L'Empereur était toujours en prifon dans fa capitale, gardé par quatre-vingt foldats. Celui qui les commandait, nommé *Alvaredo*, fur un
bruit vrai ou faux que les Mexicains
confpiraient pour délivrer leur Maître, avait pris le tems d'une fête,
où deux mille des premiers Seigneurs étaient plongés dans l'yvref-
fe de leurs liqueurs fortes : il fond
fur eux avec cinquante foldats, les
égorge eux & leur fuite fans réfiftance, & les dépouille de tous les
ornements d'or & de pierreries dont
ils s'étaient parés pour cette fête.
Cette énormité que tout le peuple
attribuait avec raifon à la rage de
l'avarice, fouleva ces hommes trop
patients : & quand *Cortez* arriva, il
trouva deux cent mille Américains
en armes, contre quatre-vingt Efpagnols occupés à fe défendre, &
à garder l'Empereur. Ils affiégèrent
Cortez pour délivrer leur Roi ; ils
fe précipitèrent en foule contre les
canons & les moufquets. *Antonio
de Solis* appelle cette action une révolte, & cette valeur une brutali-
té, tant l'injuftice des vainqueurs a

passé jusqu'aux Ecrivains.

L'Empereur *Motezuma* mourut dans un de ces combats, blessé malheureusement de la main de ses sujets. *Cortez* osa proposer à ce Roi dont il causait la mort, de mourir dans le Christianisme ; sa concubine *Dona Marina* était la Catéchiste. Le Roi mourut en implorant inutilement la vengeance du Ciel contre les usurpateurs. Il laissa des enfans plus faibles encor que lui, auxquels les Rois d'Espagne n'ont pas craint de laisser des terres dans le Mexique même ; & aujourd'hui les descendants en ligne droite de ce puissant Empereur vivent à Mexico même. On les apelle *Comtes de Motezuma* : ils sont de simples Gentilshommes Chrétiens, & confondus dans la foule. Les Mexicains créèrent un nouvel Empereur, animé comme eux du désir de la vengeance. C'est ce fameux *Gatimozin*, dont la destinée fut encor plus funeste que celle de *Motezuma*. Il arma tout le Mexique contre les Espagnols.

Le desespoir, l'opiniâtreté de la vengeance & de la haine, préci-

pitait toujours ces multitudes contre
ces mêmes hommes qu'ils n'osaient
regarder auparavant qu'à genoux.
Les Espagnols étaient fatigués de
tuer , & les Américains se succé-
daient en foule sans se décourager.
Cortez fut obligé de quitter la ville ,
où il eût été affamé ; mais les Indiens
avaient rompu toutes les chauffées.
Les Espagnols firent des ponts avec
les corps des ennemis ; mais dans
leur retraite sanglante ils perdirent
tous les tréfors qu'ils avaient ravis
pour *Charlequint* & pour eux. Chaque jour de marche était une bataille : on perdait toujours quelque
Espagnol , dont le sang était païé
par la mort de plusieurs milliers de
ces malheureux qui combataient
presque nuds.

 Cortez n'avait plus de flotte. Il fit
faire par ses soldats, & par les Indiens qu'il avait avec lui , neuf
bateaux, pour rentrer dans Mexico ,
par le lac même qui semblait lui en
défendre l'entrée.

 Les Mexicains ne craignirent point
de donner un combat naval. Quatre
à cinq mille canots , chargés chacun

de deux hommes, couvrirent le lac, & vinrent attaquer les neuf bateaux de *Cortez*, fur lefquels il y avait environ trois-cent hommes. Ces neuf brigantins qui avaient du canon renverfèrent bientôt la flotte ennemie. *Cortez* avec le refte de fes troupes combatait fur les chauffées. Vingt Efpagnols tués dans ce combat, & fept ou huit prifonniers, faifaient un événement plus important dans cette partie du monde que les multitudes de nos morts dans nos batailles. Les prifonniers furent facrifiés dans le Temple du Mexique. Mais enfin après de nouveaux combats, on prit *Gatimozin* & l'Imperatrice fa femme. C'eft ce *Gatimozin*, fi fameux par les paroles qu'il prononça, lors qu'un Receveur des Tréfors du Roi d'Efpagne le fit mettre fur des charbons ardents, pour favoir en quel endroit du lac il avait fait jetter fes richeffes ; fon grand Prêtre condamné au même fupplice jettait des cris ; & *Gatimozin* lui dit, *Et moi, fuis-je fur un lit de rofes ?*

1521.   *Cortez* fut maître abfolu de la

ville de Mexique , avec laquelle
tout le reſte de l'Empire tomba ſous
la domination Eſpagnole , ainſi que
la Caſtille d'or , le Darien , & toutes
les contrées voiſines.

Quel fut le prix des ſervices
inouïs de *Cortez* ? Celui qu'eut
Colomb ; il fut perſécuté ; & le même
Evêque *Fonſeca*, qui avait contribué
à faire renvoyer le découvreur de
l'Amérique chargé de fers , voulut
faire traiter de même le vainqueur.
Enfin malgré les titres dont *Cortez*
fut décoré dans ſa patrie , il y fut
peu conſideré. A peine put-il obtenir une audience de *Charlequint* :
un jour il fendit la preſſe qui en-
tourait le coche de l'Empereur ,
& monta ſur l'étrier de la portiére.
Charles demanda quel était cet homme ? ,, C'eſt , répondit *Cortez*, celui
,, qui vous a donné plus d'états que
,, vos péres ne vous ont laiſſé de
,, villes.

CHAPITRE CXXIV.

DE LA CONQUETE

DU PEROU.

CORTEZ aïant foumis à *Charle-quint* plus de deux cent lieues de nouvelles terres en longueur, & plus de cent cinquante en largeur, croïait avoir peu fait. L'ifthme qui refferre entre deux Mers le Continent de l'Amérique, n'eft pas de vingt-cinq lieues communes : on voit du haut d'une montagne, près de Nombré de Dios, d'un côté la Mer du Nord, & de l'autre celle du Sud. On tenta donc dès l'an 1513. de chercher par cette Mer du Sud de nouveaux païs à foumettre.

Vers l'an 1527. deux fimples Avanturiers, *Diego Dalmagro*, & *François Pizaro*, qui même ne connaiffaient pas leur pére, & dont l'éducation avait été fi abandonnée, qu'ils ne favaient ni lire ni écrire,

furent

furent ceux par qui *Charlequint* acquit de nouvelles terres plus vaſtes & plus riches que le Mexique. D'abord ils reconnaiſſent trois-cent lieues de côtes ; bientôt ils entendent dire que vers la ligne équinoxiale & ſous l'autre Tropique, il y a une contrée immenſe, où l'or, l'argent, & les pierreries ſont plus communs que le bois, & que ce païs eſt gouverné par un Roi auſſi deſpotique que *Motezuma*; car dans tout l'Univers le deſpotiſme eſt le fruit de la richeſſe.

Du païs du Cuſco, & des environs du Tropique du Capricorne, juſqu'à la hauteur de l'iſle des perles, qui eſt au ſixiéme degré de latitude Septentrionale, un ſeul Roi étendait ſa domination abſolue dans l'eſpace de près de trente degrès. Il était d'une race de conquérants qu'on apellait *Incas*; ſon nom était *Atabalipa*; ſon pére qui avait conquis tout le païs de Quito, aujourd'hui la capitale du Perou, avait fait par les mains de ſes ſoldats & des peuples vaincus un grand chemin de cinq cent lieues de Cuſco juſqu'à Quito, à travers des précipices comblés , & des montagnes aplanies. Ce monument de l'obéiffance & de l'induftrie humaine n'a pas été depuis entretenu par les Efpagnols. Des relais d'hommes établis de demi-lieue en demilieue portaient les ordres du Monarque dans tout fon Empire. Telle était la police. Et fi on veut juger de la magnificence, il fuffit de favoir que le Roi était porté dans fes voïages fur un trône d'or , qu'on trouva pefer vingt-cinq mille ducats , & que la litiére de lames d'or fur laquelle était le trône était foutenue par les premiers de l'Etat.

François Piṣarro attaqua cet Empire avec deux cent cinquante fantaffins , foixante cavaliers, & une douzaine de petits canons que traînaient fouvent les Efclaves des païs déja domptés. Il arrive par la Mer du Sud à la hauteur de Quito pardelà l'Equateur. *Atabalipa* était vers Quito avec environ quarante mille foldats armés de fléches , & de piques d'or & d'argent. *Piṣarro* commença comme *Cortez* par une Ambaffade, & offrit à l'*Inca* l'amitié

de *Charlequint.* L'Inca répond qu'il
ne recevra pour amis les déprédateurs de son Empire, que quand ils
auront rendu tout ce qu'ils ont ravi sur leur route ; & après cette réponse il marche aux Espagnols.
Quand l'armée de l'*Inca*, & la petite troupe Castillane furent en présence, les Espagnols voulurent encor mettre de leur côté jusqu'aux
apparences de la Religion. Un Moine nommé *Valverda*, fait Evêque de
ce païs-même qui ne leur appartenait pas encor, s'avance avec un interprête vers l'*Inca* une Bible à la
main, & lui dit qu'il faut croire ce
qui est dit dans ce livre. Il lui fait
un long Sermon de tous les mistéres
du Christianisme. Les Historiens ne
s'accordent pas sur la maniére dont
le Sermon fut reçu ; mais ils conviennent tous que la prédication finit par le combat.

Les canons, les chevaux, & les
armes de fer firent sur les Péruviens
le même effet que sur les Mexiquains ; on n'eut guères que la peine de tuer ; & *Atabalipa* arraché de

fon trône d'or par les vainqueurs fût
chargé de fers.

Cet Empereur, pour fe procurer une liberté prompte, promit
une trop groffe rançon; il s'obligea, felon *Herrera* & *Zarata*, de
donner autant d'or qu'une des Sal-
les de fes Palais pouvait en contenir, jufqu'à la hauteur de fa main,
qu'il éleva en l'air au-deffus de fa
tête. Auffi-tôt fes Couriers partent
de tous côtés pour affembler cette
rançon immenfe; l'or & l'argent
arrive tous les jours au quartier des
Efpagnols; mais foit que les Peru-
viens fe laffaffent de dépouiller l'Empire pour un captif, foit qu'*Atabalipa* ne les preffât pas, on ne rem-
plit point toute l'étendue de fes pro-
meffes. Les efprits des vainqueurs
s'aigrirent; leur avarice trompée
monta à cet excès de rage, qu'ils
condamnèrent l'Empereur à être
brulé vif; toute la grace qu'ils lui
promirent, c'eft qu'en cas qu'il voulût mourir Chrêtien on l'étrangle-
rait avant de le bruler. Ce même
Evêque *Valverda* lui parla de Chrif-

tianifme par un Interprête , il le ba-
tifa , & immédiatement après on le
pendit , & on le jetta dans les flammes ; quelques Ecrivains , témoins
oculaires comme *Zarate*, difent que
François Piçaro était déja parti pour
aller porter à *Charlequint* une partie
des tréfors d'*Atabalipa*, & que *Dalmagro* feul fut coupable de cette barbarie. Cet Evêque de Chiapa que
j'ai déja cité , ajoute qu'on fit fou-
frir le même fuplice à plufieurs Généraux , qui par une générofité auffi
grande que la cruauté des vainqueurs , aimèrent mieux recevoir la
mort que de découvrir les tréfors de
leurs Maîtres.

Cependant de la rançon déja païée
par *Atabalipa* , chaque cavalier Efpagnol eut deux cent quarante marcs
en or pur ; chaque fantaffin en eut
cent foixante : on partagea dix fois
environ autant d'argent dans la même proportion ; ainfi le cavalier eut
un tiers de plus que la fantaffin.
Les Officiers eurent des richeffes 1534.
immenfes ; & on envoïa à *Charlequint* trente mille marcs d'argent ,
trois mille d'or non travaillés , &

R iij

vingt mille marcs pefant d'argent avec deux mille d'or en ouvrages du païs. L'Amérique lui aurait fervi à tenir fous le joug une partie de l'Europe, & furtout les Papes, qui lui avaient adjugé ce nouveau monde, s'il avait reçu fouvent de pareils tributs.

On ne fait fi on doit plus admirer le courage opiniâtre de ceux qui découvrirent & conquirent tant de terres, ou plus détefter leur férocité : la même fource, qui eft l'avarice, produifit tant de bien & tant de mal. *Diegue d'Almagro* marche à Cufco à travers des multitudes qu'il faut écarter ; il pénétre jufqu'au Chili pardelà le Tropique du Capricorne. Partout on prend poffeffion au nom de *Charlequint.* Bientôt après la difcorde fe met entre les vainqueurs du Pérou, comme elle avait divifé *Velafquez* & *Fernand Cortez* dans l'Amérique Septentrionale.

Diégue d'Almagro & *François Pizarro* font la guerre civile dans Cufco même, la capitale des Incas. Toutes les recrues qu'ils avaient reçues d'Europe, fe partagent, &

combattent pour le Chef qu'elles
choisissent. Ils donnent un combat
sanglant sous les murs de Cusco,
sans que les Péruviens osent profiter
de l'affaiblissement de leur ennemi
commun ; au contraire il y avait
des Péruviens dans chaque armée ;
ils se battaient pour leurs Tyrans ;
& les multitudes de Péruviens dis-
persés, attendaient stupidement à
quel parti de leurs destructeurs ils
seraient soumis, & chaque parti n'é-
tait que d'environ trois cent hommes ; tant la nature a donné en tout
la supériorité aux Européens sur les
habitans du Nouveau Monde. Enfin
d'Almagro fut fait prisonnier, & son
rival *Pizarro* lui fit trancher la tête ;
mais bientôt après il fut assassiné lui-
même par les amis *d'Almagro*.

Déja se formait dans tout le
Nouveau Monde le Gouvernement
Espagnol. Les grandes provinces
avaient leurs Gouverneurs. Des
audiences, qui font à peu près ce
que font nos Parlements, étaient
établies : des Archevêques, des
Evêques, des Tribunaux d'Inquisition, toute la Hiérarchie Ecclésias-

tique exerçait fes fonctions comme
à Madrid , lorfque les Capitaines
qui avaient conquis le Pérou pour
l'Empereur *Charlequint* , voulurent
le prendre pour eux-mêmes. Un
fils d'*Almagro* fe fit reconnaître Roi
du Pérou ; mais d'autres Efpagnols
aimant mieux obéïr à leur Maître
qui demeurait en Europe , qu'à
leur compagnon qui devenait leur
Souverain , le prirent & le firent
périr par la main du boureau. Un
frére de *François Pizarro* eut la même
ambition & le même fort. Il n'y eut
contre *Charlequint* de révoltes que
celles des Efpagnols mêmes , & pas
une des peuples foumis.

Au milieu de ces combats que les
vainqueurs livraient entre eux , ils
découvrirent les mines du Potofi ,
que les Péruviens mêmes avaient
ignorées. Ce n'eft point exagérer de
dire que la terre de ce canton était
toute d'argent : elle eft encor aujour-
d'hui très-loin d'être épuifée. Les Péruviens travaillèrent à ces mines pour
les Efpganols comme pour les vrais
propriétaires. Bientôt après on joignit à ces efclaves des Négres qu'on

achetait en Afrique , & qu'on tranf-
portait au Pérou comme des animaux deftinés aux fervices des
hommes.

On ne traitait en effet ni ces Négres , ni les habitans du Nouveau
Monde comme une efpèce humaine.
Ce *las Cafas* Religieux Dominicain ,
Evêque de Chiapa , duquel nous
avons parlé , touché des cruautés
de fes compatriotes , & des mifères
de tant de peuples , eut le courage
de s'en plaindre à *Charlequint* , & à
fon fils *Philippe II.* par des mémoires que nous avons encore. Il
y repréfente prefque tous les Américains , comme des hommes doux
& timides , d'un tempérament faible
qui les rend naturellement efclaves.
Il dit que les Efpagnols ne regar-
dèrent dans cette faibleffe que la
facilité qu'elle donnait aux vainqueurs de les détruire ; que dans
Cuba , dans la Jamaïque , dans les
ifles voifines , ils firent périr plus
de douze cent mille hommes ,
comme des chaffeurs qui dépeu-
plent une terre de bêtes fauves. *Je
les ai vûs* , dit-il , *dans l'ifle St. Do-*

*mingue & dans la Jamaïque , remplir
les campagnes de fourches patibulaires ,
auxquelles ils pendaient ces malheureux
treize à treize , en l'honneur , difaient-
ils , des treize Apôtres. Je les ai vûs
donner des enfans à dévorer à leurs
chiens de chasse.*

Un Cacique de l'isle de Cuba
nommé *Hatucu* , condamné par eux
à périr par le feu , pour n'avoir pas
donné affez d'or , fut remis avant
qu'on allumât le bucher entre les
mains d'un Francifcain , qui l'ex-
hortait à mourir Chrétien , & qui
lui promettait le Ciel. Quoi ! les
Efpagnols iront donc au Ciel ? demandait le Cacique. Oui fans doute,
difait le Moine. Ah , s'il eft ainfi ,
que je n'aille point au Ciel , repli-
qua ce Prince. Un Cacique de la
nouvelle Grenade , qui eft entre le
Pérou & le Méxique , fut brulé
publiquement pour avoir promis en
vain de remplir d'or la chambre d'un
Capitaine.

Des milliers d'Américains fervaient aux Efpagnols de bêtes de
fomme , & on les tuait quand leur
laffitude les empêchait de marcher.

Enfin ce témoin oculaire affirme,
que dans les Isles & sur la terre ferme, ce petit nombre d'Européans a
fait périr plus de douze millions
d'Américains. *Pour vous justifier,*
ajoute-t-il, *vous dites que ces malheu-*
reux s'étaient rendus coupables de sa-
crifices humains ; que, par exemple,
dans le Temple du Méxique on avait sa-
crifié vingt mille hommes : je prens à
témoin le Ciel & la Terre, que les
Mexiquains usant du droit barbare de
la guerre n'avaient pas fait souffrir la
mort dans leurs Temples à cent cinquan-
te prisonniers.

De tout ce que je viens de citer,
il résulte que probablement les Espagnols avaient beaucoup exageré
les dépravations des Mexiquains, &
que l'Evêque de Chiapa outrait aussi
quelquefois ses reproches contre ses
compatriotes. Les plaintes de ce
Prélat humain ne furent pas inutiles.
Les Loix envoïées d'Europe ont
un peu adouci le sort des Américains.
Ils sont aujourd'hui sujets soumis &
non esclaves.

CHAPITRE CXXV.

DU PREMIER VOYAGE

AUTOUR DU MONDE.

CE mêlange de grandeur & de cruauté étonne & indigne. Trop d'horreurs deshonorent les grandes actions des vainqueurs de l'Amérique ; mais la gloire de *Colombo* est pure. Telle est celle de *Magalhaens*, que nous nommons *Magellan*, qui entreprit de faire par mer le tour du Globe, & de *Sebaftien Cano*, qui acheva le premier ce prodigieux voïage, qui n'est plus un prodige aujourd'hui.

Ce fut en 1519. dans le commencement des conquêtes Efpagnoles en Amérique, & au milieu des grands fuccès des Portugais en Afie & en Afrique, que *Magellan* découvrit pour l'Efpagne le détroit qui porte fon nom, qu'il entra le premier dans la Mer du Sud, & qu'en voguant de l'Occident à l'Orient il trouva les

Ifles qu'on nomma depuis *Marianes* ,
& une des *Philippines* où il perdit la
vie. Ce *Magellan* était un Portugais
auquel on avait refufé une augmen-
tation de païe de fix écus. Ce refus
le détermina à fervir l'Efpagne , &
à chercher par l'Amérique un paffage pour aller partager les poffeffions
des Portugais en Afie. En effet fes
compagnons après fa mort s'établirent à Tidor , la principale des Ifles
Moluques , où croiffent les plus pré-
cieufes épiceries.

Les Portugais furent étonnés d'y
trouver les Efpagnols , & ne purent
comprendre comment ils y avaient
abordé par la Mer Orientale , lorfque tous les vaiffeaux du Portugal
ne pouvaient venir que de l'Occident. Ils ne foupçonnaient pas que
les Efpagnols euffent fait une partie
du tour du Globe. Il fallut une nouvelle Géographie pour terminer le
différend des Efpagnols & des Portugais , & pour réformer l'Arrêt
que la Cour de Rome avait porté
fur leurs prétentions & fur les limites de leurs découvertes.

Il faut favoir que quand le célèbre Prince Don *Henri* commençait à reculer pour nous les bornes de l'Univers , les Portugais démandèrent aux Papes la poffeffion de tout ce qu'ils découvriraient. La coutume fubfiftait de demander des Roïaumes au St. Siége , depuis que *Grégoire VII.* s'était mis en poffeffion de les donner : on croïait par là s'affurer contre une ufurpation étrangère & intéreffer la Religion à ces nouveaux établiffements. Plufieurs Pontifes confirmèrent donc au Portugal les droits qu'il avait acquis & qu'ils ne pouvaient lui ôter.

Lorfque les Efpagnols commençaient à s'établir dans l'Amérique , le Pape *Alexandre VI.* divifa les deux Nouveaux Mondes , l'Américain & l'Afiatique , en deux parties : tout ce qui était à l'Orient des Ifles Açores devait apartenir au Portugal ; tout ce qui était à l'Occident fut donné à l'Efpagne. On traça une ligne fur le Globe , qui marqua les limites de ces droits réciproques , & qu'on apella *la ligne de Marquation.* Le voïage de *Magel-*

lan dérangea la ligne du Pape. Les
Iſles Marianes, les Philippines, les
Moluques, ſe trouvaient à l'Orient
des découvertes Portugaiſes. Il falut
dont tracer une autre ligne, qu'on
apella de *Démarcation*.

Toutes ces lignes furent encor
dérangées, lorſque les Portugais
abordèrent au Bréſil ; elles ne furent
pas plus reſpeĉtées par les Français
& par les Anglais, qui s'établirent
enſuite dans l'Amérique Septentrionale. Il eſt vrai qu'ils n'ont fait
que glaner après les riches moiſſons
des Eſpagnols : mais enfin ils y ont
eu des établiſſements conſidéra-
bles.

Le funeſte effet de toutes ces
découvertes & de ces tranſplan-
tations a été que nos Nations com-
merçantes ſe ſont fait la guerre en
Amérique & en Aſie, toutes les
fois qu'elles ſe la ſont déclarée en
Europe. Elles ont réciproquement
détruit leurs Colonies naiſſantes.
Les premiers voïages ont eu pour
objet d'unir toutes les Nations. Les
derniers ont été entrepris pour nous
détruire au bout du monde.

C'eſt un grand problême de ſavoir ſi l'Europe a gagné en ſe portant en Amérique. Il eſt certain que les Eſpagnols en retirèrent d'abord des richeſſes immenſes : mais l'Eſpagne a été dépeuplée , & ces tréſors partagés à la fin par toutes les autres Nations ont remis l'égalité qu'ils avaient d'abord ôtée. Le prix des denrées a augmenté partout. Ainſi perſonne n'a réellement gagné. Il reſte à ſavoir ſi la cochenille & le quinquina ſont d'un aſſez grand prix pour compenſer la perte de tant d'hommes.

Fin du quatriéme Tome.

www.ingramcontent.com/pod-product-compliance
Lightning Source LLC
Chambersburg PA
CBHW050752030726
47505CB00002B/502